一星 ISSEI

アーティファクトコレクター

Artifact Collector

異世界と転生とお宝と

登場人物紹介
MainCharacters
ポッポちゃん
大鳩の女の子(?)
ゼンの無二の親友。
ゼン
転生した元サラリーマン。
神様から与えられた加護によって、
様々なスキルを習得できる。
コリーン
ある事件に巻き込まれ
ゼン達と出会った
幼い女の子。

キャス
コリーンを助けに来た
気のいい冒険者の女の子。
ゴブ太君
ゼンに命を救われてから、
過剰な忠誠を誓うゴブリン。

プロローグ

知らない女の声が俺の覚醒《かくせい》を促《うなが》す。

「さあ、これを投げて」

何だこれ、ダーツ？　こんな物、いつの間に持たされていたんだ。

てか、お前誰だよ？　寝起きで何をやらせる気だ？　眠い……眠くて何も分からねえ。

「君にとって決して悪い話じゃない。あそこに向かって投げるのだ」

分かったから、無理矢理立たせないでくれ。

あれに投げれば良いんだな？　うーん、あの四角い紙は地図か？　目が霞《かす》んでよく分からん。

だめだ、こんな状態で狙いを付けるなんて無理。もう適当でいいや。

ほら、投げたぞ。

「ほう、なかなか凄い場所に当てたな……。このパターンだとこれが必要か。さあ、次は玉をここに落とすのだ」

はぁ、まだあるのかよ。次はルーレットね。勘弁してくれ、猛烈に眠いんだ。これが終わったら寝かせてくれよ。

はい、落としたぞ。これで良いんだろ？

「十か……。君は運が良いのか悪いのか分からない子だね。だが、これも運命。少しの手助けはするが、自らの才覚で乗り越えてくれ。さあ、新たなる人生を歩むが良い」

新たなる人生……こいつ何を言ってんだ？

って、うおぉぉぉ!!　落ちるっ！　なんだこれっ!?

もの凄い勢いで落ちてるみたいだけど、もう限界だ。何も考えられない。

あーもういい、寝よう。

おやすみなさい。

第一章　脱出

「……何で土の上で寝ているんだよ」

俯《うつぶ》せの状態で目を開けた俺は、頬に地面の冷たさを感じながら、そう呟《つぶや》いた。

何故こんな状況なのか考えてみるが、記憶が曖昧《あいまい》で、なかなか思考が纏《まと》まらない。まるで頭に靄《もや》が掛かっているようだ。

とにかく周りを確認しようと、頭を起こして辺りを見渡す。どうやら俺は六畳くらいの部屋の中にいるらしい。壁は土で出来ていて、見た目はかなり粗悪だ。

「はぁ……マジでどこだよここは」

明かり窓などは無いが、唯一外部と繋がっている開けっ放しの入口からは、日差しがたっぷり射し込んでおり、それなりに明るい。

部屋の中にいくつか目に付く物があったので、確認しようとして立ち上がった。しかし……

「うぉぉぉ、何じゃこりゃ！　体が小せえっ！」

物凄い違和感に襲われ、俺は思わず叫んでしまった。

立ち上がったはずだが、恐ろしく目線が低い。まるで膝から下が無くなったんじゃないかと思ったほどだ。更に、自分の手足を見て驚愕《きょうがく》した。体が子供みたいに小さくなっていたのだ。

いまだ寝起きのように頭はすっきりしないが、いくら考えてみてもこんな場所に心当たりはないし、体が小さくなっている理由も分からない。頭が混乱する中、一つの考えが浮かんだ。

あっ、これ夢だ！　しかも明晰夢《めいせきむ》って奴じゃないか？

夢にしては感覚が嫌にリアルではあるが、それ以外ありえないだろう。

……待てよ、これが明晰夢なら、思った事が何でも出来るんじゃないか？　可愛い女の子を呼び出して、ムフフな事も思い通りとかネットで見たぞ。よしっ！　やってやるぞぉ！

お尻が素敵なあの子を呼び出す為に、俺は両手を突き出して召喚の呪文を唱える。

「出て来いっ！　事務の美咲ちゃん！」

部屋の中に俺の声が虚《むな》しく木霊《こだま》する。

……うん、分かってた。

一瞬で興奮から醒《さ》めた俺は、気を取り直して周りにある物を確認する。

まず目に付いたのは、俺のすぐ近くに置いてある大きな木の箱。海賊映画にでも出てきそうな重厚な木箱だが、鍵は付いていないようだ。

慎重に開けてみると、一枚の紙切れが出てきた。更に下には中身の詰《つ》まった複数の麻袋が見える。

早速、紙を手に取ってみると、綺麗《きれい》な字体の日本語で何か書いてある。

これは……手紙？

――おめでとう。まずは君の新しい人生を祝福しよう。

まだ状況が呑み込めていないであろうが、君の魂《たましい》は地球の神により、ここエルデリアに送られた。君は前世の記憶を持ったまま、新たな体を得て新しい生を送る事が可能だ。これは先の人生での功績によって地球の神から与えられた恩恵《おんけい》であり、とても栄誉な事である。有意義に役立ててほしい。

さて、不幸にも今、君は魔物が徘徊《はいかい》する危険な〝ダンジョン〟の中にいる。

転生した君の体は子供であり、この世界の知識が皆無《かいむ》の君には厳しい試練になるだろう。だが、どうにかこの試練を乗り越え、生きてダンジョンの外に出て欲しい。

救済として、この部屋と、君の助けになるであろう少しばかりの道具とスキルを用意した。そして、神の加護を与えよう。

正直なところ、これだけでは不十分なのは分かっているが、自棄《やけ》を起こさず落ち着いて行動する事を期待する。

それでは君の新たな人生に幸多《さち》からん事を――

あぁ……そうだ、思い出したぞ。俺は、車に……

手紙をきっかけにして、不鮮明だった記憶の靄が晴れていく。

あの日――俺が死んだであろう日の記憶が押し寄せてきて、俺の呼吸は乱れ、体が震え始める。

◆

俺、松平善《まつだいらぜん》は都内のＩＴ企業に勤める、三十過ぎのしがないサラリーマン。

その日俺は、元日にもかかわらず、上司の命令で会社のＨＰ《ホームページ》を更新する為に出社していた。

「はぁ～、かったるい。正月早々、何でこんな作業を」

行きがけにコンビニで買った肉まんを食べながら、俺は早々に作業を終えた。

「折角外に出たんだ、初詣《はつもうで》にでも行くかな」

俺は、近くの神社の地図をスマホに表示して会社を出た。

電車で三駅ほど移動して、それなりに名の知れた神社を目指す。普段からこの近辺は人が多いのだが、改札を出ると、いつも以上にごった返していた。

「これは凄いな。まあ、正月だし仕方ないか……」

あまりの人の多さに辟易《へきえき》して一瞬帰ろうかと思ったが、せめてお参りだけでもしておこうと踏み留まる。三十分ほど参拝者の列に並んで、ようやく本殿まで辿《たど》り着いた。

受験の時、ここで学業祈願をしたっけ……

今となっては特に祈る事も無かったので、無難に健康を祈願して参拝を終えた。

帰り道、手持ち無沙汰《ぶさた》に神社を出てすぐの交差点で信号を待っていると、自分の脇を子供が笑いながら走り抜けていくのが目に入った。

信号は赤。周りから小さな悲鳴が聞こえ、思わず体がびくっと震える。

反射的に道路を見ると、右から凄いスピードで黒い車が迫っていた。

心臓の鼓動《こどう》が速くなり、目の前の光景がスローモーションのように見える。

気が付いた時には手を伸ばし、子供を庇《かば》って胸に抱き寄せていた。

バランスを崩して道路に倒れる――そう意識した瞬間、頭と背中に強い衝撃を受け地面に叩きつけられた。

そして、世界は無音になった。

◆

「そうか……俺、死んじゃったのかー！」

思わずしゃがみ込んで、両手で顔を覆って声を上げてしまった。

甦《よみがえ》った記憶と謎の手紙。たった二つだけの情報ではあるが、今の状況が夢ではないと何故か確信が持てる。それほどまでに、あの瞬間の記憶は生々しかった。

う～ん、この手紙を読む限り、神様の恩恵ってやつで生き返ったようだけど、恩恵を受けられるという事は、あの子供は助かったのだろうか。でも、人を一人助けたくらいで蘇《よみがえ》らせてくれるなんて、神様寛大《かんだい》すぎだろ。

それにしても、「魔物が徘徊する」って、ファンタジー世界なのか？

そもそも、何でいきなりダンジョンにいるんだよ……普通は街とか安全な場所で蘇らせてくれるもんじゃないのか？

……っ！　分かったぞ、あのダーツか！　それにこの体。まさか、ルーレットの数字で年齢を決めたのか⁉　それ以外思い当たらねえ……

はぁ……手紙が置いてあるって事は、もう神様と話せないし、質問も出来ないんだろうな。

何であんなに眠たい状態でやらせたんだよ。酷《ひど》いよ、神様。

神様と言えば、ここに「神の加護」とか書いてあるな。そんな物は全く感じないんだが……

それにスキルって何だ？　う〜ん、分からん。

色々な思いが頭の中で渦巻き、少しの間その場にうずくまっていたが、考えたところで状況が好転する訳でもない。そう結論付け、改めて周りの確認を再開した。

今の俺の服装は、何の素材か分からないが、半袖《そで》シャツと長ズボンにサンダルというラフな格好。てか、何だこの服は、思いっきり村の子供Aじゃねえか。

部屋の中には寝床と思《おぼ》しき代物《しろもの》もある。何故、寝床だと確証が持てないのかと言われれば、目の前のそれは、地面に敷いた藁《わら》の上に、白くて薄い掛け布団《ぶとん》らしき物が被さっているだけだからだ。

平成の世を生きていた俺の常識では、なかなかこれが寝床であるとは受け入れられない。

こんな粗末な物で寝られるのか少し不安だが、室内の温度は心地好い暖かさを感じるくらいで、今の服装で眠っても問題はないような気もする。夜の気温が気になるが、神様が用意してくれたんだし、大丈夫だと信じるしかねぇ……

俺は辛そうな布団事情からは文字通り目を背け、再度部屋の中を見回した。

次に気が付いた物は、大小並んだ二つの壺だ。大きい方は胸の高さほどあり、小さい方は膝くらいまでだ。双方の口は大きく開いており、木の蓋《ふた》がしてある。

蓋を取って中を覗《のぞ》くと、大きい方の壺は水でなみなみと満たされ、柄杓《ひしゃく》が付いている。もう片方の中は空っぽだった。水はとても綺麗で、灯りがあれば壺の底まで見通せそうだ。

柄杓を使って水を少し飲んでみると、ほどよい冷たさでなかなか美味《うま》い。生水なのかが気になるが、ここも神様を信じて一杯分だけ飲んでおく。後で腹を壊したら、生で飲むのはマズいって分かるからね。

壁際には、木製の机と椅子も用意されていた。これは勉強机というより、頑丈な作業台というべき形で、作りはとても良さそうだ。真新しく、仄《ほの》かに木の良い香りが漂《ただよ》ってくる。机の端には万力《まんりき》も付いていた。

その少し離れた場所には金床《かなどこ》と、長方形の石膏《せっこう》のような素材で出来た白い臼《うす》を思わせる物体に、同じく長方形の大きな木の桶《おけ》がある。

木の桶は、至って普通の物で、中には何も入っていなかった。

一方、白い臼は側面に五段階の目盛りの付いたツマミがあり、その下にはペダルがある為、何かしらの装置かもしれない。手は回らないが子供の体でも抱え込めるくらいの大きさで、それほど大きな物ではない。試しに持ち上げようとしてみたが、意外と重くビクともしなかった。

その白い臼の中はすり鉢状になっていて、底の中央には長方形の少し深い溝が掘られている。

うーん、隣に金床があるし、鍛冶場のような雰囲気だな。すると、これは炉か？　だけど、火はどうするんだ。石炭とか木炭を入れるところもなさそうだよな。

何にしろ、この物体の使い方は分からないので後回しにしよう。

部屋の設備はあらかた調べたので、手紙の入っていた木箱の中身を確認する事にした。厚手の麻らしき素材で作られた袋は四つ。それぞれ中身が異なるようで大きさや膨《ふく》らみに違いがある。

手前にあった一番大きい袋を箱から出そうとして持ち上げてみるが、かなりの重量で片腕ではビクともしない。体が子供になって力がなくなっているせいもあるかもしれない。体全体で踏ん張ってなんとか箱から引きずり出した。

早速、袋の口を結んでいた紐《ひも》を解《と》き、中身を取り出していく。

中には、子供には丁度良い長さであろう剣が一振り、これまた子供の体に合いそうな小さな盾、薄茶色の革鎧、そして美しい細工《さいく》が施《ほどこ》された金の指輪が入っていた。

初期装備って奴か。でも、この指輪は何だ？

ただのオシャレアイテムって訳じゃないよな。

指輪に仕掛けでもないかと、舐《な》めるように凝視《ぎょうし》していると、何故か頭の中に指輪の名前が浮かんできた。

名称：【救命《きゅうめい》の指輪】

んっ？　何で知っているんだ？　いや、何で分かったか、だな。ゲームに出てきそうな固有名詞を元々知ってるはずがない。って、事はこれも分かるのか？

床に置いておいた剣を手に持ち、意識を集中して見つめると、また名前が頭の中に浮かんできた。

名称：【特注ショートソード】

なるほど、これが手紙に書いてあったスキルって奴か。ゲームでいうところの「鑑定」ってスキルに違いない。恐ろしく便利だな。

知らない物の名前が分かるのは驚きなのだが、記憶を探ったら出てきたような感覚なので、あまり違和感なく受け入れられた。この感覚が面白く、早速目に付いた物を手当たり次第調べてみる。

大体の物は見た目通り、地球と変わらない名前だった。

ふと視線を伸ばすと、先ほどの炉らしき物が目に入る。気になって鑑定してみたが、名前が分からない。離れているせいかと思い、近付いてから鑑定をしてみたら、今度は名前が分かった。

名称：【小型魔力炉】

鑑定結果は思っていた通り「炉」で間違いなかったのだが、その不思議な形状と同様に、名前もかなり謎めいたものだった。魔物がいるならば、やっぱり「魔力」もあるんだな。この鑑定も魔法の一つなんだろうか？

その後、何度か鑑定可能な距離を検証したところ、対象が手に触れる程度の距離にないと、鑑定は出来ない事が分かった。

ふと思い出して、手に握ったままだった救命の指輪をはめてみる。

うん。特に何かが変わった感覚はないな。きっと名前通り、危険な時にどうにかしてくれる物なんだろう。どれほどの効果があるかは分からないけど、御守《おまも》り程度に着けておくか。

指輪を着けた手を握って感触を慣らしながら、次の袋を取り出す為に箱の中を覗き込む。

残る袋はあと三つ。

まずは一番小さい袋を手に取る。おっ、これは軽いな。

小さな袋は子供の力でも簡単に持ち上がる程度の重さで、腕の力だけで取り出せた。

何が入ってるのかな？　福袋みたいで、中身が結構楽しみだな。

中には木のコップ、歯ブラシ、タオル、太いろうそくの束、そして白い布袋が入っていた。微妙にハズレ感が……。いや、生活用品は必須だよね。

白い布袋を手に取って中を確認したところ、何とパンが一つ出てきた。

なかなか斬新な包装だな……。現代人としては、この包装には衛生的に疑問を感じるのだが。

釈然としない気持ちで手にした布袋とパンを交互に眺《なが》めていたが、突然布袋が微《かす》かに動いて、重みが増した気がした。

何事かと思い布袋を見てみると、また中に何か入っている。

不思議に思いながら中身を取り出すが、次の瞬間には再びパンが入っていた。

パンが増えた⁉　慌《あわ》てて布袋を鑑定する。

名称：【無尽蔵《むじんぞう》のパン袋】

無尽蔵って……もしかして無限にパンが出てくるのか？　ポケットのビスケットの唄を思い出したぞ。一応中身も鑑定しておくか。

名称：【パン】

普通かよっ！　パンにもバゲットとかコッペパンとか、色々名前あるだろ！

試しに一口食べてみるが、ボソボソしてそこまで美味しくはなかった。なんだか一日置いたパンって感じだな。うーん、折角《せっかく》なら、焼きそばパンにしてほしかった……

実際どれくらいの数が出てくるか分からないけど、当面飢え死にはなさそうで助かるな。

パン袋やコップやタオルなどの日用品は作業台の上に移動する。

ここで手に持った歯ブラシを見て、ふと疑問に思った。

この歯ブラシは何の毛だ？　真っ黒な毛とか不気味なんだけど……鑑定で分かるかな？

名称：【歯ブラシ】

いや、それは分かってんだよ！

名前しか分からないと、この世界の基本知識が得られるまでは不便だな。

生活用品を作業台に置いた俺は、再び箱の前に立つ。

残る袋は二つ。手にとってみると、片方はやたらと重い。これは後回しにして、もう一方の袋を引き上げる。これもなかなかの重さだ。

何とか引きずり出して中を覗くと、箱が三つと、丈夫な紙で出来た数冊の紙束が入っていた。

箱の中にはハンマーやノコギリなどの道具が入っており、それぞれ鍛冶《かじ》道具、大工《だいく》道具、細工道具に分かれているようだ。鍛冶と大工道具は見た事がある物ばかりだったが、細工道具の箱の中には糸や乳鉢《にゅうばち》や試験管など、多様な物がごちゃ混ぜに入っていた。

紙束は様々な物を作る為の教本のようで、基礎的な道具の使い方や知識などが日本語で書いてある。必要な物は自分で作れ、という事だろうか。なかなか読み応えがありそうだ。

さて、最後の重たい袋はどうやって箱から出すか。持ち上げられないぞ、あの重さは。

先ほど出したパンを頬張《ほおば》りながらしばらく考えたが、簡単な解決法を思い付いた。自分が箱の中に入って中身を一つずつ出せば良いのだ。

箱の縁に手を掛け軽くジャンプをして、その勢いを使い腕で体を持ち上げて箱の中へと入る。

流石《さすが》子供の体、十数年忘れていた身軽さだな。

さてと、何が入ってるのかな～。

袋の口を広げて中を見ると、銀色をした棒状の塊《かたまり》が見えた。たしか、こういうのインゴットっていうんだよな。これは鉄か？　袋の中には、一つ三キロくらいのインゴットが四本も入っていた。他にも長方形の木の板が複数入っていて、これも結構重そうだ。そりゃ、持ち上がらないわ……

これらの重量物を一つずつ箱の外に放り出し、残りの細々《こまごま》した物は袋ごと纏めて外に運び出す。

自分も箱の外に出て袋の中身を床にぶちまけると、中からは革や石、そして何かの草が出てきた。

とりあえず鑑定だ。

名称：【黒狼《こくろう》の革】
名称：【浮魔《ふま》の瞳石《ひとみいし》】
名称：【雫草《しずくそう》】

なるほど、インゴットや木材もあわせて考えると、この袋は素材袋ってところか。

出てきた物を手に取り、一つ一つ感触を確かめる。

革の表面は滑《なめ》らかで艶《つや》があり黒々と美しい。既になめされているようでこのまま使えるみたいだ。

石は子供の手に収まる程度の大きさで、縦長の楕円形をしている。名前の通り、生き物の瞳のような模様が特徴的だ。

草はまだ瑞々《みずみず》しく、大きな葉がハートの形をしていて、顔を近付けると青臭い匂いがした。

鑑定で出てきた名前はとてもファンタジーだが、手に取ってみると、意外と地球でも存在してそうな印象を受けた。

よーし、こんなものか。一通り部屋の中にある物は見たし、次は外だな。

念の為、外に出る前に革の鎧を装備する。魔物がどうこうって書いてあったしな。

鎧なんて着るのは初めてだけど、意外と体にしっくりときた。流石神様が用意してくれた鎧だ。

もちろん剣を携《たずさ》えるのも忘れない。試しに抜いてブンブンと素振りしてみる。

「ふ、ふははは！　何というファンタジー！」

これは笑わずにはいられない。現代日本でこんな格好してたらイベントでもない限り、相当アレな人だと思われてしまうが、ここは異世界！　その心配はない。

やばい、楽し過ぎる。早く外に出てこの世界を堪能《たんのう》しなければ！

段々テンションが上がってきた俺は、ここがダンジョンの中で、自分が子供になっている事も忘れて、表に飛び出した。


一歩外に出ると、そこは切り立った崖に囲まれ、ダンジョンというよりも谷間のようだった。

部屋に射し込む光を忘れていた訳ではなかったが、ダンジョンという言葉から、ここは建物の中か地下だと思い込んでいた。

今さっき出て来た場所を振り返ると、そそり立つ土の壁面に入口だけがポツンとあった。どうやら崖の中に掘られた洞窟だったようだ。

高く垂直にそそり立つダンジョンの壁は、十階建てのビルくらいの高さがあるだろうか。目立っ

た植物もなく、随分殺風景《ずいぶんさっぷうけい》だ。

もしかしたら、崖を登れば外に出られるんじゃないか？　なんか拍子抜《ひょうしぬ》けだな。

期待していたダンジョンと違い、若干テンションが下がったが、気合を入れ直して探索を始める。

「さて、どこから行くかな」

改めて周りを見渡すと、正面と左右にそれぞれ道が続いている。部屋から見て正面の通路に入ってすぐの場所には、それほど高くはない木が一本だけ生えているのが見えた。

通路は自動車が三台くらいは並んで走れそうな幅があるが、どの道も曲がりくねっていて、ここから見る限り先がどうなっているかは分からない。

「まずは正面から行くか」

俺は正面の道へと進む。

緩やかに曲がる道に沿って数分ほど歩く。開けた場所が見えてきたので、その場で足を止めた。

目を凝らすと、広場の中央で何か動く物が見えるので、注意深く近付いてみる。

そこには、高さ五メートルはありそうな、象よりも大きい黒いサイがいた。

頭部には二本の長い角が生え、棘《とげ》の付いた太い尻尾《しっぽ》を揺らしながら、その場をウロウロしている。

俺は圧倒的な存在感に、思わず体を低くして身を隠した。

でかすぎるだろ！

あんな奴、どうやってこの剣で倒すんだよ。皮膚も見るからに硬そうだし、どう考えても無理だ。

いきなりあれに食われて終わるのは嫌だし、早く離れよう。……草食かもしれないけど。

俺は、サイに見つからないように、目を離さず、ゆっくりと後退しながら来た道を戻った。

部屋の入口まで戻って一息つき、左右の道を見比べる。

どっちも何があるか分からないし、適当で良いか。

俺は気持ちを切り替えて、部屋の入口から見て右手側の道を歩いて行く。この道もまっすぐではなく、先が見通せない。さっきみたいな馬鹿《ばか》でかい奴がまたいるかと思うと、段々と先に進む事に恐怖感を覚えてくる。

先が見えない所はゆっくり、静かに行こう……。あんなのに襲われたら確実に死ぬ。

慎重に進むと、通路の先にまた開けた場所が見える。

やっぱり何かいやがるな。トカゲか？　四匹……いや、五匹。しかもデカイし……

そこには、二メートルほどの赤い鱗《うろこ》を持つトカゲが、地面に腹を付けて寝そべっていた。コモドドラゴンだっけ、格好はあれに似てる。しかし、鱗の色が強烈だ。真っ赤なトカゲとか、いかにも毒がありそうで、絶対に近付きたくねえ……

遠くから少しの間観察してみたが、あの大トカゲの群れを突っ切って進むのは不可能だし、ましてや倒すなんてあり得ないと判断し、再び気付かれないように来た道を戻る。

やばいぞこれ。倒せる奴がいないんじゃないか？　もし体が大人だったとしても、あんな化け物に手は出せないだろ。こりゃ、壁を登る方が安全かもしれないな……

最初のテンションは全て吹き飛び、トボトボとした足取りで部屋の入口へ戻った。

残った最後の道を見つめ、一度足を止めて考える。

まだ一箇所あるんだ。悩むのはとりあえず行ってみてからにしよう。いくら神様だって、無理ゲーは用意しないだろ。

下がった気持ちを奮《ふる》い立たせて、最後の道へと足を進める。


先の二つの道よりも長い距離を歩くと、次第に道幅が狭くなってきた。そこで俺は、道の真ん中に行く手を阻《はば》むように立ち塞《ふさ》がる赤黒い半透明の塊を見つけた。

「ん？　……あれは！　スライム来た!!」

定番の雑魚《ざこ》モンスターを発見して、俺は思わず笑顔でガッツポーズを取る。そのまま剣を抜いて前に出ようとしたが……思い留まった。

待て、落ち着け、俺。少し興奮しすぎだ。あれが何なのか、ちゃんと確認してから行動しないとやばいだろ。

冷静になって考えてみると、どうもダンジョン内で目覚めてから感情の起伏が激しくなっている気がする。この状況がそうさせるのか、体が子供になっているせいかは分からないが、もう少し自制心を持たないと、自分でも思ってもいない突発的な行動を取りそうで怖い。

そう思い直し、改めて視線の先にいるモノを観察する。

赤黒いスライムは、子供になった俺の腰ぐらいの高さがあり、上下に水面の如《ごと》く揺れているが、その場から移動する様子はない。

俺は姿を隠さず、二十メートルほどの距離を取って様子を窺《うかが》うが、こちらに気付いている気配はない。視覚はないのかな？　いや、そもそもスライムの前後が分からない。もしかしたら、後ろを向いているから気付いてないだけかも。

遠巻きに考察と観察を続けていると、スライムの体の中に丸い球を見つけた。あれを狙って攻撃すればいけるんじゃないか？　ゲームで良くあるパターンだと、あれが弱点だよな……

俺は先ほど見てきた、二箇所の道の先を思い出す。

どう考えてもあの黒いサイには勝てないし、トカゲは数が多い。一人で複数を相手にするなんて、愚策《ぐさく》でしかない。まあ、たとえトカゲとタイマン出来たところで、一噛《か》みで殺されそうだし。

そう考えると、俺が道を進むにはスライムを倒すしか選択肢がない気がする。

大体、スライムなんてゲームでも序盤で出て来る雑魚なんだし、いけるんじゃないだろうか。少しばかし大きくて赤黒い不気味な色をしている事は気になるけど……あの日本で有名なＲＰＧでも赤いスライムはそんなに強くなかったはずだ。

よーし、まずは、ゆっくりと近付いて動きを見るか。あの体だ、俊敏には動けないだろ。

俺は一歩一歩様子を見ながら、スライムに近付いていく。

その間、スライムは全く反応しなかったが、十メートルくらいまで近付くとスライムの体が大きく揺れ出した。

「げっ！　やばいか⁉」

つい声を出してしまったが、その場ですぐに立ち止まり、息を潜《ひそ》めてじっとスライムを凝視する。

しばらくそうしていると、奴の動きが止まった。

ふ～、この距離だと反応するのか、怖いな。

こっちに近付いて来ないのは、見えてないのかな？　それとも、音や振動で探知するのか？

足元にある小石を拾いスライムの数センチ横に投げてみる。

すると、すぐさま反応があり、スライムはかなりの速さで体の一部を伸ばして小石を取り込んだ。

また小石を拾い、今度は一メートルほど離れた場所に落とすと、先ほどよりは動きが遅いが、また体を伸ばしてその場所を探っている。

いずれにしても、近くに行くと動くか。この狭い道じゃ通り抜けるのは無理っぽいな。

う～ん、しょうがねえ。

小石で反応するんだから、ゆっくり歩いても変わらないだろう。スライムが動きだす前に一気に方を付けるか。

俺は両腕で握った剣を高く上段に構え、覚悟を決めてスライムに向かって駆けて行く。

スライムは震え始めるが、こちらに来る様子はない。

そのまま走って近付き、スライムの体の中にある小さな球を目掛けて、思いっきり剣を振り下ろす。

「おぉぉらぁぁ！」

気合の声と共に振り下ろされた剣は、僅《わず》かにスライムの体を歪《ゆが》ませるが、まるで粘土《ねんど》を叩いたかのような鈍い感触が手に伝わり、刃はそこで止まった。

「げっ！」

俺が驚きの声を上げると同時に、スライムの表面が激しく波打つ。スライムが獣の牙を思わせる形に変化すると、そのまま俺の方へ伸びて来て、一瞬で腕を掴んだ。

「やべえええ！」

体中から嫌な汗が一気に噴き出る。極大の危険を感じ、思いっきり腕を引き抜こうとするが、全く動かない。

次の瞬間、スライムの本体が俺の体へと驚くほどの速さで這《は》い寄って来る。そして、瞬《また》く間に俺の全身がスライムに取り込まれた。

ぶぅ息がっ！　やべええ死ぬっ！

……熱いっ⁉

あぁっ、痛てぇぇぇぇ‼

息が出来ずにもがいていると、体中に熱さを感じ、次の瞬間には激痛が走った。

痛いっ、いだい！　やだ！　だずげで！

思考は痛みに支配され、死さえも意識出来ない混乱の中、ただ闇雲にもがき続ける。

だがその時、指先から暖かい光が溢れ、体中を覆った。

あれ……痛みが……

俺の体を覆った光が膨れるように広がると同時に、スライムが弾けて俺から離れる。

何が起こったのか理解出来ず辺りを見回すと、形の崩れたスライムが、核を中心に元の形に戻ろうとして蠢《うごめ》いていた。

今のうちに！

俺は脱兎《だっと》の如く駆け、来た道を逃げ戻る。

いつの間にか裸足《はだし》になった足の裏には石が食い込み、血が噴き出していた。

異常なまでに息は上がり、足がもつれて膝から倒れ込んだ。しかしすぐに立ち上がり、再び地面を蹴る。

とにかくあの場から逃げ出す事だけを考えて走り続けた。


気付いた時には部屋の中。俺は体中から汗を噴き出し、仰向けに倒れていた。

天井を見つめて息が戻るのを待っていたが、あのスライムが追って来ていないか気になり、急いで部屋の入口に張り付く。そして、恐る恐る外を覗くが、スライムの姿は見えない。

「怖ぇ……。あんな痛み初めてだぞ。痛すぎて何も出来なかった」

通路から目が離せず、しばらく凝視していると、突然痛みに襲われた。

足の裏と転んだ時の傷か……。アドレナリンが切れて痛みが出てきたのだろう。まあ、さっきの痛みに比べたら断然マシだな。

ここはゲームによく似た世界だけど、紛《まぎ》れもない現実だという事を、スライムに殺されかけて実感した。俺はこの危険なダンジョンを一人で生き延びて脱出しなくてはならないんだ。その為には今後もこういう危険があるだろうし、温《ぬる》い事言ってられない状況もあるだろう。

日本で会社勤めしていた頃とは違うんだ、覚悟を決めないとな……

痛む箇所を見ると、派手に出血していた。それに、鎧もボロボロじゃねえか。

革鎧は大部分が溶けたように崩れていて、触るとボロボロと地面に落ちていく。

溶けて首にへばり付いている胴当てだった物体を引っ張ると、最後の支えを失ったのか、見事に残っていた鎧全てが体からずり落ちた。下に着ていた服も全て溶けていく。

「服だけ溶かすエロスライムかよ……実際は肌も溶かしていたんだろうけど」

助かった安心感から軽口も出るが、自分の両手を見てある事に気付く。

「あっ、剣も盾も無いや」


その後も俺は部屋の入口から顔だけを出して、スライムがいた方の通路を食い入るように、見つめ続けていた。

一時間ぐらいたったか？

流石にもう大丈夫だろう。それにしても、喉《のど》が渇いたな。

痛む足の裏をかばって歩き、水の入った壺へと近付くと、柄杓を使って水を飲み干した。

「んっはぁ、うめぇ～」

水をすくい、傷口にかけて汚れを落としていく。

改めて体を確認すると、逃げた時に転んで出来た傷と、足の裏の傷はあるのだが、スライムに取り込まれた時に負ったであろう傷は体のどこにも見当たらない。

きっと、救命の指輪のお蔭だよな。手の平を掲げて指輪があったはずの指を見るが、そこには何も無かった。

汗と土で汚れた体も水で洗い落としていく。

溶けた装備の残骸《ざんがい》も流れて行き、改めて衣服がない事に気付かされる。

全裸というのも落ち着かないので、装備の入っていた袋を加工して着てみる事にした。

みすぼらしい貫頭衣《かんとうい》のようで、かなり悲しい思いをしたが、無いよりマシだ。諦《あきら》めるしかない。

さて、今後の事を考えると不安しかないのだが、取りあえずは地面に置いたままにしていた道具や素材を整理していく。

全てを片付け終わり、机の上に置いた紙束に目を通す。一番上には先ほど見た教本の紙があり、今ある素材を使って製作可能な物の説明が絵付きで書かれている。

別の紙も読み進めると、教本とは様子が違う記述が出てきた。

これは文字だけか。う～んと、スキルにステータスの説明？　……まんまゲームじゃねえか。

ん～っと、ステータスは「ステータスオープン」を行えば表示される？

「ステータスオープン！」

とりあえず、口に出してみた。

【名前】ゼン　【年齢】10　【種族】人族

【レベル】 1 【状態】 ――
【HP】 131/162 【MP】 22/22

【スキル】
・投擲術《とうてき》Lv1(0・0/100) ・格闘術Lv1(0・0/100)
・鑑定 Lv1(3・6/100) ・料理 Lv1(0・0/100)

【加護】・技能神の加護 ・******

「おぉ……」

いきなり情報が頭の中に流れ込んできたように感じる。

目には見えていないのに、文字をなぞれるような初めての感覚で、若干の戸惑いを覚えた。

え~っと、名前年齢は良いとして、種族欄があるって事は人族以外が存在してるって事か？

最初のレベルってのは、肉体や精神の強さの段階を表す数値ってところか。敵を倒すと上がるのかな。後はHPが体力ポイント《ヘルス》でMPが魔力ポイント《マナ》ね。この程度なら説明がなくても分かるんだよね、主にゲームの知識だけど。それよりスキルだな。

何故これらのスキルを所持しているのか理由を考えるが、確信は持てない。

鑑定は神様から頂いたと考えて良いよな。別に前世で目利きが得意だったわけでもないし。

投擲術は……高校で少しやっていた槍投げのお蔭か？

紙にはスキルについての説明が簡単に書いてある。スキルを所持していると動きや知識の補助を受けられるとの事だが、今のところ全く実感が持てなかった。持っているスキルは全てスキルレベル1なので、今の段階では恩恵も少ないのかもしれない。

ステータスにあるスキルに意識を集中すると、紙に書かれた物と同じような説明が頭に浮かんでくる。中々便利だ。

ステータスに表示されるスキルの後には、数字が付いてる。これは多分スキルレベルの熟練度的なものか。鑑定が微妙に上がっているのは、先ほどから何度も使っている影響だろう。１００貯まればスキルレベルが上がるって事で良いのだろうか？

スキルレベルの上昇で、どれほどの恩恵が受けられるかは謎だが、能力の上昇が数値化されて目に見えるなら、俄然《がぜん》やる気が出てくる。

最後に加護か。技能神の加護って何だ？

【技能神の加護】：加護の対象者に技能神より固有スキル【多才】を与えられる。【多才】を得た対象者は、固有スキル以外の全てのスキルを修得出来る可能性を与えられる。

う～ん、これは凄いのか？　説明見てもマジで分からん。

そもそも、人間努力すりゃ大体の事は出来るはずだ。たとえば料理にしても、それがどの程度まで行けるかは本人の努力と才能次第だが、少なくとも永遠にクソ不味《まず》い料理しか作れないって訳じゃないだろ。それとも、もしかしてこの世界では才能の芽みたいなのがないと、いくら努力してもスキルを得られないのか……？　いやー、そんな世界は嫌すぎる。料理の才能がない嫁さんを貰ったら、永遠に飯マズ生活なんてありえない！

それから、技能神の加護の下にある、隠されている何か「＊＊＊＊＊」も気になる。意識を集中して説明が出るか試してみるが、全く反応がなかった。何だろうなこれは。俺の頭がバグってるのか？　まさか、邪神の呪いとかで隠されているんじゃないよな？

まあいいか、分からん物は分からん。何にせよ貰えるものはありがたい。

ステータスの説明を全て読み終えた俺は、教本を手に取り、どれを作ろうかと悩んでいた。

一番簡単そうなのは木のヘラ作りだけど、ヘラなんて何に使うんだ？　何でこんな物を選んだんだ神様は……。それより、このナイフ作りだよな。炉の使い方も書いてあるし、何より今は武器が欲しい。

そう思い、まずは炉が稼働するか確認する。

教本によると、【初級魔力炉】は魔力を使って火をおこす装置らしい。炉の下部にあるペダルを踏み込むと体内のマナを炉に補充出来ると書いてある。

ステータスを見る限り、俺にもちゃんとマナってのはあるみたいだけど、22で足りるかな？

炉に近付きペダルを踏み込む。

すると、体の力が抜けるような不思議な感覚がして、体から何かが吸い取られていくのが、明らかに分かった。あまり気分の良い物ではない。少しの時間でそれは収まり、これ以上は炉に入らないと感じた。肉体的にはそこまできつくはないけど、精神的に疲れるって感じで、なんか溜息がでそうだな。

あっ、ステータス見てみるか。

「ステータスオープン」

【名前】ゼン　【年齢】10　【種族】人族
【レベル】1　【状態】――
【H　P】131／162　【M　P】12／22

【スキル】
・投擲術　Lv1（0・0／100）・格闘術Lv1（0・0／100）
・鑑定　Lv1（3・6／100）・料理　Lv1（0・0／100）
・魔法技能Lv0（0・2／50）

【加護】・技能神の加護　・＊＊＊＊＊＊

ＭＰは10減ったのか。結構使っている気がするけど、スキルレベル1だし、消費量としてはそんなに多くもないのかもしれない。

おっ、何かスキルが増えてるじゃん。ほうほう、魔法技能か。ＭＰ使う行動を取ったからかな？スキルレベルは0からスタートするのか。今0・2って事は、あと二百五十回で上がる計算になる。先長すぎるだろ……スキルレベルアップまでの遠い道のりに、少し気持ちが萎《な》えそうだ。

気を取り直して炉の操作を続ける。

火は見えないが炉の内部全体から熱が出ているようだ。炉が放つ熱を頬に感じる。

炉の稼働は確認出来たので一度火を止める。すると、余熱もなく瞬く間に温度が下がったようで、炉からの熱を全く感じなくなった。とても単純な事ながら、改めてこの炉が魔法の道具だと思い知らされる。

教本に載っている炉の説明には、一度の魔力補充で目盛りのⅡなら一時間は稼働すると書いてあった。ちょっと疲れるくらいの魔力消費なのに……燃費の良さに度肝《どぎも》を抜かれる。

また、この魔力炉には鍛冶スキルが低い場合に補助してくれる機能もあるようだ。当然、俺は今まで鍛冶仕事なんかやった事ないし、まだスキルも持っていないが、炉の恩恵でナイフくらいなら作れてしまうらしい。

ナイフや剣などの原形はスキルを使用すれば自動的に基本的な形に成形されるようなのだが、ちょっと想像出来ないな。

加えて、鉄鉱石などの製錬もこれ一台で行えるらしい。何か、すげえな！

実際に設備が動くのを見ると、やる気が出てくる。早速ナイフの製作にとりかかる為に、まずは大きな木の桶に水を張る事にした。

部屋に設置されている水壺を傾けて、桶に水を満たしていく。傾けた壺を元に戻すと、おかしな事に気付いた。結構な量の水を桶に移したはずなのだが、壺の水が減っているように見えないのだ。

そういえば、この大小の壺は鑑定をしていなかった！

名称：【水龍の水差し】

どうやらこれも魔法の道具らしい。無限に取り出せるパンといい、きちんとライフラインが備わっているのだろう。

名称：【消臭の壺】

……消臭？　あぁそうか、こっちはトイレか!?　ゲームじゃないもんな。食ったらそりゃ出るわな。

壺の正体も分かったところで、水の入った桶を引きずって炉の近くまで運ぶ。道具箱も持って来て、鍛冶道具を取り出して作業台に並べる。これで準備は整った。

インゴットを中に入れて炉に火をつける。

少しするとインゴットが赤熱《せきねつ》し始め、加工が出来る温度になったように見えた。

鍛冶道具の中からペンチのような形をした平箸を手に取り、炉に近付けてナイフの形をイメージする。教本によると、手を動かすのではなく、頭でイメージする事で鍛冶スキルが発動して原形が作れるらしい。意識を集中して作りたい物を考えると、まるで頭の中にリストがあるような感覚で、様々な武器の形が浮かんでくる。

炉の中にある鉄を素材にしたいと意識して選択すると、熱せられたインゴットの一部が熔《と》けて粘度のある液体のように動きだし、平箸に向かい伸びていく。自然に鉄が動き出すなんて、これもスキルの力なのか。

伸びた鉄の液体を平箸で掴み、更に成形したい形のイメージを込めると、頭に浮かんでいたナイフとそっくりの形に変形し、炉の底に残っているインゴットの塊から離れた。まるで3Dプリンターのようで、思わず唸《うな》ってしまう。

「うぉ〜、凄まじい。この世界怖えよ」

出来上がったナイフの原型を、金床に載せてハンマーで叩いていく。冷えたら炉に戻して温度を上げる。何度かそれを繰り返し、イメージ通りの形が出来たので、水桶の中にナイフを沈めた。

「後は研ぐだけか……」

長さ二十五センチ、幅は七〜八センチほどの、肉厚で重量感がある頑丈そうな刃になった。

次は、ナイフの柄を作る為に作業台へと向かい、道具と素材になる木材を用意する。

細かい細工は考えず、握りやすい形をイメージしながら作っていく。教本では柄を留める鋲《びょう》は木材で作ると書いてあったのだが、鍛冶スキルの検証を兼ねて、金属の鋲を作ってみる。教本にはない物が作れるかのテストだ。

結果はイメージ通りの物が出来上がった。他にもいくつか試験的に部品を作ってみるが、バネのような難しい物は出来なかった。これはスキルが足りないからだろうか？

出来上がった鋲は冷やしておき、砥石《といし》でナイフを研ぐ。そして、最後にそれらを組み合わせた。

「よっしゃ、出来た！　初めてにしてはなかなかの出来じゃないか？　早速鑑定だな」

名称：【幅広のナイフ】

ふははは、素晴らしい。ちゃんとナイフと表示されているではないか。

上機嫌で出来たてのナイフを振り回してみる。

戦闘のメインで使う為に作った物ではなかったが、このサイズは思ったより振りやすかった。

少しの間、ナイフを撫《な》で回したり眺《なが》めたりしていたが、ふと空腹を感じたので辺りを見回すと、外が大分暗くなってきている事に気付いた。

「もう夜になるのか」

体感だけど、目が覚めてからまだ五～六時間てところだよな、って事は十二時ぐらいに起きたのか。いや、そもそもここは地球じゃなかった。この世界は一日二十四時間なのかも分からない。

一人で考えても答えは出ないんだよな……。様々な疑問が湧き、自然と溜息が出てくる。

表の様子が気になり、痛む足を庇いながら入口に向かう。頭を出して外の様子を窺うが、物音一つせず、静かなものだった。

「スライムも、来る気配はないな」

この部屋にいる数時間の間ではあるけど、部屋の前を何かが通過した気配もなかったし、ここは安全と考えて良いみたいだな。本格的に暗くなる前に飯を食って寝ちまおう。

作業台へと戻り、パンを頬張りながら、今後の事を考える。

とりあえず、鍛冶が出来る事は分かった。スキルの有用性も確認出来たし、教本と素材がある物に関しては、自分で作れると考えて良いな。

足の怪我が治り次第、外の壁を上ってみたいけど、完治するのを待つか、教本にあるポーションを試すかは考えどころだな。何が起こるか分からないから、節約は大事だろうし。

ん〜よしっ、取りあえずは足が治るまでの間に、教本にある物を片っ端から作るか。

外を見ると既に日は落ちていた。月明かりが部屋の中にも射し込むようで、真っ暗にはなっておらず、ある程度は部屋の中を見回す事が出来る。気温もそこまで下がってないし、火をおこさなくても寝るには問題ないな。

そうすると、この寝床もそこまで悪くないかもしれない。慣れたら余裕で眠れそうだ。

意外と快適な藁の寝心地を感じながら、俺は誘われるまま睡魔に身を委ねた。

◆

朝の光を感じながら、藁の匂いに包まれて目を覚ます。寝苦しさも寒さも特に感じずに、一度も眠りから覚める事なく朝を迎えられた。時計が無いので時間は確認のしようがないが、満足のいく時間睡眠が取れたようで、快適な寝起きだ。

「ふぁ～……」

足を注意しながら立ち上がって、大きく息を吸い込み、体を伸ばす。一瞬、体が小さくなっている事に驚いて混乱したが、すぐに原因を思い出し、安堵の息を吐いた。

そうだ、俺は生まれ変わったんだよな……

壺からコップに一杯水を汲み、歯ブラシを手に取って表に出る。

何の毛か分からない、謎の歯ブラシで歯を磨いていく。当然、歯磨き粉なんて無いので、そのまま磨くだけだが、しないよりかはずっとマシで、随分すっきりとした。

部屋の外は、垂直にそびえ立つ壁に囲まれているが、部屋の入り口から日差しは十分射し込み、俺の体を温めてくれる。

朝の運動がてらに、軽く体を動かしながら辺りを見回すが、相変わらず周囲には何もいないようで、動物や魔物の気配などは全く感じなかった。

うがいをして、吐いた水が地面に染みこむのを見つめながら、水の扱いを暫し考える。

鍛冶で使う水に関しては炉を動かせないから仕方がないが、それ以外の水は極力表に出て使おうと思った。生活汚水を室内に垂れ流す訳にはいかないしね。

それに、現状は柄杓やコップしか水を汲める物が無い事に軽い不満がある為、手頃な大きさの桶も欲しい。

欲しい物を挙げていくと、今ある素材だけでは足りないのは明白だが、解決方法はすぐに思いついた。材料が無いなら伐《き》ればいいのだ。

都合よく目の前の通路には木が一本生えている。この木を除けば昨日進んだ三方向の道いずれにも木は生えていなかったので、こんな近場に木があるのは、神様の配慮だと思える。教本にも斧の作り方があるし、これを活用しろって事で間違いないのだろう。

同じく素材という事で言えば、鉄に関しても特定の場所を掘れば出るような気がしている。教本にツルハシの作り方が載っていて、あの炉を使えば製錬作業が行える事を考えると、鉱石の調達もそれほど難しくないのかもしれない。


さて、今日は予定通り、一日中教本を見て製作に明け暮れる。

まずは木のヘラからだ。これは俺が日常生活品を送る上で最優先アイテムとなった。何故なら、紙がないのでお尻を拭《ふ》くものがないからだ。ファンタジー世界に来て、こんな事で悩むとは思わなかった。

木工製品の教本は木材を削るだけの工程で出来る簡単な物ばかりで、慎重に削っていけば問題なく作れた。だが、昨日のナイフ作りの時のような、スキルの補助は感じる事はなかった。

パンしか食べるものがないのに、食器類の教本があるのは何の冗談かと思ったが、いつか役に立つと信じて作っておこう……

　次に金属製品を作製する為に、炉に魔力を注《そそ》いで火を入れる。炉の中に昨日の充填《じゅうてん》分がどれだけ残っているかは分からないが、再び体から力が抜けていく感覚を覚えた。

　まずは教本のページ順に斧、ツルハシと作っていく。これらの道具は後々ダンジョン内の生活で必要になってくる気がする。

　続いて剣の教本を見て手が止まった。

　剣か……。昨日は無策で突っ込んだとはいえ、あの弱そうなスライムにさえ、この身体能力と技術じゃ通用しないだろう。それなら、今持っているスキルの投擲術を活かせる物を作りたい。

　そうすると、投げ槍を作るのが良いのかな？　大昔の人が投げ槍でマンモスとかを狩ってた絵を見た事あるし、名案かもしれない。

　投擲術って名前だし、スキルは投げる物全般で使えそうだから、投げナイフも有効かもしれないな。よし、剣はやめだ。

　正直、近付いて戦うのは怖すぎる。それに、そもそも剣術はスキルさえ持ってないし、何かとやり合う事になっても、体格的に子供の体では不利だ。あの地獄の痛みは二度と御免《ごめん》だしな。

　鍛冶スキルのレシピから投げ槍を見つけた。しかし、レシピ通りだとかなり大型のようだ。自分の体が子供なので仕方ないが、レシピ通りに作っても使えないんじゃ意味がない。ここはレシピを元に、ひと回り小さくイメージを修正していく。

　ある程度イメージが固まってきたところで、悩ましい問題に直面した。槍の全体を鉄にするか、穂先だけ鉄にして、柄の部分を木材にするかだ。

この選択次第で、かなり素材の消費割合が変わってくる。

槍の穂先から柄まで全て鉄製にすると、残りのインゴットを全て消費する量が必要になる。これは子供サイズだから辛うじて足りているが、元のサイズで作ったら足りない量だ。鉄なら不要になっても溶かせばやり直しは利くけど、残りのインゴットをほぼ全部使って、また剣のように無くしたら笑えない。

一方、柄に木材を使う場合は、今ある素材では木材の長さが足りない。加工して組み合わせる事も出来そうではあるが、今の俺の技術では失敗しそうな予感がする。仮に成功したとしても、手持ちの木材を大量に使う事になるので、慎重に選択しなければならない。

それならまずは、あそこに生えてる木から必要な長さの木材を切り出すのが確実だろう。そうすれば、数本は投げ槍を用意出来そうだし、余った木を他の用途にも使えるだろうから、一石二鳥だ。

投げ槍の製作は一旦中断して、木材を入手してから再開しよう。


一休みしようと作業台に腰を掛けると、小腹が減っている事に気付いた。

水とパン。まだ辛うじて平気だが、すぐに食べ飽《あ》きてしまうのは予想出来る。食べられるだけ有難いのだが、つい先日まで日本で普通の食生活を送っていただけに、食べ物への欲求が高くなるのは仕方ない。

せめてハムでもあれば、パンに挟んだだけで美味いのに。いや、ハムなんて加工食品は贅沢か。

レタスでいい。草だし、贅沢じゃないだろ。はぁ、考えるだけ無駄か……


質素な食事を済ませて、教本の次の項目に取り掛かる。

今度はマジックバッグという物を作るつもりだ。主な材料は【黒狼の革】と【浮魔の瞳石】だ。

教本にある説明では、名前の通りの魔法の鞄で、見た目以上のサイズの物が収納出来るとの事。ゲームで言うアイテムボックスみたいなものか？　本当にそんなものが自作出来るなんて信じ難いが、この瞳石に不思議な力があるのだろうか。

教本に書いてある型紙に合わせ、黒狼の革を切っていく。続けて、紐を通す穴を錐《きり》で開け、縫い合わせる。こうして一つ一つ手作業で物を作るのは、時間が掛かるが楽しい。

工作やプラモ作りなどは今まで殆《ほとん》どやった事がなかったが、物作りは案外俺に向いているのかもしれない。

そんな事を考えながら作業を進めて、革の縫い合わせの作業は完了した。

本来はバッグを腰紐やベルトに通して身に着けるのだが、服を失った今の格好でそれは無理だ。なので、革の端切れを細《ほそ》く切って縫い合わせ、ベルトのようにして、直接腰に着けられるように加工した。

縫い目は素人丸出しだが、そこさえ見なければ結構なクオリティーに思える。

黒狼の革の濃い黒色がシックな感じを出していてかなり良い。

さて、この段階では、単なる「黒狼革の腰鞄」でしかないので、更に作業は続く。

鞄の中頃まで覆う「かぶせ」の部分を上げて、鞄の外側中央に作ったポケットの中に、浮魔の瞳石を取り付ける。

瞳石の固定には金具などを使うのではなく、ポケットに瞳石を入れて縫い付ける作りだ。ポケットには、瞳石を露出させる程度の切れ込みを入れて、外からでも瞳石に触《ふ》れられるようにしている。もっと格好《かっこ》よく金属の台座に瞳石を埋め込んで縫う形を思い付いたが、初の魔法アイテムの作製だけに、慎重を期して今回は手を加えずに教本通りに作製したのだ。

瞳石を取り付けただけではまだ完成ではなく、この魔法の鞄を使用する為の工程が残っている。

それは所有者登録だ。

どうやらマジックバッグには物理的な鍵ではなく、血を登録する事によって、登録者のみが使用出来る機能があるらしい。最初の登録者が所有者となって最高権限が与えられ、登録者の追加などの管理も行えるようだ。

早速登録を行うべく、ナイフの先端で親指を少し傷つける。鞄に付けた瞳石に親指で触れると、一瞬指先に電気が走ったような痺《しび》れを感じた。反応があるって事は、多分成功したのだろう。

鞄の中を見ると、水面のように波紋《はもん》を浮かべる、銀色の空間の膜が作られていた。

恐る恐る手を突っ込んでみると、鞄の大きさからは考えられないほど、どこまでも腕が沈んでいく。流石魔法の道具だと感心はしたが、同時に、抜いたら腕の先が無かったらどうしようかと急に怖くなる。

慌てて腕を引き抜くと、幸い、腕は以前と変わらず何の問題もなく生えていた。

ほっと息を吐き、今度は先ほどまで使っていたハサミを、ゆっくりと水に浸《つ》けるように鞄に入れていく。ハサミは抵抗なく沈んでいき、ハサミを持つ俺の指が空間に接触すると、手の中から感触が消えた。

次はハサミを取り出してみる。マジックバッグに手を突っ込むと、先ほどには感じなかった、ハサミが入っているという情報が頭に浮かんできた。

頭の中で選択をすると手にハサミが収まるのを感じ、そのままマジックバッグから手を引き上げると、さっき入れたハサミを持っていた。

面白いのでマジックバッグに手当たり次第道具を入れていく。入れたのは小物ばかりだが、本来なら相当の重さになるはずだ。しかし、元の鞄の重さしか感じない。

何だこれは、全くもって素晴らしい！　こんな物が日本にあったら、トラックなんて必要ないんじゃないか？

教本の説明によると、鞄の口に入らないような大きい物を収納する場合は、片手で瞳石を触ったまま、もう片方の手で対象に触れて念じれば実行されるようだ。ただし、その際は、対象の形を完全に認識していないと駄目らしい。要するに、地面に埋まっていて一部が露出している物などは、掘り出して全貌《ぜんぼう》を把握するか、予《あらかじ》め全体像を把握している物でない限り、マジックバッグに入れられないって事だ。

また、生物も中に入れる事が出来ないみたいだ。

最後の説明には、バッグの許容量が書いてある。

マジックバッグを作れる石には等級があり、それによって容量が変わるみたいだ。俺が使った瞳石で約一立方メートルの容量。縦横二十センチもない小さな鞄がそれだけの容量を持っているという事実には違和感しかないのだが、便利なんだから文句はない。ここは魔法万歳と言っておこう。

マジックバッグを作り終えた頃には、すっかり日が落ちて暗くなってきていた。暗い中で作業する気はないし、もう疲れたので今日は終わりにする。

ここまでの作業は至って順調だ。

子供時代はこれほど器用には出来なかった気もするが、体の操作は記憶や魂に依存するという事なのだろうか？

まあいいか、体が思い通りに動かせている事実があれば良いのだ。

作業台から立ち上がって伸びをすると、昨日怪我をした足に少し痛みを感じたが、大分良くなってきている。若い体は治りが早いって事かな？　長い間おっさんをしすぎて、そういう感覚はもう忘れているよ。

本格的に暗くなる前に食事をとる。布団に潜り、寝る前にステータスの確認をした。

そうそう、ステータスは別に言葉にしなくても、頭の中で意識をすれば見られるっぽいね。

【名前】ゼン　**【年齢】**１０　**【種族】**人族
【レベル】１　**【状態】**――

【ＨＰ】137／162【ＭＰ】14／22

【スキル】
・投擲術　Lv1（0・0／100）・格闘術Lv1（0・0／100）
・鑑定　Lv1（3・8／100）・料理　Lv1（0・0／100）
・魔法技能Lv0（0・4／50）・鍛冶　Lv0（1・2／50）
・錬金　Lv0（0・5／50）・大工　Lv0（0・4／50）
・裁縫　Lv0（0・2／50）

【加護】・技能神の加護　・＊＊＊＊＊＊

ん、いつの間にかスキルが増えている！　しかも結構上がっている。今日やった作業に対応したスキルが追加されていっている感じか。

ふふふ、これは楽しいな。しかも簡単にスキルレベル1にはなれそうだ。

明日は残りの教本を片付けて、あとは木こりタイムだな。

んじゃ、おやすみなさい。

◆

翌朝、目を覚ました俺は、昨日未着手だったポーションの製作に取り掛かった。

【低級ポーション】の作製方法は至ってシンプルだ。

まず、【雫草】を乳鉢で潰して、そこに水を加えて成分の抽出を促す。成分が溶け出した液体を濾《こ》して容器に入れるだけ。試験管に三本分の低級ポーションが出来上がった。実に簡単だった。

教本の説明には、負傷した場合、飲むか患部に掛けると有効とある。この雫草自体にもある程度薬効があるのだろう。ちなみに、この低級ポーションを基礎にして素材を追加すると、上の等級のポーションが作製出来るらしい。

色は薄い緑色で、もろに草の匂いを漂わせていて、いかにも不味そうな印象だ。

足の裏の傷は大分良くなったが、体重をかけるとまだ痛みがある。ここでポーションを使うかどうかは悩みどころだが、効能のテストの為にも半分は飲んで、もう半分は患部に塗布《とふ》する事にした。

まずは口に含んでみる。先に匂いを嗅《か》いでしまった為に、飲み込むまで少し躊躇《ちゅうちょ》したが、勢いを付けて一気に半量を飲み干した。

「うぇ……まずぅ」

思わず唸ってしまう。やはりかなり不味い。とてもじゃないけど、好んで飲むような物ではない。

少しすると、体が中から温かくなったような感覚を覚えた。特に、怪我をした足の裏にそれを感じ、驚いて見てみると、先ほどまであった細かい切り傷が塞がって新しい皮膚《ひふ》が出来ていた。腫《は》れも引いているようで、もう手で触っても痛みは感じなくなっている。スライムから逃げる時に転んでできた傷も同じく治っていた。

「うぉぉ、ポーションすげえ！」

こんなのがあるなら、この世界じゃ医者なんかいらないんじゃないのか？

足の傷がここまで治ったら、もう半分は無理に使わなくていいか。

普通に歩いても痛くないし、これなら壁も登れそうだな。


早速表に出てダンジョンの壁面を確認してみる。

この壁、改めて見るとボロボロだな。顔を近付けると、土が乾燥した物のように見える。

壁に手を伸ばして体重を掛けてみると、驚くほど脆《もろ》く、手を掛けた部分が呆気《あっけ》なく崩れ落ちた。

うぉっ、こんなにすぐに崩れるのかよ！　こりゃ登るとか不可能じゃねえか……

場所を変えて慎重に登ってみるが、今度は足を掛けた部分を踏み砕いてしまう。

壁は十階建てのビルほどあり、この高さを登り切るのはどう考えても不可能だと判断した。

まあ、壁が頑丈だったとしても落ちたらヤバイし、素手で登るのはありえないか……

これで脱出の手段が道を進む以外になくなったぞ。

う～ん、魔物に出くわしたらマジでやばいけど、諦めるには早い。

この世界に来て三日も経ってないんだ、こんな面白そうな世界を堪能せずに死ぬなんて、ありえねえ！

まあ、ダンジョンの壁を登って脱出なんて反則っぽいし、スッパリ諦めよう。

気持ちを切り替えて、一度部屋に斧を取りに戻る。

次は、予定通り木材の調達だ。

正面の道に生えている木は六メートルほどの高さがあり、まっすぐに伸びた幹から左右に数本の枝が伸びている。まだ若木のようだが幹はしっかりとしていて、枝の先にある葉は青々として生命力に溢れていた。

名前を確かめてみようと、鑑定スキルを木に使う。

名称：【マホガニーの木】

マホガニーって建材なんかに使う木だよな？　知らない名前の植物が出てくると思っていたけど、地球にある木も存在するのか。実物を見た事はないし、木の性質なんかも詳しい事は知らないが、建材として使える木だから伐《き》っても無駄にせずに済みそうだ。


「ふぅ～、やっと伐《き》れたか」

ややあって、ようやく木が倒れた。自分で作った斧で切り倒せた事に満足する。

動き過ぎて、体中が汗でビッショリになってしまった。

水を全身に浴びて体温を冷ましながら、休憩がてら次の作業を考える。

まず必要なのは、投げ槍の柄と桶だから、その分をノコギリで切れば良いか。柄は長細い棒にするとして、桶はどうやって作ろう。

ん～、大工スキルでレシピが出ないのが謎だ。大工スキルのレシピを思い浮かべても、木材の製材方法や、昨日作った木のヘラと食器しか浮かばず、鍛冶スキルを使った時のような、様々なレシピの閲覧《えつらん》は行えなかった。

やり方が違うのかな？　一度感覚を確かめよう。

試しに鍛冶スキルを使ってみたが、何故か頭に浮かぶ鍛冶のレシピが大幅に減っていた。

あれ、バグってんのか？　あっ……違う、そういう事か。

たしか炉の説明には「鍛冶スキルを補助する」とあったはずだ。部屋に戻って炉の近くでスキルを使ってみると、思った通り、今度は以前のようにレシピが見られた。

なるほど、これが補助って奴か。要するに炉の近くだと、スキル値が上昇するって事だな。

炉から離れて鍛冶のレシピを見ると、知っているはずの事を思い出せないせいで頭がモヤモヤしてくる。この感覚はやばい。炉の近く以外で鍛冶のレシピ見るのはもう止めよう。

だが、昨日作ったナイフだけは炉から離れても作り方が分かるので、一度作った物は炉の補助を受けなくても頭に浮かぶようだ。

まあ、スキルの検証は程々にして、日が落ちるまでにやれる事はやっちまおう。

気を入れ直して、木材の加工を考える。

大工スキルでレシピが見られない以上、桶の製作は自分で考えて作るしかない。記憶にある木の桶は、木の板を組み合わせて作るものだが、加工技術が足りないし、接合する金具の作り方が分からない為、単純に木をそのままくり抜いて作る方法を採用する事にした。

地面に倒れている木からノコギリで適当な大きさの木材を切り出す。ノコギリだと、斧で切るより時間が掛かってクタクタになってしまう。

疲労と空腹により一時間ほど休憩したが、なんとか木材を切り出して部屋に運び入れた。

次は、ノミと木槌《きづち》を使って中身をくり抜いていく。この作業はとても時間が掛かり、瞬く間に日が暮れていた。今日中は無理か。

作業を中断して、木のクズを空いている袋に纏める。

食事と歯磨きを済ませて布団に潜ると、すぐに睡魔に襲われた。

考えてみれば、今日はかなりの重労働をした気がする。子供の体であれだけの作業をすれば、疲れてもおかしくはないだろう。俺は睡魔に身を任せて、素直に眠りに落ちた。

◆

今日は鳥の鳴き声で目を覚ました。

鳥……？　鳥がいるのか！

そういえばダンジョン内ではあのモンスター達以外の生物は見ていないが、ダンジョンの外には当然、他の生き物もいるんだろう。鳥ならばこの崖も関係なく下りて来る事もあるだろうし、どうにかして捕まえられないかな？

いい加減、パンだけの生活には飽きてきたぞ……

朝飯を食べながら、そんな事を考えていると何かが頭に引っかかった。

無限にあるパン……

一時期、毎日のように会社の近くの公園で昼飯を食っていた事があった。……別にボッチとかじゃなくて、心地好い日差しの中で食べる飯が美味かったからそうしていただけだ。嘘じゃないぞ。

その時、たまにパンをちぎって鳩の餌にしていた事を思い出したのだ。

まずは、餌付けだけでも出来ればいいけど、寄って来るかな？

まあ、いくらでもパンはあるんだ、やるだけやってみよう。

鳴き声だけでまだ鳥の姿は見ていないが、物は試しとパンを二つほど取り出して、細かくちぎって部屋から少し離れた場所に撒《ま》いておいた。警戒されないようにしばらくは餌を撒くだけで放置しておくのがいいだろう。

部屋に戻って、昨日の続きの桶作りを再開する。作業は大体三分の一ほど残っているが、もう少し中をくり抜けば、あとは細かい成形の作業だけだ。薄く仕上げる自信がなかったので、底も側面も厚みを残して作業を終えた。重くて見栄えも悪いが、この方が丈夫だし水も漏れないので気にしない。

試しに水を半分ほど入れて持ち上げてみる。少し重たいが持てないほどではなく、一度に大量の水を使えるので満足だ。

桶を仕上げた俺は、今度は投げ槍の柄を作る為に、昨日伐《き》った木から柄の長さの棒状の木材を切り出す事にした。

自分の身長と同じぐらいの長さに、丸太から棒材を切り出していく。

ノコギリが幹の半分くらいに差し掛かると、急に今までとは手応えが変わった。

「うぉっ、何事だよ!?」

ノコギリの刃が今までの倍ほどの速さでズブズブと進んでいくので、驚いて手を止めてしまった。

「もしかして……スキルか？」

ステータスを開いて確認すると、思った通り「大工」が上がっていた。

昨日の夜は疲れていたのでステータスをチェックせずに寝てしまったが、どうやら製材工程でもスキルの熟練度が上がるようだ。

いきなり倍の早さで作業が捗《はかど》りだしたので、調子に乗って全力でノコギリを進めていく。あっという間に切り出しが終わり、続けて大まかな柄の形へと棒材を加工する。

スキルの恩恵はすさまじく、今までの苦労がなんだったのかと思うほど、楽に作業は進められた。

スキルが上がってから、ものの数十分で、全ての製材作業は終わった。

おおまかに加工した棒材を削って槍の柄を作る。細かい調整は穂先が完成してからでいいだろう。

スキルが上がったお蔭で、この作業もスイスイと捗り、瞬く間に柄は出来上がった。


いよいよ投げ槍の穂先の製作に取り掛かる。

槍の穂先は両刃の剣の切っ先のように、鋭利な三角形にして突き刺さりやすい形状にした。残っていたインゴットを全て使い、四本分の穂先を作り上げた。

さて、穂先と柄が出来れば、後は組み合わせるだけだ。

残りの作業は単純で、柄の口金《くちがね》に、穂先を差し込み固定すれば完成だ。

合計四本の投げ槍は、長さが一メートル五十センチ、重さは一キログラムというところか。この体だと長さがあるので少し重たく感じる。

穂先は二十センチほどで、全く飾り気のない、実用一辺倒の投げ槍が完成した。別に投げるだけでなく突いても使えそうな一品で、自分でも満足な出来だ。

両手で槍を持ち振り回してみるが、思うようには扱えず、重さで体が引っ張られる。やはり槍術のスキルを持っていないと、うまく扱うのは無理らしい。

この体格で槍を使いこなせるか分からないが、地道に練習をしてスキルが付くか検証してみるしかなさそうだ。

槍術は置いておくとして、本命の投擲術を試そうと、四本の投げ槍をマジックバッグに入れて部屋から出る。

的《まと》は無いので、とりあえずは壁に投げつけてみる事にした。

正面の道を少し歩いてから振り返り、部屋がある方の壁に向けて、助走は付けずに体全体で槍を投げてみる。槍は予想外に良く飛び、ゆるやかな弧を描きながら壁に突き刺さった。

乾いた土の壁は脆いとはいえ、穂先全てが壁に埋まっている。

「子供の力って、こんなに強かったけ？」

ここから壁まで大体十メートルくらいの距離がある。十歳の子供が一キロの物を十メートルも投げられるかと言われれば、多分無理だと思う。現に、さっき槍を振り回した時は、かなり重たく感じ、思い通りには扱えなかった。

だが、何故かこれを投げれば壁まで届きそうな気がしたのだ。実際に体をうまく使い、綺麗なフォームで投げる事が出来た。これもスキルの恩恵という奴なんだろうか？

ならば、と今度は助走を付けて全力で投げてみる。

当然さっきよりも飛距離は伸びるだろうから、今度は通路側に投げる事にした。十分な距離の直線があるので助走をつけても大丈夫だろう。

「ふっ！」

大きく息を吐きながら槍を放つと、綺麗な放物線を描き飛んでいく。

正確な距離は分からないが、感覚では二十メートルは飛んだのではないだろうか？

学生時代の記憶からしたら飛距離が短く感じるが、この体なら相当なものだ。

地面に落ちている槍を拾って状態を確認すると、特に壊れているようには見えない。これなら、まだまだ投げて使えそうだ。

「そういえば、スキルは上がってるのか？」

まだ二回しか投げてはいないが、スキルレベルの熟練度を確認すると０・１と、僅かだが上昇していた。少しでも上がっている事実に口元が緩む。

検証を兼ねて、今日は体力が続く限り投擲術を上げてみる事にした。

結局、この日は三時間ほど槍を投げ続けた。つい部活時代を思い出して楽しくなってしまったのだ。明日には猛烈な筋肉痛が来そうだが、それはまた明日考えればいいだろう。

俺は心地好い疲労感を感じながら、瞬く間に眠りへと落ちていった。

◆

「うがぁ……腕が……」

寝返りで動かした腕の痛みで目が覚めた。

昨日散々槍を投げ続けた結果、当然ながら腕が悲鳴を上げている。腕だけでなく全身から疲労感と筋肉痛を感じるが、運動をした翌日にすぐに筋肉痛が来ると、ちょっと嬉しい。

「若いっていいなぁ」

いやいや、これが自分の体か……。まだまだ、意識がおっさんなんだよなぁ。

子供の体を動かすのに支障はないが、どうしても自己認識に齟齬《そご》がある感じで、一歩引いて他人事のように自分を見ている感覚が消えない。当然と言えば当然だよな、数日しか経ってないし。

あまりにも体がだるくて身動き出来そうにないので、しばらく横になっていたが、ふと作業台の上に低級ポーションが半分残っているのが目に入った。

ポーションは疲労回復にも効果があるんだろうか？

痛む体を無理やり起こし、作業台に向かう。低級ポーションを取ろうとするが、右腕が上がらない事に気付き、左腕で掴んだ。これは流石にやり過ぎたかもしれない。

少し反省しながらコルクの栓《せん》を抜き、ポーションを一気に呷《あお》る。

「ぶっふぁ！　不味すぎる!!」

寝起きですっかりこのポーションの味を忘れていたよ。

危うく全部吐き出すところだったが、辛うじて口から少し垂らす程度で我慢《がまん》が出来た。

そうこうしているうちに、ポーションの効果が出始めたようだ。右腕を中心に体中が熱くなり、だるさが取れてくる。これは、効いてるぞ！

腕を動かしてみると少しの違和感があるが、痛みはほぼ消えていた。

体の調子も回復したので、昨日作った桶を使って顔を洗おうと水面を覗き込んだ。

ところが、水面に映った自分の顔に驚き、一瞬体が硬直した。

「誰だこいつ!?」

いくら何でも自分の顔を見間違えるはずはない。三十年くらい前の記憶とはいえ、子供の頃の顔だって覚えている。だが、どうも印象が違う。

俺は黒髪で中肉中背、典型的な日本人顔の、所謂《いわゆる》フツメン。不細工ではないが特徴もない、「薄い顔」だというのが友人達からの評価だった。

だが、今水面に映っている顔は確かに自分の顔の面影はあるのだが、明らかに他の誰かと混ざったような……まるで外国人との間に生まれた、ハーフの子供みたいな顔立ちになっている。

水の鏡だと、細かな部分までは分からないが、髪の毛の色はハッキリ違い、黒髪ではなく明るい色が見えていた。

「これは……」

流石に言葉が出ない。そのまま角度を変えながら数分間水面を見続けていたが、容姿が良くなってる分には何も問題ない、むしろ万歳だと結論付けた。元々の俺の顔がベースになっているので、全くの別人になったという感覚も薄いし。

しかし、誰と混ざってるのかだけは流石に気になるな。「いつか神様に聞く事リスト」を心の中に作っておく事にした。

一頻《ひとしき》り驚いたところで、朝の身支度を一段落させて、今後の予定を考える。

今出来る事は限られているが、採掘、投擲術の訓練、余っている木材を使った大工の訓練くらいが妥当な線か。

特に採掘は優先的に試したい。崖を登るのは諦めたが、もしかしたら穴を掘って脱出が出来ないか気になっているからだ。正直、横に掘るだけじゃ出られる気はしないが、試すだけはやってみようかと思う。

ついでに鉄とか他の金属が掘れると良いのだが、簡単に出るだろうか？

炉に製錬機能があるのと、教本の中にツルハシがあるんだから、掘れと言っているような物だと思うんだよね。槍以外の投擲武器も欲しいけど、既に手持ちのインゴットは尽きてるから、そういう意味でも採掘は次の行動の第一候補だ。

投擲術の鍛錬《たんれん》に毎回ポーションを使う訳にはいかないから、一度の訓練量は程々に抑えて、日課としてコツコツ上げていきたい。

頃合いを見て再度スライムに挑戦してみるのもいいかもしれない。あいつは遠くまで追いかけて来ないようだし、投げ槍なら近付かないでいいから、逃げるのも楽だろう。今の威力じゃ、突き刺さらない感じがするから、スキルレベルが上がったらだけどね。

大工に関しては、昨日の木材がまだ半分以上残っているが、作りたい物がない。強《し》いて言えば、鍛冶をする時に使う椅子ぐらいか。風呂は欲しいが流石に材料が足りないし、大量のお湯を確保する方法も考えなくてはならない。

いつ必要になるか分からないので、今のところはこの木材には手を出さないのが正解かな。

後は、もう一度通路の先を調査したいと思う。記憶を辿っても、道中に目に付く物はなかったが、落ち着いて調べれば、魔物に関してもう少し詳細な情報が得られそうだ。

あの時は、モロ冒険気分で浮かれていたし、初《しょ》っ端《ぱな》から馬鹿でかい生き物を見て興奮状態だった為に、碌《ろく》に確認もせず撤退しちゃったからな。動物園感覚で見学に行くようだが、この世界の生き物を観察するのは無駄じゃない。気付かれなければ問題ないんだし。


という訳で、まずは採掘を試す。

最初にして最大の問題は、どこを掘るかだ。

ツルハシを片手に部屋の外に出て、適当な壁を掘ってみる。

前に壁を登ろうとした時の感じだと、かなり軟らかそうだったが、案の定、ツルハシを入れるとボロボロと崩れてきた。簡単に掘り進められて良いのだが、この乾燥した土質のせいで二十センチも掘ると、上から崩れてきた土砂で穴が埋まってしまう。

一旦土を退《の》けて改めて掘り進めるが、振動で更に上から土が崩れ、降ってくる。

諦めずに再度土を取り除くものの、四度目の崩落で俺の心が限界に達した。掘れば掘るほど崩れてくる土の量が増える上に、崩れる面積も広くなり、掘るより土を退ける方に時間が掛かる。更に、崩落の勢いも増し、拳大の石が結構な威力で降ってくるようになった。

このまま続けるのは危ないし、生き埋めになったらたまらないので、壁を掘るのは中断する。

まあ、この結果には大して気落ちはしていない。壁が駄目でも、地面があるからだ！

先ほど掘っていた所から少し離れ、俺はツルハシを天高く構える。腕の力とツルハシ自身の重さを乗せた一撃が、地面に深々と突き刺さる……と思いきや、五センチほど削ったところで、ガキンッと地面に弾かれた。

「痛ってえっ！」

地面を叩きつけた反動がモロに腕に伝わり、痺れを伴った痛みに襲われた。

とてもじゃないけど、これは掘れそうにない。

仕方がないので、ツルハシを引きずりながらトボトボと部屋に戻った。

少し休憩しようと、藁の上に寝っ転がる。

昔の開墾《かいこん》作業なんかも、大人が大人数で、更には力のある家畜を使って地面を耕していたんだろうし、そう簡単に子供の力で掘れる訳がないって事かもな。うーん、どうしたものかね……

唸りながら寝返りを打つと、目の前にある部屋の壁が目に入る。

「……って、これ、可能性あるんじゃね!?」

部屋の中の壁は、外の壁とは明らかに異なる地質で、触った感じも硬すぎず、ツルハシで掘り進める事が出来そうだ。外から部屋の奥までは大体六メートルくらい。ここから掘り始めれば、簡単に崩れる事もないだろう。

思い立ったら吉日、早速取り掛かる。

部屋の入口から見て左手側の奥の壁に、ツルハシを入れる。

さっきより力が必要だが、崩落せずに確実に掘れ、一時間程度で自分の体がすっぽりと収まる程度の穴が出来上がった。時間は掛かるが、こんなものだろう。何せ子供の体なのだ。

空腹を感じたので、その場で座り込み、パンと水を取って一息入れる。

掘った土を手に取り調べてみるが、まだ土質が変わった感じはない。


休憩を挟みつつ、二時間近く掘り続け、やっと違う土が見えて来た。

深い場所の土は適度に湿っており、粘土質で簡単に崩れる気配はない。

しかし、朝から動き続けていたので、大分疲れてきた。

まだ日は高いが、今日の作業はとりあえず終了にして、藁の上で体を休める。

横になってステータスを開くと、新しく「採掘」スキルが増えていた。

まあ予想通りだよね、今日これだけ掘って追加されていなかったら泣きたくなる。

あまり長い間横になっていると寝てしまいそうなので、日が落ちるまでの数時間は軽く投擲術を上げ、この日は終わりにした。

◆

翌日も、朝から採掘作業に勤《いそ》しむ。

外に撒いたパンの様子に変化はなかったが、更に二つ分を追加で撒いておいた。

確かに鳥の鳴き声を聞いたんだけどな。

作業に取り掛かり、掘り進めていく。穴はゆっくりだが確実に深くなっている。土質が変わったが、まだ崩れる気配はなさそうだ。

採掘の合間に鍛冶で使いたかった椅子と、採掘で掘った土を運び出しやすいように、ちり取りを作っておいた。

午後も少し採掘をしてから、投擲術の練習。

まだ何も出ていないから坑道と言って良いのか分からないが、今日の作業で坑道は二メートルくらい掘れた。

他に、やる事はないので時間は腐るほどある。地味に確実に掘って行けば良いだろう。

一日の作業を終え、布団の中でそんな事を考えながら眠りについた。

◆

今日は鳥の鳴き声で目を覚ました。

鳴き声が近いので、撒き餌をしていた場所にいるみたいだ。

遂に、食い物（予定）が、舞い降りてくれた！

部屋の入口から、そっと頭を出して覗き見る。

この世界で初めて見た鳥は、カラスを一回り大きくしたくらいの、結構デカイ鳥だった。

確かにデカイ。だが俺には分かる、奴は喰われる側の存在だ。決してこちらに害を為す存在じゃない。だって、見た目はまんま鳩なんだもん。俺の姿を見ても逃げずに、むしろ次のパンを待っているぐらいだ。だが、焦って手を出したりはしない。当分は餌付けだけをしておく。

遂に鳥が来たが、どうやって捕まえようか？　罠なんて作れないし、物を投げても当たる気はしない。餌付けが出来ても、捕らえるのはなかなかの難題だ。

鳥の事を考えながら採掘をしていると、まだ昼にもなっていないのに、気が付いたら昨日の七割くらいの深さが掘れていた。この現象の原因は、当然スキルアップだ。

ステータスを見ると、採掘のスキルレベルが1に上がっていた。

スキルレベルは、いくつまで上がるか分からないが、まだまだ上はありそうだ。

採掘作業の効率が上がった為、昼すぎには、既に昨日以上の深さまで坑道を掘り進めていた。

これは昨日の倍近くの速さじゃないだろうか？

面白いくらい掘れるのでついつい全力を出してしまうが、ここで調子に乗ると明日動けなくなる事は学習している。体に負荷をかけ過ぎないように自重しながら掘り進めていく。

昼食後、更に数時間採掘を続けていると、今までと違って、硬くてツルハシが弾かれる場所に出くわした。いくらツルハシで叩いても全く歯が立たないので、諦めるしかない。

むき出しになった硬い場所を鑑定スキルで見ても、結果は「土」とだけ出る。

さて、これは何で掘れないのだろうか？

考えられるのは、このツルハシでは硬度が足りずに掘れないという可能性と、スキルレベルが足りないので結界のようなもので制限を受けているという可能性。俺は後者ではないかと思っている。見事に傷一つ付けられないし、ゲームのような仕組みが存在するこの世界なら、制限がかかっていてもおかしくない。素人の掘削《くっさく》作業で崩落しないのも、なにか不思議な力の影響なのかもしれないな。

掘れない場所は放置して、迂回《うかい》しながら坑道を掘り進める事にした。

こんな事もあり、今日は投擲術のスキル上げは休みにして採掘作業に集中し、四メートルほど掘り進んで作業を終了した。

大分掘った事で、いよいよ土の運搬が問題になったが、マジックバッグを使って土を運び出す方法を思い付き、一気に効率が上がった。効率が上がると作業も楽しく出来るというものだ。

随分体を使ったので今日はもう休むのだが、寝る前にステータスを確認しておこう。

【名前】ゼン　【年齢】10　【種族】人族
【レベル】1　【状態】――
【HP】162／162　【MP】22／22

【スキル】
・投擲術　Lv1（31・9／100）　・格闘術Lv1（0・0／100）
・鑑定　Lv1（3・9／100）　・料理　Lv1（0・0／100）
・魔法技能Lv0（0・6／50）　・鍛冶　Lv0（2・0／50）
・錬金　Lv0（0・7／50）　・大工　Lv1（0・7／100）
・裁縫　Lv0（0・2／50）　・伐採　Lv0（2・0／50）
・採掘　Lv1（6・2／100）

【加護】・技能神の加護　・＊＊＊＊＊＊

採掘と投擲術が、良い感じに上がっている。採掘なんて入門以前の状態だったんだ、これだけ掘れば穴掘り入門ぐらいになれてもおかしくはないか。

「おいで、怖くないよ。こっちにおいで……」

別に、寂しくて頭がおかしくなった訳じゃないよ？　部屋の外に、昨日パンを食べに来た鳥がまた来ているのだ。こっちが姿を見せても逃げないが、逆に声を掛けても全く反応をしてくれないんだけどね。まあ、まだそれでも良い。

ここで下手に近付いて逃げられるのは素人。プロのハンターは待つ。相手が油断するまで、忍耐強く、ひたすら待つのだ。

——なんてカッコつけてみたが、ただ単に逃げられるのが怖いだけです。

◆

さて、今日は午前中に投擲術を上げておく。

昨日はやらなかったし、槍を投げるだけでも気分転換になるからね。

小さめのナイフを作って的に向かって投げれば、ダーツみたいで楽しそうなんだけどな。投げ槍を一本溶かして作ってしまおうか悩む。ナイフを投げても投擲術って上がるよね？

午後は採掘をするから、なるべく体を酷使したくないけど、あまり手を抜くとスキルが上がらないので体力の配分が難しい。

一日中体を使ってばかりなのが間違っているのかもしれないが、そもそも他にやる事がないのが問題なのだ。何か変化があれば良いんだけど……

そんな願いが通じたのか、午後の採掘作業を始めて二時間ほど経った頃、遂に初めての鉱石が採れた！

いつも通りの調子で掘っていると、土を叩いたツルハシから明らかに違う手応えを感じた。手応えのあった場所を見てみると、なんと鉱石が露出していたのだ。

露出した部分に沿って掘り広げ、最後の一振りで、鉱石はゴロンと地面に転がった。

その塊を鑑定すると、結果は「青銅」と出た。

こんな土の中にいきなり青銅が出てくるなんて随分不思議な話だが、出た物は出たのだ。

「おぉ、青銅かぁ……って凄いのかこれ？」

どうしてだろう、そこまでテンションが上がらないのは。

青銅って要するに、銅だよな？　銅と青銅ってどう違うんだっけ？　鉄と鋼と同じような関係だっけ？　やばい、思い出せないぞ……

鉄より硬度が低いんだろうけど、叩いた感触だと結構硬いな。某ＲＰＧだと銅の剣は初期武器だったけど。

いや、そんな事より、鉱石ってこんな分かりやすい出方をする物ではないよな。それに、これはもう殆ど金属塊だ。

普通は鉱山みたいに、この一帯は銅が出る地層ですって感じに分布してるイメージだけど。

おそらく、ゲームの採掘ポイントに似たものなんだろう。分かりやすいように神様が配慮してくれたのかもしれない。まあいいか、この世界じゃこれが普通なのかもしれない。成果が出たんだから文句はいけない。俺が変なところにこだわるせいで神様の機嫌を損ねたら怖い。

卵型をした青銅の塊を両手で持とうとしたが、結構な重さがあったのでマジックバッグに収納した。

採掘はここで切り上げて、この鉱石を試してみる事にしよう。

まずは、魔力炉を使ってこの鉱石を青銅のインゴットにしてみた。

教本によると、インゴットにしたい金属を炉の中に入れて目盛りを最大に合わせれば、後は自動的にインゴットにしてくれるらしい。

実際に試してみると、青銅の塊は瞬く間に高温になり、一気に溶け出すと炉の底にある四角い窪みに流れ込む。窪《くぼ》みに溜まった青銅が一杯になると、目盛りが自動で「切」に戻った。

あまりの高性能に若干引いてしまう。しかるべき装置を使えば地球の技術でも再現出来るだろうが、こんな俺の体内から生まれたローコストなエネルギーで金属を溶かすほどの火力を出せるかと言われれば、それは無理だろう。こんな物を目の当たりにすると、この世界の魔法がどれほどの威力を持っているのか気になってきた。

冷えたインゴットを平箸で取り出して、地面に並べる。あの青銅の塊からは、合計で三本のインゴットが出来上がった。

「一回でこの数は、結構いい感じだな」

今度は早速、生成したインゴットを使ってナイフを作ってみよう。

鍛冶スキルを使い、溶けた青銅をナイフの形に成形していく。ハンマーで叩き、細かい調整をしたら水で冷やす。あとは切れ味が出るまで研いでいくだけだ。

うーん、やっぱり簡単だな。色々な工程とかをすっ飛ばしている感じがするけど。

出来上がったナイフは、鈍い黄金色に輝いていて魅力的だ。遺跡とかで見つかる酸化してボロボロになった銅のイメージで、見た目も質も悪い金属だと思い込んでいたけど、間違いだった。切れ味も日常用途では鉄のナイフと遜色《そんしょく》なく使えそうだ。

今日はまだ時間もある事だし、欲しかった小型の投げナイフを作ってみる事にした。

つい欲が出て忍者が使う苦無《くない》を作りたくなるが、この段階で冒険しては駄目だ。手に持って使う気はないので、柄は簡素に。飛行時の安定性を考えて重心のバランスには気を遣う。変な回転がかからないように両刃で直線的な構造を採用した。

試行錯誤の末、二時間ほどで合計五本のナイフを作り上げた。

早速テストする為に、丸太を切り出して簡易的な的を作り、外の壁に固定する。年輪がうまい具合に的の雰囲気を出しているな！

投擲術のお蔭か、ナイフは思った以上にしっくりと手に馴染《なじ》む。

力み過ぎないように振りかぶって投擲する。まずは一本。

カッと音を立てて的へと突き刺さり、命中時の衝撃で土埃《つちぼこり》が舞う。ど真ん中には刺さらなかったが、点数があれば八十点ってとこだろう。

続けて投げた残りのナイフも全て的に当たった。

「うーん。気持ちいい！　これは遊びにもいいな」

その後、日が暮れるまでの一時間ほどで、的からの距離を離したり投げ方を変えたりしてナイフを投げていると、槍に比べると少ないがスキルの上昇があった。疲労感も少なく、トレーニングというよりは遊びの感覚が大きいのが嬉しい。俺は楽しみながら上手くなるっていう方針が大好きだからね。

今後の投擲術の訓練には、投げナイフも取り入れる事で決定だ。

◆

採掘で青銅が出てから四日ほど経った。

連日の採掘作業に飽きてきたので、今日は正面の通路を進んだ先にいた巨大なクロサイの様子を見に来ている。

しかしデカイ。今の俺では、あの分厚い皮膚を貫く事は出来ないだろう。気付かれないように注意をしながら観察を続けると、鼻の上にある反り返った角が時折バチッと音を立て、眩《まぶ》しく光っているのが分かる。明らかに放電をしているようで、巨体を活かした物理攻撃以外にも攻撃手段があるに違いない。思わず、「雷を操りし漆黒《しっこく》のサイ」なんて中二病的な名前が浮かんでしまった。

それにしてもあのクロサイは、一体何を食べて生きているんだろう？

クロサイがいる場所には、あの体を維持出来そうな食料は見当たらなかった。もちろん、あの開けた場所全体がここから見える訳じゃないし、俺が見てない時に道の先にある食べ物を摂取しているのかもしれない。それに、夜になったら別の餌場に移動している可能性もある。

だが、何故クロサイはずっとこの場所に留まっているのだろう？

ここが巣とか縄張りだという理由も考えられるが、いくら何でも、あのサイズの生物がこのスペースだけで満足するのだろうか。う～ん。

思えば、ここだけでなく三つの通路全てに、途中で道を塞ぐように魔物が居座っている。まさにゲームのダンジョン構造みたいだ。

ゲームだと道中でも魔物に襲われる事があるのだろうけど、今のところここではそれはない。安全が確保出来るから助かるが、考えれば考えるほど謎が深まるなあ。

そんな事を思いながら、その場に座り込み、クロサイの生態を観察し続けていると、何とも表現し難《がた》い奇妙な感覚を覚える。

何となく目の前にいるクロサイの「気配」を感じるのだ。

目に見えているのに気配も糞もないのだが、存在の大きさや距離などの情報を視覚以外で感じられるようになったみたいだ。

この感覚は当然新たなスキルが開花していると思い、ステータスを確認すると、「探知」というスキルが発現していた。

流石にもう慣れてきたけど、この世界には一体いくつスキルがあるんだよ。あまり覚えすぎて制限食らうとかないだろうな。スキルの正確な仕様は分からないが、少し不安になった。

頭に浮かぶ探知のスキルの説明には、「有効範囲内の生物の動きを探知する」とある。クロサイの他にも離れた位置に別の反応を感じるので、結構な範囲をカバー出来るみたいだ。また、目視しながら探知スキルで認識した相手は、気配で個体を識別出来るようになるらしく、離れた気配が漠然とした印象なのに対して、このクロサイの気配には特有の形のようなものを感じられる。

新しいスキルも覚えたし、切りが良いのでその場から立ち去る事にした。

しばらく歩いていると、さっきまで感じていたクロサイの気配が消えた。これは対象が探知の有効範囲外に出たって事なのだろう。


部屋に戻って一息つきながら、探知で周りを調べてみると、数点の小さな気配を感じる。一体どれくらいの距離を探知出来るのかは不明だが、方向的に全て上から感じるので、この渓谷の外にも生き物がいるみたいだ。気配の大きさは、あのクロサイと比べるとごくごく小さな物で、多分小動物か何かだろう。

ちなみに探知スキルは意識してオンオフを切り替えられるみたいで、気が散る時はあえて探知をしないという選択も出来る。とりあえずは、ずっとオンにしておくか。

まだ昼には早いが、毎度のパンと水を口にする。

パンと言えば、今朝も鳥が来ていた。餌付けが成功しつつあるっぽい。だが、まだ一羽だけしか姿を見ていない。あの鳥は群れないのだろうか？

俺の見立てでは、二羽、三羽と増えていき、毎朝群れがこの場所に来るはずなのだ。大きくても見た目が鳩そっくりだから、生態も似ていると考えるのは当然だよね？

と言うか、群れで来てくれないと、継続的に食べられないんですよ……。こんな味気ない食生活を続けていたら、そんな皮算用もしたくなる。

休憩を終えた後は採掘に勤しんだ。

特に目立った成果はなかったが、スキルレベルの熟練度は着実に上がっているようなので良しとしよう。寝る前にスキルチェックも忘れちゃいけないな。

【名前】ゼン　【年齢】10　【種族】人族
【レベル】1　【状態】――
【HP】162／162　【MP】22／22

【スキル】
・投擲術Lv1（42・6／100）　・格闘術Lv1（0・0／100）
・鑑定Lv1（4・2／100）　・料理Lv1（0・0／100）
・魔法技能Lv0（1・0／50）　・鍛冶Lv0（16・4／50）
・錬金Lv0（0・7／50）　・大工Lv1（0・7／100）
・裁縫Lv0（0・2／50）　・伐採Lv0（2・0／50）
・採掘Lv1（31・0／100）　・探知Lv0（2・2／50）

【加護】・技能神の加護　・＊＊＊＊＊＊＊

新スキルの探知は、ずっとつけっぱなしにしていたお蔭か、若干の上昇を見せている。身を守るのに便利なスキルみたいなので、出来るだけ上げておきたいな。他のスキル同様に、スキルレベルが上がれば、効果も上がると期待していいだろう。

後は、投擲術のスキルレベルが一つ上がったら、スライムに一度挑戦してみるのも良いかもしれない。スキルレベルの上昇で、どれくらい威力や精度が上がるかは未知数だけど、大工や鍛冶が上がった時の、それまでとは明らかに次元が違うあの感じが投擲術にも適用されるなら、倒せる可能性はあると思うんだ。

採掘で青銅が手に入った事だし、もっと金属が出て使い捨て出来るぐらい武器が作れれば、検証がてらに投げ付けてみるのも良いだろう。

牛歩《ぎゅうほ》の歩みでも良い。時間だけはあるんだ。

相変わらず八方塞《はっぽうふさ》がりな状況だが、自分が一度死んだという認識がある為か、不思議と前世の事を思い出して悲しんだり、日本に戻りたいと嘆いたりする事はなかった。

親の事だけは気掛かりだが、考えたところで何も出来ないのだし、兄妹がどうにかしてくれるだろう。食事の問題だけはどうにかしたいが、進展がない訳じゃない。焦らずに頑張ろう。

んじゃ、おやすみなさい。

あっ、風呂もどうにかしたいなぁ。

◆

クロサイを観察してから、七日ほど経った。

ここ数日は採掘と投擲術の訓練を繰り返している。

採掘作業の結果、何度か青銅の鉱石を発見して、インゴット換算で七本分を掘り出した。この程度の深さを掘っただけで、これだけの量が手に入った事を考えると、埋蔵《まいぞう》量はかなりあるように思える。しかし、青銅の鉱石以外はまだ何も出ていなくて、坑道の距離は伸びるばかりだ。

投擲術は今のペースで訓練すれば後十日ほどでスキルレベルが上がる見込みだ。ただ、どうやらスキルの熟練度は関連する行動を取ったら必ず上昇するというわけでもなさそうで、単純計算は出来ない。

そんな理由もあって、最近はスキルレベルが上がるタイミングを見逃さないように、細かくステータスをチェックする習慣がついている。流石にスキルレベルが上がればすぐに分かる気もするのだが、何かの記念日を待つのと同じような心境で、日々増える熟練度を見るのが楽しみの一つになっているのだ。

そういえば一昨日、新しいスキル「調教」を手に入れた。名前から少しいかがわしいものを想像してしまったが、冷静に考えてみると、連日行っている鳥への餌やりの結果得られたものだと理解した。

まだスキル値が低いのか、鳥を飼いならす事は出来ていないが、正直、スキルが上がっても調教するのは気が進まない。何故なら、ペットにしてしまったら愛着が湧いて、食べる事を躊躇してしまいそうだからだ。

しかし、もしうまく鳥とコミュニケーションが取れれば外の様子も分かりそうだし……うーん、悩む。

餌を食べに来る鳥は、二羽、三羽と順調に増えていた。

素早く投げられるナイフがある今ならば、うまくすれば仕留められるかもしれない。投擲術のスキルレベルアップは急務になってきたな！

◆

調教という悩ましいスキルを手に入れてから数日が経った。

今日はあのスライムに、もう一度挨拶《あいさつ》をしに行く事にする。

目的は鍛冶スキル上げの過程で出来上がった、大量のナイフを奴に投げ付けてやる事。

あのスライムが近付かなければ動かない事は、前に食われかけた時に検証済みだし、いざとなったら逃げられる事も分かっている。絶対に近付かないで、万一ヤバくなったらダッシュで逃げるのだ。

部屋を出て左側の道をしばらく行くと、スライムの気配が感じられるようになってくる。

やがて道幅が狭まった部分に差し掛かると、赤黒いスライムの姿が視界に入った。以前と同じようにその場で留まっていて動く様子はない。

早速、マジックバッグから投げナイフを取り出して投擲する。

投擲したナイフは、スライムに刃を向けたまま、まっすぐに飛んでいき、次の瞬間には音も立てずに突き刺さった。五センチほどがスライムの体に埋まっているが、当然これは核に全く届いていない。

思っていた通りの結果だが、改めてスライムの硬さと言うか、分厚さと言うのか、攻略の難しさを印象付けられた。

スライムはそのまま刺さった投げナイフを体内に取り込んでいく。少しすると、取り込まれた投げナイフから泡が立ち始めた。その光景に、以前体を取り込まれそうになった時の事を思い出す。

あの時の自分がいかに愚かな行動をしたかを理解して、冷や汗が出た。

さて、予想通りスライムがこちらに向かってくる様子はなく、距離を取れば一方的に攻撃が出来るようだ。ならば、投擲のスキル上げを兼ね、気合を入れて、スライムを的にしてストレス発散をしていこう。

楽しいナイフ投げを二十本ほど続けると、握力が増して、地面を踏みしめる力が強くなったような……体全体から漲《みなぎ》る力を感じる。

もしやと思いステータスを確認すると、案の定投擲術のスキルレベルが2に上がっていた。

予定ではもう少し掛かると思っていたのだが、どうやらモンスターなどを的にすると経験値効率にかなり違いが出るらしい。しかも、スキルレベルの上昇によって、基礎的な身体能力も向上するようだ。

投擲術のレベル上昇は、俺に更なる力を与えてくれる。最初に感じたのは有効射程距離だ。以前の倍に近い距離を正確に当てられると頭で理解している。一方で、数分前の俺の肉体感覚が完全に塗り替えられてしまった事に少し寒気がした。

新しい力に慣れる為にも、ナイフを全力でスライムに投擲する。

ナイフは以前よりも正確さと速度を増し、空気を斬り裂きながらスライムへと向かって飛んで行く。

ドンッと、響く音を立ててスライムの表面に突き刺さったナイフは尚《なお》も勢いが衰えず、スライムの体表を歪ませながら深く沈み込む。動きを止めた時には、十センチほどある刃が全て体内に埋まっていた。

「おぉ……、すげぇ」

月並みなセリフしか出なかったが、この違いには素直に驚いた。

俺の投擲術はスライムを倒せるまでには達していないが、以前とは格段に異なる威力に変貌《へんぼう》していた。

ただ、核を傷つけられない限り、スライムとしては威力が上がったところで問題がないみたいで、前と同じように体内のナイフを溶かし始めている。

残っていたナイフを全て投げ終えてから、部屋へと戻った。

しかしまあ、良いストレス発散になった。これからもナイフが沢山《たくさん》出来たら、スライムに投げ付けに行こう。効率良く訓練が出来るし、有効活用させてもらうとしよう。

◆

「お肉……美味かった……」

今日は遂にこの世界に来て、初めてパン以外の物を食べた。そう、鳥を食べたのだ。

あまりの美味さに、時間を忘れて骨にむしゃぶり付いてしまった。

今朝も日課の餌付けをしていると、一羽の鳥がパンを追いかけて部屋の中まで入ってきた。この場所ならば他の鳥に見られずに仕留められると思った俺は、すかさずナイフを投擲。スキルレベルが上がったお蔭もあって、一撃で首を落とす事に成功したのだ。

毛をむしったり捌《さば》くのに少し手間取ったが、なんとか食べられる状態に加工し、鍛冶で自作したフライパンを利用して火を通した。調味料などはないけれど、久しぶりに食べた肉は凄まじく美味く、いつまでも余韻《よいん》に浸ってしまった。

食生活の改善が見られ、ここでの生活もなかなか良いものに思えてきた日だった。

翌日は再び採掘作業に勤しむ。

予想では、今日中に採掘のスキルレベルが上がる見込みだ。今日は雨が降っているので調度良い。

この世界でも時々雨は降るみたいだ。風は殆どないので、部屋に吹き込む事はなく安心した。

スキルレベルの熟練度が得られるタイミングには、多少ランダム性はあるが、総じて難易度の高い敵や課題に挑むと上がりやすい傾向がある。これは多数のスキルを検証して得た結論だ。

ただ、採掘で言えば以前から存在している掘れない場所——俺の予想ではスキルレベルが足りないから掘れないと思っている場所——を、いくら掘ろうとしてもスキル値の上昇は見られなかった。

多分、現在のスキルレベルに対して無謀な課題に挑んでもダメなんだろう。課題に対して適正なスキルレベルという物が存在している気がする。ゲームでも良くある設定だし、ゲームによく似たこの世界にもそれがあってもおかしくはない。

最近ではなんとなくこの世界は「そんな物」なんだろうな、と理解してきた。否定じゃないよ、むしろ肯定だ。ゲームは人並み以上にやっていたから、分かりやすくて大歓迎さ。


朝食後に採掘を始めて、二時間くらいで予定通りスキルが上がった。

投擲術が上がった時のように、今回も体に力が漲って来るのを感じる。

ふはははは、土がまるでプリンのようだ！

——とまでは行かないが、明らかにツルハシがめり込む深さは変わっている。スキル万歳だ。

スキルレベルが上がった事だし、以前迂回した「掘れない場所」を早速掘ってみる事にした。

現在坑道はほぼ一直線に掘っているが、何箇所か掘れない部分があって、その度に迂回を強《し》いられている。別に完璧主義者じゃないけど、出来るだけまっすぐ掘りたい気持ちは誰もが分かるよね？

特に気合も込めず、いつも通りにツルハシを振り下ろすと、今まであった不自然に硬い手応えはなく、はじめから結界のようなものなんて存在しなかったと言わんばかりに土が崩れる。

おぉ、行けるじゃないか。どうやら掘れるようだ。

すでに周りは掘ってあるので、残していた部分だけをサクサクと掘り進めて行く。

そして、すぐに土とは違う色をした金属の塊が姿を現した。

すかさず鑑定をする。

名称：【鉄】

なるほど、なるほど。確実にレベルアップしている気がするよ。銅の次は鉄、なら次は銀かな？

鉄は良いとして、硬度が低い銀が来られても武器としての利用価値は劣るだろうけど。

青銅が満足のいく性能をしているので、今のところ金属への不満はなかったのだが、やはり上級のものが出ると純粋に嬉しい。これで青銅は、気軽に使い捨てられるな。

銅の妖精でもいたら、ぶん殴られそうな発想だが、使える素材が増えるのは大歓迎である。

スキルレベルが2になった事で、今まで掘れなかった場所から鉄を採掘出来るようになったが、途中途中にはまだ別の掘れない場所が残っている。これはスキルレベル2でも足りないという事だろう。

かなりの距離を水平方向に掘削したが、ダンジョンの外に辿り着く事はなかった。

横に掘っても出られないなら今度は上だと思い、階段状に上へと掘り進めてはみたが、どうやら途中で岩盤のような層に蓋をされているようになっていて、どこを掘ってもそれ以上進めない。十日ほどあちこち掘って粘《ねば》ってみたが、成果がないので諦めた。

一方、下方向にも掘り下げてみたところ、鉄が面白いように出てきた。深さが増すほど鉱物の埋蔵量が増えるのかもしれない。こちらの方が効率が良いので、ある程度の深さを掘って坑道を横に広げる事にした。地球ではどうかは知らないが、少なくともこの場所では、深いところほど良い物が出やすいようだ。

◆

鉄が掘れてから約二カ月、採掘の日々は続いている。部屋の中に作られた坑道は、今や全長百メートルに達しようという勢いだ。この深さに来ると暗くて何も見えなくなるが、最初の袋に入っていたロウソクを使ってどうにかなっている。換気の問題も怖かったのだが、どうやら空気の流れがあるようだ。部屋と繋がっているので、不思議な力が働いているらしい。考えたら、部屋の中で炉を使っているのだから、そのあたりは神様も考慮してくれているのだろう。

鉄が掘れると採掘のスキルレベルの熟練度も上がりやすく、つい先日、スキルレベルが3に上がった。

今まで掘れなかった場所にツルハシを入れると、小さいながらも新しい金属の鉱石を発見した。浅い場所からは「ルーンメタル」という鉱石が、深い場所では何とファンタジーでお馴染みの伝説の金属「ミスリル」が出てきたのだ！

流石にこれには俺も興奮が抑えきれず、すぐに持ち帰ってナイフを作った。

ミスリルで作ったナイフは、光を反射すると美しい薄碧色《みどり》に輝く。今まで見た事のあるどの金属とも違う、とても綺麗な色合いで、思わずうっとりしてしまった。手に持った感じでは、かなり軽く、金属というより乾いた木を持っているような感覚だ。

ウキウキしながら、木の端材《はざい》を使って試し斬りをしてみるが、どうにも斬れ味が悪い。鉄のナイフの方が良いくらいだ。

どちらの強度が強いのか気になり互いの刃をぶつけてみたが、ミスリルの方が凹んでしまった。

どうやら、ミスリルは単純な武器や防具としては鉄よりも性能が低いのかもしれない。

だが、ミスリルと言えば、ゲームや漫画などにも頻繁に名前が出てくる有名な金属だ。もしかしたら独自の加工方法があったり、魔法や魔力などの、俺がまだ理解していない力を必要とする金属だという可能性もある。

武器としてはともかく、見た目も美しくて加工もしやすいので、アクセサリーとしての価値は高いと思う。

ミスリルがあるって事は、「オリハルコン」や「アダマンタイト」なんかも出てくる可能性が高くなってきたな。

続いて、もう一方の鉱石であるルーンメタルは、黒い色をした鉄より重い金属で、製作時にハンマーで叩いた時も相当に硬く、加工に手間取った。

しかし斬れ味はとても良く、試し斬りで使っている端材を、簡単に一本丸ごと斬り落とせた。ちなみに、鉄製のナイフだと半分ほどまで斬れれば良いところだ。

木材の本数を増やして検証を続けた結果、二本と半分まで切れる事が分かった。単純に鉄の二・五倍の斬れ味があると言って良いのかは分からないが、どう考えても鉄とは比べ物にならないレベルの金属だと理解した。

「この金属なら、あのスライムを殺《や》れるか……？」

新たな可能性に興奮して、つい物騒な言葉が出てしまったが、ニヤけてしまった頬を撫でながらアイツを殺す算段をする。

最近は青銅が潤沢《じゅんたく》に手に入るようになったので、ナイフ以外にも槍や斧などを作っては、スライムに投げて度々テストをしていた。

投げ槍はナイフより深く刺さるが、やはり核には届かず、斧はドボンッと重量相応にいい音をさせるのだが、粘度の高い対象には効果が薄いようで、槍ほど深く刺さる事はなかった。

スライムを倒すには、更に投擲術のスキルレベルを上げるか、優れた武器が必要だと考えていたので、このルーンメタルの発見は、久しぶりに状況の進展を期待できる嬉しい出来事だ。

投擲術のスキルレベルアップと、ルーンメタルで作った武器を組み合わせれば、スライムを打ち破る事が出来るかもしれない。その為に、今後もスキルの訓練と採掘は続ける必要があるだろう。

今回、新しく出たルーンメタルとミスリルは、鉄や青銅に比べるとその塊は非常に小さい。やはりこの手の金属はレアなのだろう。出来ればもっと量が欲しいのだが、今のままでは時間が掛かる。更に深く掘ってみるべきなのかもしれない。

この新たな金属の発見は、ここ最近で一番の成果だった。

◆

このところ、正に本職の鉱員かのように採掘と鍛冶に明け暮れていたが、今日からは少し配分を変えて他のスキルを重点的に上げていこうかと思う。

破壊力に期待が持てるルーンメタルの鉱石が出た事もあり、これを機に、いい加減ダンジョン攻略に乗り出したいと思っている。

攻略対象に関して言えば、スライムの打倒が最優先である事に変わりはない。その為に投擲術のスキルレベル上げを優先しつつ、身体能力の底上げを期待して、もうすぐ上がりそうなスキルを重点的に鍛えていこうと考えている。

まず投擲術はと言うと、日頃から訓練をしているので着実にスキルの熟練度は上昇しているのだが、スキルレベル2からの必要な熟練度が倍になっていて、スライムを的に使っても、まだまだ時間がかかる見込みだ。スキルレベルが上がると同じ行動でも熟練度が上昇する頻度が低くなるのか、どうも最初のような勢いはなくなっている。

鍛冶と鑑定はもうすぐ上がりそうだ。鍛冶はこの長い期間にスキルレベル1に上がっていて、採掘した青銅で武器を大量生産したお蔭で、スキルレベル2が見えてきている。

鑑定も、掘れた鉱石と作った武器を毎回調べていたら良い調子で上がり続けて、こちらももうすぐスキルレベル2になりそうだ。

鑑定には、スキルレベルアップによる身体能力の補正はないかもしれないが、肉体を酷使する鍛冶の方は可能性があると思う。

探知スキルもほぼ常時オンにしているので、順調にスキルレベルの熟練度が上がっている。

スキルレベルが0から1に上昇して有効範囲が広がったが、探知した相手の詳細情報が分かる事はなかった。

探知する対象が増えると熟練度の上昇率が増えるようなので、昨日は三十分ほどトカゲの群れの付近で探知しながら留まってみた。

結果は上々。普段のペースなら一日で熟練度が1上がれば良い方なのだが、たった三十分で半日分の0・5は上がっていた。効率の良い方法を見つけたので、今後は積極的に取り組んでいこうと思う。

同じく戦闘系以外のスキルで言えば、この二カ月間、鳥に餌付けを続けた結果、つい八日前に「調教」がスキルレベル1になり、大鳩を飼いならす事が出来るようになった。大鳩ってのは、いつも餌付けで来ていたデカイ鳩ね。そのうち一羽が、現在俺のペットとして働いてくれている。

普段は放し飼いにしているが、昼頃になると果物や木の実を収穫して持って来てくれるのだ。

情が移るから調教しないって、言っていたじゃないかって？

それは大鳩だけがいた頃の話だよ。今では三種類の鳥が、毎日パンを食べに来ている。

大鳩以外だと、くちばしが長く白い毛で覆われたずんぐりむっくりな体の鳥と、ムクドリっぽい茶色の毛と頭部に黒いモヒカンのような毛を持つ鳥が来ていた。どちらも大きさでは大鳩より一回り小さいが、十分食べ応えがある。特に白い鳥は脂がのっていて美味いのだ。

毎日狩っているわけではないので、当分は食べ尽くしてしまう事はないだろう。

狩りの方法も少しだけ変わった。

調教済みの大鳩に他の鳥を誘導させる事が出来るので、部屋の中までおびき寄せるのが比較的楽になったのだ。

最初に白い鳥の首を投げナイフで刎《は》ねた時は、大鳩に「お前マジかよ」みたいな顔をされたけど。

調教スキルのお蔭か分からないが、二回目からは特に何もリアクションをしなくなった。

いや、あれはスキルじゃなくて、本能的に「あたし何も見てない」って態度をとってるのか……

思い返してみると、超絶ブラックな事をさせているな。明日はパンを二個やろう。

身内を売った報酬がパンというのも舐めた話だが、彼らとしては相当なご馳走《ちそう》らしく、丸々一つ食べれば、四日は腹が持つほど栄養豊富みたいだ。

今まで体に問題が出ていないから気付かなかったけど、このパンは絶対に普通じゃないよな。こんな長期間、水とパンと鳥肉だけで体調を維持出来ているなんて、明らかにおかしいわ。人間が生きるのに必要な栄養素とか絶対に足りてないだろうし。

調教のスキルは一方的な命令だけでなく、簡単な意思疎通も可能にする。

片言《かたこと》で話すような簡単なイメージしか返ってこないのだが、どうやらこの付近には山があり、このダンジョンは地面に出来た割れ目の中との事だ。もっと詳しい情報が欲しいのだが、いかんせん大鳩の頭では、これ以上の話が理解出来ないようなので早々に諦めた。

こちらの話が分からない時の、「なに？　なに？　分からないのよ、うふふ」みたいな能天気な返事に、それ以上問い詰める気が起きなくなってしまうのだ。

そもそも、この大鳩はそこまで行動範囲が広いわけではないらしく、周辺の森から出る事もないので、この世界がどうなっているかなど勿論《もちろん》知らない。

という訳で、肉と果物が加わり、食生活の方はかなり充実してきている。

充実したのは食生活だけではない。最近はなんと湯を使っているのだ。貴重な木材を消費せずに湯を沸かせる事に気付いた時、俺は天才だと思ったね。

でも、冷静になってみると誰にでも思い付く事だったかもしれない。

湯を沸かす方法は簡単。鉄の塊を炉で熱して桶の中にぶち込むのだ。

鉄と青銅は採掘量に消費が間に合っていないので、最近では部屋の隅に積むほど余っている。

鍛冶で使う大きな水桶は水を入れると得体のしれないゴミが浮いて、湯船の代わりにする気が起きないから、俺お手製の桶に、お湯を沸かしてタオルで体を拭くだけだけど。

水しかない時より断然マシな生活を送れるようになって、洗濯なんかも捗っている。

まあ、洗濯と言っても、洗う物は袋で作った服と掛布団なのだけど……

いい加減パンツを穿く生活をしたいのだが、いかんせん素材が無い。当然靴なんかも無いので、素足で生活している。しかし人間慣れるもので、今では足の裏の皮が物凄く厚くなっていて、もう走ったぐらいで切れる事もない。

食・住が揃ってきているので、そろそろ衣の方をお願いします、神様！

ルーチンのスキル上げを終え、寝床でステータスのチェックをする。

【名前】ゼン　【年齢】１０　【種族】人族
【レベル】１　【状態】――
【ＨＰ】２４２／２４２　【ＭＰ】２２／２２

【スキル】

・投擲術　Lv2（170・7／200）　・格闘術Lv1（0・0／100）
・鑑定　Lv1（90・3／100）　・料理　Lv1（65・2／100）
・魔法技能Lv0（10・4／50）　・鍛冶　Lv1（72・3／100）
・錬金　Lv0（0・7／50）　・大工　Lv1（0・7／100）
・裁縫　Lv0（0・2／50）　・伐採　Lv0（2・0／50）
・採掘　Lv3（2・1／300）　・探知　Lv1（58・5／100）
・調教　Lv1（4・8／100）

【加護】・技能神の加護　・＊＊＊＊＊

スキルの量が増えて、スキルレベルが上がっていくのを見るのはとても楽しい。成長が具体的に数値化されているこのシステムは前向きになれるね。

あぁ、そうだ。これは長く気付かなかったのだが、いつの間にかＨＰの上限が上がっていた。どのタイミングで上がったのか分からないのだが、予想では投擲術か採掘のスキルレベルが2になった時だろう。長い間怪我なんてする事がなかったので、ＨＰを気にしていなかった。

今はもうスキルレベル上昇時の感覚に慣れてしまったが、鑑定が上がったら、ＨＰやＭＰの最大値に変化がないかちゃんと確認してみよう。

まあ、何にせよ、明日からもスキルを上げて掘るだけだ。この生活にも慣れた物だな。

んじゃ、おやすみ。

◆

ナイフを作っては鑑定をして、床に放る。鑑定スキルの上昇には、常に未鑑定の新しい品物が必要で、一度鑑定したものではスキルが上がらない。その為、少ない金属で作れる投げナイフを大量に生産しては鑑定をしている。ナイフは投擲術のスキル上げにも使えるので、一石二鳥だ。

そろそろ鑑定スキルが上がるから、スキル上昇によるステータスの変化を確認しようと思う。

そうこうしている内にスキルが上がった。

採掘や投擲術が上がった時のような、肉体的な強化は感じない。だが、少し頭がすっきりして冴えてくると同時に、体の中を巡る活力のようなものが膨らむ感じがした。

物凄く小さな変化だが、このスキルの上昇で俺の体はどう変わったのだろうか？

ステータスを確認してみると、ＭＰの上限が上がっている。今までの22から26へと変化していた。約20％の上昇だ。元が少ないので、結構な上昇率だと考えても良いのだろうか。

スキルレベルが上がれば、肉体的、精神的な恩恵を受けられると見て間違いないだろう。ゲーム的な考えで言えば、まだステータスには他の項目もある気がするが、どの道今は確認する手段がないから考えないでおこう。

スキルレベルが上がった事だし、早速鑑定を試してみる。

名称：【ダガーナイフ】
材料：【青銅】

おぉ、確認出来る項目が増えているぞ。材料が分かるようになったのか。地味だが、見た目で素材が分からないような未知の物を見つけた時は役に立つな。

未知と言えば、眼の前にある、この部屋で一番未知な物を鑑定してみよう。

名称：【小型魔力炉】
材料：【神造石　魔石】

うむ、見事に未知の素材だ。神造石とは、謎の素材が出てきたな。

「神造」って事は、神様が造った石って事か。確かに炉の性能からすれば神の名がついてもおかしくない。あれだけの溶けた鉄やら何やらを放り込んでも、炉には汚れ一つ付いてない。テフロン加工もびっくりの性能だ。

魔石は良くゲームで出てくるけど、どういう物か分からないな。いつも俺のＭＰを入れているから、魔力タンクの役割でもしているのか？　流石神様が造った炉だ、謎が謎を呼ぶぞ。

この感じだと鑑定はスキルレベルが上がると、解析出来る項目が増えるみたいだな。いつ未知のアイテムに出くわすか分からないし、ダンジョンを出てからも役に立ちそうなスキルではある。

ステータスの底上げにもなるし、鑑定は地道に上げていくスキルとして、今後も取り組んでいこう。

◆

鑑定スキルが上がってから、十三日が経った。

この間に鍛冶のスキルレベルも上がり、また一段階肉体的に強くなった感触がある。予想通り鍛冶は肉体強化で、ＨＰの最大値が増えている事も確認した。投擲術の時と比べると劇的な変化ではないが、ツルハシを振るう力が増えるので、採掘の助けにもなっている。


先日、新しい事に気付いた。どうやらこの場所の地下には、「何かがいる」という事だ。

今までは、比較的上層でルーンメタルを探していたのだが、あまり成果がない為、より深層へと掘り進んで坑道を横に広げてみた。

その掘り進めた先の方向から、何かの気配が探知に引っかかった。

反応のあった場所はここから遠いので危険はないだろうが、気配の大きさからすると、通路を塞いでいる大トカゲ程度の大きさで、どうやら移動をしているみたいだ。

最初に考えたのは、地下にモグラのような生き物がいる可能性だが、神様からの手紙を思い出して他の可能性に気付いた。神様はここを「ダンジョンの中」だと書いていたのだ。

探知した相手の動きは平面的で、かつ比較的スムーズに移動しているようなので、地中を掘って進む生き物の動きとは考えにくい。という事は、この先に別の通路があるのではないか。

しかし、もし地中を掘って進む生物がいた場合、下手に掘り進めてそれらの行動圏内に入ってしまうとちょっと怖い。知らないうちに坑道に侵入されて這い上がってくるかもしれないし。

探知スキルの範囲内であれば、反応している相手からは奇襲を受ける事はないと思うのだが、本当に信頼して良いのか疑問も残る。ゲーム的に考えれば、探知系スキルには、それに対応する隠密系のスキルがあるのが当然だからだ。

そもそもダンジョンが地下まで続いているとすれば、ゲームの世界なら地上部分はまだ入口も同然。配置されている魔物も雑魚というのが常識だろう。掘り進んだ先に、クロサイのような化け物が大量にいたら、かなりおっかない。

考えれば考えるほど、この先を掘るリスクが思い浮かぶが、それでも掘り進めたいのには理由がある。それは、今掘っている方向は鉱石の埋蔵量が多い事だ。採掘の効率を考えると掘りたいんだよなぁ。

一つ一つは指で摘《つま》める程度の大きさではあるが、ミスリルやルーンメタルも結構な量が出ている。投擲術のスキルレベルが3になったら、スライム攻略の為にも総ルーンメタル製の武器を是非一本用意したい。

う～ん、難しい。一度他の方向を掘ってみて、ダメならまた考えるか。

◆

訓練を続けたお蔭で、やっと投擲術がレベル3になり、ついでに探知もレベル2に上がった。

遂に決戦の時が来た！

スライム討伐の為に、今日は採掘もスキル上げもお休みにして英気を養う事にする。

スキルレベル3になって、投擲術の威力が更に上がった。

スキル上昇による副次的な肉体強化も加わって、今回は飛距離が恐ろしく伸びた。投擲術のスキルレベル2の時は、投げ槍の飛距離が最大でも四十メートル程度だったところを、スキルレベル3ではその倍は飛んでいると思われる。

何故「思われる」なのかと言うと、単純にダンジョン内にはそこまで長い直線の通路がないからだ。全力で投げた槍は想像以上に飛んで、壁に突き刺さってしまった。手が届かない高さに刺さったので、今でもそのままになっている。

投げナイフも、有効射程距離が伸び、更に命中精度も上がったようだ。

予想では赤い大トカゲなら、槍を投げれば突き刺さるのではないかと思う。ただ、あのクロサイには敵《かな》わないだろう。あれは槍が一本刺さったぐらいじゃ、死なないだろうからね。

探知スキルの上昇では、ＨＰもＭＰも増えなかった。その代わり、探知はどうやら素早さのような物が上がるらしい。上がった瞬間に体が軽くなる感じがしたのだ。とても微量の上昇なので、劇的な変化はないが、動きの切れが良くなったような感覚を得ていた。

今日は休みと言っても、まだ一つだけやる事がある。武器作りだ。

集めたルーンメタルを使って、スライムを倒す必殺の武器を作ってやる。

既に昨日までに集めたルーンメタルはインゴットにしてあるので、それを炉に投入する。

ルーンメタルは黒い金属で、熱を帯びても赤熱はしない。だが、表面に気泡が見えてきた。加工が出来る温度に達したはずだ。

鍛冶スキルを使って槍のリストを頭に浮かべる。多数ある中から、全てを金属で作り上げる物を選び、尚且《なおか》つ投げやすそうな物を選択した。それが充分に頭の中でイメージ出来たなら、後は手にした平箸に自動的に溶けたルーンメタルが伸びてくる。

結構な大きさなので時間が掛かるが、段々と槍が形作られる。最後に穂先が出来上がり、重さでプルプルと震える平箸の先には、総ルーンメタル製の槍が出来上がった。

急いで水の中に入れ、温度が下がったところで取り出して叩き、研いでいく。ついでに余ったルーンメタルで投げナイフも作っておく。

全てをルーンメタルで作り上げた槍は、鉄製の槍と比べても非常に重量があり、切れ味も恐ろしく良い。はっきり言ってこの重さは子供が扱えるような代物ではないが、スキルレベル３の投擲術がある俺は、こんな槍もちゃんと投げる事が出来る。

テストで壁に向かって投げたところ、槍の柄の半分ほどまで埋まってしまい、引き抜くのに手間取った。威力を測る方法としてどうなのかとは思うが、これならやれるだろう。

そう言えば、槍に必要なルーンメタルを集める為に、結局は探知に反応がある方向に掘り進めた。掘り進めるほどに何者かの反応が増えていくので、地下には巨大な施設があるという仮説が現実味を帯びてきた。まだ通路に当たるところまでは掘り進めていないのだが、このまま行けば、確実に地下道に辿り着くだろう。

探知の反応にはルートは分からないが定期的に移動している物と、その場で動かない物とがある。その二つの反応にも大小の大きさがあり、あのクロサイよりも大きい物を複数探知している。この地下部分がダンジョンの本番だとしたら、クロサイはまだまだ前半戦の中ボスというところなのだろうか。

まあ何にせよ、地下については明日、スライム討伐をしてからだ。

出来ればトンカツでも食べて願掛けしたいが、あいにく鶏肉しかないので、今ある素材を使って無理やりトリカツモドキを作った。パン粉がいくらでも作れる事に気付いたのと、鳥の油を使えるので可能になった料理だ。ただ、衣のつなぎになる物がないから本当にモドキなんだよね。

こんな物を食べていると、無性に米が食いたくなる。

外に出て町を見つけたら、絶対最初に白い米を食ってやるぞ。

……この世界にもあるよな？　米。頼むから存在していてくれ！

まだ寝るには早い時間だが、明日の為に早寝をしよう。

せめて夢の中だけでも、米が食べられますように。

米ではなくパスタを食べる夢から覚め、そういえば麺類も食べたいと渇望しながら寝床を出た。

今日は遂に奴を……あの憎《にっく》きスライムを討つ時が来たのだ！

◆

早速、朝飯を食べ、身支度を整える。

マジックバッグから総ルーンメタル製の槍を取り出して点検する。鉄より重い鉱石から作った槍はずっしりと質量を感じられ、スキルレベル上昇の肉体強化を受けていなかったら、持ち上げる事も出来なかっただろう。昨日研ぎ直した刃が、朝日を浴びて鈍く光っている。

「うむ、問題ないな」

最初は、追加でハンマーでも用意しようかと考えていた。槍がスライムの核まで届かなかった時に、槍の石突きを殴って突き破れないかと思ったのだが、あいつには近付きたくないので廃案にした。

失敗したらまたやり直せば良いのだ。時間と可能性はいくらでもあるのだから。


マジックバッグに槍を収納して、既に何度も行き来しているスライムへの道を進む。ストレス発散を兼ねたスキル上げで何度も対峙《たいじ》しているので、道中、全くと言って良いほど緊張感は感じない。

ほどなくして、いつもと同じ場所に、いつも通りの様子で揺らめくスライムを発見した。

スライムの色は相変わらず不気味な赤黒い色なのだが、ナイフを大量に投げつけたせいか、若干サイズが大きくなっている気がする。今では俺の胸あたりに届こうかという大きさだ。

何百回と投げ続けた青銅の分だけ、体積が増えていてもおかしくはないだろう。だがその分、俺の投擲術も確実に強力になっている。

遂にこれから奴を殺そうとしているのに、意外なほどに冷静な自分に驚く。

どうすれば飛距離が伸びるか。どう投げれば力が籠《こも》るのか。どう狙えば正確に目標に飛ぶのか。数百回と練習を重ねた投擲が、スキルの力とは別に、自分に対する信頼という力になっている。

それもこれも、全てこの日の為に努力した結果だった。

さあ、そろそろ殺そう。いつも通りやるだけだ。

もはやこの十メートルを外す事はないので、大したプレッシャーにもならない。

マジックバッグから、ルーンメタルの槍を取りだす。

今日は助走をつけて投げるので、いつもナイフを投げている場所から少し下がった。

柄の中ほどを持ち、目を閉じて一度深呼吸をする。

幾度となく繰り返した動作を思い出し、その中でも最高の動きを導き出す為の一歩を踏みしめる。

足を進めながら体を引き絞《しぼ》り、三歩目で溜めた力を解放し投擲する。

俺の腕から放たれた槍が、スライムの核へと向かってビュッと風を切り裂きながら水平に飛ぶ。

スキルレベル3の投擲で放った一撃は十メートルの距離に一瞬で到達し、スライムの体へ抵抗もなく吸い込まれていく。

槍は瞬く間にスライムの核を貫通し、勢いそのままスライムの体を突き抜けて、向こう側の地面へと突き刺さった。同時に、槍に貫かれた衝撃で核がガラスのように砕け散る。

核を失ったスライムの体は一度激しく震えると、溶け出すように一気に形を失い、その姿を消していた。

「うおぉぉ！　やったぜえ！」

勝利の雄たけびとともに、俺はその場で跳び上がって拳を突き上げる。

着地した次の瞬間に、体に猛烈な力が湧き上がるのを感じた。

「なんじゃこりゃあぁ」

今まで体感したスキルのレベルアップと比べても劇的で、つい叫んでしまうほどの体の変化。まるで何十キロもある重りを脱ぎ捨てたかのような解放感に包まれる。

その感覚に思わず跳び上がってみると、体が物凄い高さまで浮き上がった。

「うわぁっ！　怖わっ！」

ここ最近の孤独な生活では声を出す事もあまりないのだが、ついつい独り言を連発してしまう。

それほど、驚くべきジャンプ力だった。

着地で体勢を崩す事もなく、衝撃も全く感じない。正確に何センチなのか分からないが、今までの倍以上、自分の肩くらいの高さまで跳んでいるみたいだ。

この体の劇的な変化はレベルアップだと思い、俺はステータスを開いて確認した。

【名前】ゼン　【年齢】１０　【種族】人族

【レベル】18【状態】――
【HP】467／467【MP】74／74
【スキル】
・投擲術Lv3（1・0／300）　・格闘術Lv1（0・0／100）
・鑑定Lv2（3・4／200）　・料理Lv1（69・4／100）
・魔法技能Lv0（11・2／50）　・鍛冶Lv2（2・3／200）
・錬金Lv0（0・7／50）　・大工Lv1（0・11／100）
・裁縫Lv0（0・2／50）　・伐採Lv0（2・0／50）
・採掘Lv3（20・2／300）　・探知Lv2（2・6／200）
・調教Lv1（8・6／100）
【加護】・技能神の加護　・＊＊＊＊＊＊

うぉぉ、レベルが一気に17も上がっているのかよ。

あのスライムはどんだけ経験値を持っていたんだ。

あれだけ攻撃をしても倒せなかった相手だし、よくあるRPGの序盤に出てくる程度の敵ではないと分かっていたけど、こんなにレベルが上昇するとは思ってもいなかったな。

もしかして、しょっちゅうナイフを投げ付けていたのが良かったのか？　それとも、経験値が多いレアなスライムだったのか？　う〜ん、謎すぎる。

……ってＨＰもＭＰも倍ぐらいになっているじゃねえか。この辺の計算方法が良く分からないけど、確かに体が丈夫になっている気もするな。比喩的に言うと、分厚い皮を纏ったような、不思議な感覚があるんだよね。もちろん、実際の肌は水を弾く柔らかいピチピチお肌だけど。

ＭＰに関しては正直良く分からない。今のところ炉に補充するくらいにしか使っていないから、いくら上限が増えても感覚的には何も分からないのだ。魔法が使えるようになったら理解出来るんだろうか？

ステータス上では、ＨＰとＭＰの上昇が数値としてハッキリ分かるのだが、ここに表示されていない身体能力も劇的に変化している。今までと比べて明らかに体が軽いし、手足に込められる力も増えている。脳内麻薬が一気に噴き出すような、素晴らしい解放感だ。

地面に刺さったままのルーンメタルの槍を拾いに行こうと視線を移すと、キラリと光る物が目に入った。スライムが消えた場所に何かが落ちている。

一方で、核の破片や体の溶けた残りカスのような、スライムの痕跡《こんせき》が何一つ残っていない……しゃがみ込んで地面を確認しても、破片はおろか土に湿り気すらない。子供の拳大の黒い石と、手の平に収まる程度の丸い半透明の球体が転がっているだけだ。

何だこれ、スライムの核とは違う物だよな。

モンスターを倒すと、ご丁寧にアイテムドロップがあるのか。どんな仕組みだよ……

ここまでゲーム的な展開だと少し呆《あき》れてしまう。この世界を作った神様は、結構ＲＰＧをやり込んでるんじゃないか？

落ちていた物体を手に取り、鑑定する。まずは黒い石だ。

名称：【エーテル結晶体《けっしょうたい》】
素材：【エーテル】

格好いい名前だな。エーテルなら知ってるぞ、ゲームとかでよくある魔法的な謎の物質だろ。この黒い石がその結晶か。こんなもの地球に持っていったら、ノーベル賞楽勝じゃね？　まあ、絶対に元の世界には戻れないだろうけど。さて、もう一つは……

名称：【スライムボール】
素材：【スライムアベンジャー】

そのままの名前かよ。素材として表示されているのは、さっきのスライムの名前かな？

「復讐者《アベンジャー》」とは、なかなか物騒な名前だけど、あの毒々しい色からしたら納得だな。

しかし、この半透明の中には何が入っているんだ？　プニプニして気持ちがいいけど。

ドロップ品をマジックバッグにしまって、槍を拾う。

重量のあるルーンメタルの槍が軽々と持ち上がり、改めて肉体の強化を実感する。

さて、スライムを倒したので道は開けた。このまま先に進むか、一度戻るか。

戻ったとしてもやる事はないので、思い切って先に進む事にした。

石と土だけで代わり映えのしない道が続くが、ほどなくすると、前方に何者かの気配を探知スキルが捉えた。近付くほどに反応は増えて、今では五つになっている。それらはある程度の範囲に固まっているようだ。

道の曲がり角に差しかかると、開けた場所が目に入る。

一度身を引いて、崖の陰に隠れるようにして覗き込むと、そこは木が生えた広場のようになっていた。

いよいよ木材が調達出来る！　逸《はや》る気持ちを抑えて、慎重に様子を窺う。

ここからでは特に魔物の姿は見えないが、それぞれ木の方から気配を感じる。

木を見上げてみても鳥や虫が止まっている様子はないのだが、気配だけはハッキリ感じる。どういう事だ？

注意深く木々を眺めていると、一本の木の幹に顔みたいな物がある事に気付いた。

「あっ、あいつ木のモンスターじゃん！」

思わず声に出してしまい、慌てて口を押さえて息を潜める。まだ気付かれた様子はない。

ゲームでよく見る、エントやトレントと呼ばれる木の化け物に似ている。確か、木の枝で攻撃したり、魔法を使ったりする奴もいたはずだ。見た目がほぼ完璧に木なので、探知による気配察知がなければやばかった。

木の化け物なのは分かったが、肝心なのは動くタイプなのか、そうではないかだ。

もし動くのであれば手が出し辛い。レベルが上がった今ならルーンメタルの槍を投擲して、幹を貫くくらいなら楽に出来そうだ。だが相手が動くならば、たとえ一撃で一匹を撃破出来ても、その後に他の奴から集中攻撃を受けて地獄を味わうだろう。

あえてやばい橋を渡る必要はないのでここは一度出直して、武器の調達と、「お友達」に協力を仰《あお》ごう。


俺は部屋まで戻り、鉄製の槍を複数本作った。ルーンメタル製の物が欲しいのだが、鉱石がない以上、贅沢は言えない。投擲術のスキルレベルも上がっているので、鉄の槍でも十分な威力が出せるだろう。

藁のベッドの上で少し休憩しながら、俺の親友――調教スキルで友だちになった大鳩――のポッポちゃんを待つ。我ながら適当な名前を付けたと思ったが、段々愛着が湧いてきて、最近はなかなか可愛い名前だと思うようになった。可愛いよね？

日が昇りきった頃に、くちばしに何かを咥《くわ》えたポッポちゃんが部屋の前に降り立った。トントンと飛び跳ねながら部屋の中に入ってきて、作業台の椅子に座っている俺の膝に飛び乗ってくる。

くちばしに咥えていたのは酸っぱくて甘いブラックベリーの実だった。俺はこっちに来て初めて食べたが、これは地球にもある物だ。腹は膨れないが、おやつとしてかなり高評価を与えられる味だった。ポッポちゃんは今までもこうして何度かブラックベリーを持って来てくれている。

俺の膝の上で休んでいるポッポちゃんを心ゆくまで撫でるのが最近の日課だ。気持ち良さそうに目を細めているのを見ると、本当に癒《いや》される。でも、今日は一つお願いをしないといけない。

パンを使って他の鳥を近くまで誘導して、木の化け物がどう反応するか確かめたいから、協力して欲しい旨を説明する。他の鳥には悪いが、木の化け物が動けるのか知る為に囮《おとり》になってもらうのだ。

意外と理解出来たようで、ポッポちゃんは渡したパンをクチバシで咥えて部屋から出て行った。しかし、思い出したかのようにこちらを振り返り、「その木なら知ってるのよ？」と、クルゥっと鳴いて教えてくれた。君って首が百八十度曲がるんだね……

俺の膝の上に戻して話を聞くと、どうやらポッポちゃんの生活圏の中にも、生きている木はいるらしい。近付いたらいけない木として、大鳩達の間でも有名なんだとか。「捕まったら、こわいのよー」と、クウっと鳴いて訴えてくる。話を聞く限りでは、その場から動けない奴が多いらしい。中には動ける奴もいるが、ほぼ全て足がとんでもなく遅いとの事だ。

ポッポちゃんが一生懸命説明してくれる姿は実に可愛い。撫でながら褒《ほ》めてやると、とても自慢げな様子で、もっと撫でてと催促《さいそく》をしてくる。有益な情報をくれたのだ、思う存分撫でてやる事にした。

ポッポちゃんの話が確かならば、これで一番の問題は解決した。相手が動かないか、動いたとしても足が遅いのなら、積極的に倒していこう。レベルという概念があり、その力を思い知った身としては、上げる機会があるならば是非とも狙っていきたい。

物量に物を言わせて遠距離から一方的に攻撃出来れば、多分やれるだろう。

レベルが上がったからか、今は自信が漲っていて、やる気満々だ。

確実を期す為にもう一本くらいルーンメタル製の槍を作製して、出来上がり次第、作戦を決行する事にしよう。

◆

新たなルーンメタルの鉱石を得る為に俺は採掘作業を再開した。

低層ではなかなか見つからないので、少しリスクはあるが、以前探知スキルで何者かの気配を感じた方角に、少しずつ掘り進めている。

今まで掘れていた鉱石は、青銅・鉄・ルーンメタル・ミスリルの四種類なのだが、この深さで掘り続けていると、小さいながらも新しい鉱石を二種類採れた。それは銅と銀だ。

両方とも武器としては使い物にならないので、部屋の隅に飾ってあるだけになっている。現状ではあえて採取する必要はないのだが、コレクター精神から、出たらつい持ち帰ってしまう。

やはり深いところを掘ると鉱石が出やすいようで、今や部屋の壁際には山のように鉄のインゴットが積まれ、青銅は鍛冶のスキルレベル上げの為に使い捨てにしているという有様だ。

それ以外でも、純度の低い鉄鉱石も掘れていた事に気付いた。見慣れない石があったので鑑定したところ、それが分かったのだ。

炉に突っ込んでみたら簡単にインゴットが出来上がった。現状、鉄も余っているので、この方法で鉄を得る気はない。多分これが正しい鉄の取り方だと思う。あの塊の金属が出るのはダンジョンだからだろうな。

掘り進めると、次第に探知スキルに引っ掛かる気配との距離が近くなり、数も増えていく。その中で一つだけ、やたらと大きい気配を感じる場所があった。その気配から察するに、大きさは外にいるクロサイの数倍にも及ぶだろう。一切動く事なく、その場にずっと静止している。

もしかしたらこのダンジョンのボス的な存在かもしれない。

もしそうであれば、脱出の大きな手掛かりになりそうだ。ゲームでもボスを倒した先に出口がある、というのはよくあるパターンだし。これはリスクを冒《おか》してでも、掘り進んでみるべきかもしれない。

ボスの部屋を迂回して掘り進んで、その後ろに控える出口がある部屋に出てしまいたいのだが、あくまで願望なので、端からそんな部屋など存在しない可能性も高い。下手をして直接ボスの部屋に迷い込んでも怖いので、一度、少し距離を置いた場所に出てから様子見するのがいいだろう。

スライムを討伐してから三日後、俺は囮作戦を実行する為に、もう一度木の化け物のもとに向かっていた。

少し進むと、先の方向に今までになかった気配を探知する。ちょうど前にスライムがいた場所の付近だ。もしかしてまたスライムがいるのかと思って慎重に進むと、一匹の灰色がかった毛並みの、大きな野犬の姿が見えた。

用心して進んでいたつもりだったが、次の瞬間、こちら側に頭を向けた野犬と目が合ってしまった。

「やべえっ」

完全に気付かれたようで、野犬は牙をむき出しにして唸りながら一直線に向かってくる。どう考えてもじゃれついてるって感じじゃねえ、襲いかかってきてるだろ！

焦りながらも、マジックバッグからナイフを取り出して投げ付ける。

ナイフが野犬の前足に突き刺さり、悲鳴とともに前のめりに転がる。

足が止まった相手に、すかさず追加で取り出したナイフを連続して投げ付けて止《とど》めを刺す。ナイフが十本を超えたところで犬の姿は消えた。

思いがけない遭遇《そうぐう》戦に、今頃になって息が上がってくる。心臓の音がうるさいほど鳴り響いていて、手足が震えていた。この世界に来て二度目の命の危機だったのかもしれない。だが、振り返ってみれば楽勝ではあった。

はたと気付き、慌てて探知で周りの気配を探るが、どうやら他の魔物はいないようだ。しかし、敵に接近された時の事も少しは考えておかないとな。今の俺のスキルだと格闘術があるが……

安堵の溜息を一つ吐《つ》いてから犬がいた場所を見てみると、俺が投げ付けたナイフの他に、黒い石と三十センチ四方ほどの毛皮が落ちている。黒い石はスライムからもドロップしたエーテル結晶体だろうが、大きさは四センチほどと小さい。魔物によってドロップする大きさが違うって事だろうか。

毛皮の方は灰色の毛を下地に、真ん中に茶色の毛で一本の線が描かれている模様で、裏地も既になめされているみたいだ。

加工済み素材がドロップされて、死体が消えるという状況は、ゲーム的過ぎて実際に目にすると驚きを隠せない。この世界では生き物が死ぬと、黒い石とアイテムを落として消えるのか？

まさか、人間も同じくこうなるって事はないよな。俺が死んだら、一体何を落とすんだ……

いや待てよ、俺は散々鳥を殺して食べているよな。その時は消えて無くなったりしない。

つまり、この世界じゃ二種類の存在があるって事か？

疑問を抱きつつも、ナイフと犬が落とした石と毛皮を拾い、マジックバッグに収納していく。

この毛皮は結構な収穫だ。俺は転生初日に服を失って以来、ずっと袋を服代わりにしてきた。遂にもう少しマシな服を作れるんじゃないか？　しかし、今手に入れた毛皮だけではサイズが小さ過ぎて下着にもならない。今後の展開に期待だな……

しかし、もっと重要なのはゲームで言うところの「リスポーン（再出現）」が行われたという事だ。

色々見てきたので今更それがおかしいとは思わないが、魔物がリスポーンするならば、その周期や出現する魔物の種類などを調べておかないとまずいだろう。

今推測出来るのは、周期は二日以内、同じ場所に湧く魔物の種類は少なくとも二種類はいるという事だ。今後も通るこの道だけは安全を確保したい。

あっ、忘れていたけど、この毛皮を鑑定すればさっきの犬の名前が分かるかな？

名称：【森狼《フォレストウルフ》の毛皮】
素材：【フォレストウルフ】

狼か……。確かに、牙とか凄い尖《とが》っていたし、ガタイも普通の飼い犬とは違っていた。

日本人としては絶滅した狼をぶっ殺すのは後ろめたいけど、やらなきゃこっちがやられるから仕方ない。

経験値がどのくらいか気になりステータスを確認してみるが、レベルは上がっていなかった。やはりあのスライムは特別だったのだろう。

今後は安全確保の為に毎日確かめに来る事に決め、木の化け物の観察に向かった。

木の化け物が群生している広場の手前で一旦足を止める。あの木の名前が何か分からないけど、いつまでも「木の化け物」呼ばわりでは不便なので、「トレント」としておこう。

ポッポちゃんからの情報が正しければ、トレントは移動出来ない、もしくは動きが物凄く遅いはずだ。だが鵜《う》呑《の》みにするのは怖いので、以前立てた作戦に従って、ポッポちゃんにパンを使って鳥を誘導してもらってみた。

可愛い鳴き声を上げながらパンを啄《ついば》む鳥達は、何の警戒もせずに美味しそうにパンを食べている。

突然、パンを食べていた一匹の鳥が弾け飛んだ。トレントは動いていなかったはずだ。

何事かと思いポッポちゃんに尋ねてみるが、彼女もびっくりしている様子で、「何アイツ」みたいな呆け顔をしていた。その顔、俺が初めて部屋で鳥を殺した時もしていたな。要するに初めて見るって事なのだろう。

ポッポちゃんは嫌がったが、もう一度鳥の誘導をお願いした。鳥使いが荒いが、俺の命が懸かっているので手を抜く気はない。ポッポちゃんは怖がりながらも、またトレントの近くにパンを落とし、急いで俺の方へと戻ってきた。

パンを啄む鳥達を眺めていると、一羽がまた何かの力で吹き飛んだ。

今度はよく見ていたので分かった。トレントから実体のない何かが発射され、空気を歪ませながら、鳥に向かって飛んでいったのだ。

もしかして、これが魔法か⁉

実物は見た事ないが、この世界の仕組みを考えれば間違いなさそうだ。

ただの木だと思って不用意に近付いたら俺もああなっていたのだと思い、探知の有用性を思い知る。

だが、相手が動かないのであれば、先制攻撃をするだけの話だ。

槍を投げてすぐに通路の曲がり角に身を隠せば、あの程度の威力ならばやりすごせるだろう。

作戦は決まった。槍作りを続行しよう。

◆

数日間、探知スキルを使いながら坑道を掘り進めていたが、まだまだ目指すボス部屋らしき場所には届かない。そこまで掘り進めるよりも前に、槍一本分のルーンメタルが溜まってしまった。

これでトレントとやりあえる。


新しく作った槍をマジックバッグに収納して、いつもの道を行く。

スライムがいた場所に湧いた森狼《フォレストウルフ》は、大体二日に一度のペースでリスポーンしているが、今日は湧かない日なので素通りだ。今のところリスポーンするのは狼だけで、スライムが湧く事はなかった。森狼《フォレストウルフ》は最早敵ではないので、視線に入った直後にルーンメタルの槍を投げて、一撃で屠《ほふ》っている。

ようやく視線の先にトレントを捉える。約三十メートルの距離があるが、既に俺の投げ槍の有効射程範囲だ。最初はルーンメタル製の槍を取り出し、一番手前の一匹を目標に定めた。

道を目いっぱい使い、助走をつけて全力で投擲する。

槍は風を切り裂いて目標へと水平に進んでいく。

トレントの幹のど真ん中に命中した槍は、幹を突き破り、そのまま地面に突き刺さった。

幹にデカい穴を空けたトレントは苦しそうに体を捩《よじ》ると、そのままパッと姿を消した。

おぉ、いけたぞ。思いの外簡単に突き抜けた。他のトレントは反応してないし、このまま次にいけるな。

マジックバッグから次に投擲する鉄製の槍を取り出す。この鉄製の槍はルーンメタルと同じく、穂先から柄まで全ての素材を鉄で作り上げて重量を稼いでいる。長さはルーンメタルの槍と同じだが、持つ場所以外の太さは、レシピに改造を加えて一・五倍ほどに太くなっている。これによって重さは大体ルーンメタルの槍と同じくらいだ。

再度、助走を付けて鉄の槍を投擲する。今度は貫通までは行かないが、幹の太さの半分くらいに突き刺さった。トレントに痛覚があるかは知らないが、体を仰《の》け反《ぞ》らして痛みに耐えているように見える。一発では足りないみたいなので追加の槍を投擲すると、トレントは姿を消した。

鉄の槍でもやれる事が分かったので、次々と投擲していく。四体のトレントを倒し、残りの一体に鉄の槍を投げ付ける。

すると、今までのと比べてあまり深くは突き刺さらなかった。

何度も投げていればこういう事もあるかと思いながら二発目の投擲をしようとすると、トレントの幹にある顔のような模様が、いつの間にかこちらを向いていた。

そういえば、こいつは鳥に魔法らしきものを使っていた奴だ。

気が付いた時にはトレントが僅かに枝を俺の方へ向け、微風《そよかぜ》に吹かれたように揺れた。

次の瞬間、地面の土をまき散らしながら、何かがこちらへ向かってくるのを感じた。

一方的な狩りに気が緩んでいた俺は、咄嗟《とっさ》にそれを避ける事が出来ない。辛うじて頭を隠すように庇いながら、左半身でそれを受け止めた。

バチンッと大きな炸裂《さくれつ》音とともに、直撃を受けたであろう左上腕に痛みを感じる。

慌てて壁沿いに身を隠すと、攻撃が止んだ。奴の視界から逃れればあの攻撃は来ないようだ。

一安心したところで、恐る恐る腕の具合を見てみた。左腕からは血が滴《したた》っており、複数の切り傷が付いている。

鳥が食らっていたのを見ていたので、ある程度の威力は想像していたが、致命的な攻撃ではない。

痛いが、これくらいなら我慢出来る。腕を動かすのにも支障はない。

ステータスを確認してみると、ＨＰが40ほど減っていた。この数値の変化を信じるならば、十二回攻撃を食らうと俺は死ぬって事だろう。一撃なら我慢出来る痛みだが、全身にその回数を食らったら、確かに血が出すぎて危ない気がする。

まだ余裕はある。俺は頬を叩き気合を入れ直す。

無意識だったが体の左で攻撃を受けたので、投擲には影響はしない。

今度はルーンメタルの槍を取り出し、槍を構える。

姿を晒《さら》さないように角の少し手前から軽く助走を付け、そのままの勢いでトレントが視界に入った直後に投擲をした。

勢いを付け過ぎたのか転びそうになるが、なんとか体勢を立て直して、急いで壁際に身を隠す。

ゆっくりと顔を出してトレントの様子を見ると、幹に槍が深々と突き刺さっており、苦しそうに蠢《うごめ》いていた。だが、ルーンメタル製の槍でもまだ足りないらしい。

残りの鉄の槍を取り出し、同じ要領で身を隠しながら投げ付けたが、遂に手持ちの槍が尽きてしまった。

どうやら今回はここまでのようだ。殺しきれなかったのは悔しいし、貴重なルーンメタルの槍が回収出来ないのは痛いが、これ以上はどうしようもない。

ここは一度撤退して再度出直す事にした。

◆

トレント狩りから戻った俺は、桶を水で満たして、血で汚れた左腕の傷を洗い流した。既に血は止まっているので、ポーションを使うまでもないだろう。

破傷風《はしょうふう》とかは怖いが、受けた攻撃は多分、空気を飛ばす魔法の攻撃なので、その手の心配はないと思いたい。

さて、武器が無くなってしまったが、まだ日暮れまで時間はたっぷりある。トレントを放っておくと今まで与えたダメージが回復してしまうかは分からないが、出来るだけ早めにケリを付けたい。

すぐに再戦の準備に取り掛かろう。

ルーンメタル製の槍は材料が無いので作れないが、鉄ならば大量にある。とりあえず、先ほどと同じ鉄の槍を十本と、投げ斧とハンマーを用意してみた。

想定している用途としては、斧は単純に投げる。木の弱点は斧という安直な考えなのだが、物は試しという奴だ。

ハンマーは同じく投げて使うが、トレントに突き刺さっている槍の石突きの部分に当てて、より深く突き刺さらないかと思い作ってみた。体に穴を空けられれば死ぬ事は先ほどの戦闘で分かったので、これはなかなかいい案なんじゃないかと思っている。

問題は上手く当てられるかだが、そこは数撃《かずう》ちゃ当たるってのを実行していこう。

こんな感じで新しい武器作りに没頭してその日は終えた。


翌日、昼頃には武器製作が一段落した。

鳥サンドを頬張りながら、俺の膝の上のポッポちゃんを撫でてしばし癒される。

鳥を撫でながら鳥を食べる……。彼女は一体、俺の事をどう思ってるのだろうか。まあいいか。

今日のデザートは木イチゴらしい、有難くいただこう。

食事を取りながら、改めて鍛冶スキルの凄まじさを感じた。こんな短期間に二十を超える武器を作り出す事が出来るなんて、自分のした事ながらびっくりである。

昼食を食べ終え、用意も出来たのでトレントのもとへ出発する。

今回は狼が湧いていたが、槍の一撃で処理をした。スライムと比べると弱すぎる気がする。このダンジョンのバランスどうなっているんだ？　ドロップ品をマジックバッグに収めて、先へと進む。

昨日、身を隠した場所に辿り着き、壁際から様子を探った。目に入ったトレントは俺が投げた槍が刺さったままで、少し萎《しお》れているような印象を受ける。効いてる効いてるって状況だな。こちらにも気付いていない様子なので、先制攻撃を食らわしてやろう。

まずは斧を投げ付けてみる。助走を付けて投擲した斧は、すさまじい勢いで回転しながら目標へと達した。ドンッと鈍い音を立てて、斧は砕くように木の幹を裂いていた。想像していたよりも威力があり、これはこれで良い手段かもしれない。

素早く壁際に体を隠して、次に投げる槍を用意する。追撃用のハンマーの為にも、的は増やしておきたい。投擲術のお蔭で、この距離でもあの大きさの相手ならば外す事はないのだが、ピンポイントに石突きを狙うには少し距離がある。よって、いくつも槍を投げて的自体を増やしてしまおうという訳だ。

立て続けに槍を投げまくり、トレントをハリネズミにしていく。

先に倒した奴らと違って、これだけ投げても消えないという事は、特別な奴なのだろう。あのトレントは魔法も使ってきたし。それにしてもタフすぎるだろ……

そろそろ良い頃合いかと思い、ハンマーを取り出す。どうせ何回も投げる事になるだろうから、作ってきた五本のハンマーをマジックバッグから出して地面に置いておく。

ハンマーを右手で持ち、全力で投擲した。

回転をしながら進むハンマーは、僅かに槍の石突きを外れて、鈍い音とともにトレントの体に直接当たった。槍の間を掻《か》き分けるように進んだ為、刺さっていた槍にも力が加わり、傷口を大きく裂いたようだ。実際にトレントが声を出したわけではないが、絶叫しているかのようにも見えた。

ちょっとだけ可哀想なので早めに止めを刺してあげようと思い、次の投擲を行う。

狙っているのは、先日投擲したルーンメタルの黒い槍なのだが、二度目の投擲でも当たらなかった。三十メートル先にある直径十センチにも満たない目標にハンマーを投げて当てるのは、スキルの恩恵があっても、凄まじく難しい。スキルがない世界で同じ事をしようと思ったら、もうマグレや奇跡の類《たぐい》になるんじゃないだろうか。

次の三投目はようやく槍の石突きを捉えた。狙っていたルーンメタルの槍ではなかったが、その隣に刺さっていた槍を深く押し込む事に成功したのだ。だが、まだ足りない。

続く四投目の投擲で、遂にハンマーがルーンメタルの槍を捉え、衝撃で槍が貫通した。

ハンマーはそのままの勢いで、槍を押し出しながら穴の開いた幹に直撃する。

風穴を開けられたトレントは仰け反りながら姿を消した。

ふう、と一息つくと体に力が漲る。どうやらレベルがアップしたみたいだ。

だが、初めてスライムでレベルがアップした時と比べると、その力は僅かに感じる。

ステータスを開いて確認をしてみると、このようになっていた。

【名前】ゼン　【年齢】１０　【種族】人族
【レベル】２０　【状態】――
【ＨＰ】４７４／４９２　【ＭＰ】７１／８０

【スキル】
・投擲術　Ｌｖ３（１１・７／３００）　・格闘術Ｌｖ１（４・５／１００）
・鑑定　Ｌｖ２（１６・３／２００）　・料理　Ｌｖ１（７０・６／１００）
・魔法技能Ｌｖ０（１２・６／５０）　・鍛冶　Ｌｖ２（１５・６／２００）
・錬金　Ｌｖ０（０・７／５０）　・大工　Ｌｖ１（０・１１／１００）
・裁縫　Ｌｖ０（２・６／５０）　・伐採　Ｌｖ０（４・３／５０）
・採掘　Ｌｖ３（３２・５／３００）　・探知　Ｌｖ２（１５・３／２００）
・調教　Ｌｖ１（１１・８／１００）

【加護】・技能神の加護　・＊＊＊＊＊＊

一気に二つもレベルが上がっている。それほど強敵だったのだろうが、思ったより被害も受けなかったので、スライムの時ほどの感慨はない。

ちなみに最近、毎日一時間ほどシャドーボクシングをしたり、蹴りの練習をしたりしている。若干ながら格闘術の熟練度が上がっているところを見ると、効果があるみたいだ。

この調子なら槍の素振りでもしていれば新しいスキルが開花するかな？

ステータスを確認し終わった俺は、探知で周囲に気配がない事を確認してから、トレントがいた広場の中心に向かった。

視線の先には俺が投げた武器がいくつも転がっている。その傍《かたわ》らに、お馴染みのエーテル結晶体と木材が、倒したトレントの数と同じ五つずつ転がっていた。木材は製材されておらず、木の太い枝をそのまま切り出した物だ。

マジックバッグにはこの場にあるもの全ては入らなかったので、今後、またここにトレントが湧いた時の為に、持ちきれない武器は壁際に立てかけて備えておく事にした。

武器とドロップ品の回収を終えて広場の奥を見渡すが、どうやらここは袋小路のようだ。

道が先に続いている事を期待していたのだが、これは少し残念な結果である。


部屋に戻って、一休みしながら今後の事を考える。

当面、地上で進める道がなくなった事に落胆はしたが、別に全てを諦めた訳ではない。最初はどこにも行けなかった事を思えば、ずっとマシな状態だ。

残るは二つの道だが、クロサイがいる道は無理だろう。あの頑丈そうな体を打ち破れるビジョンが浮かばない。もう一方の道の先にいる大トカゲは、今なら初撃で一匹はやれるだろう。だが、その後が怖い。どれだけの速度で動くのか分からないが、トレントと同じようにはいかない。立て続けに倒していっても、接近される前に全部を倒すのは無理だろう。たとえ一匹でも接近されれば、俺に対抗する手段はないのだ。この点の対策が出来るまでは、トカゲにも手を出すべきではない。

となれば、現時点で取るべき方針は一つ。地下の坑道を掘り進めて、ボスと思しき気配があるところまで進む。これもリスクはあるが、探知で気配が探れるのは大きい。うっかり地下のダンジョンに出てしまっても、ヤバかったら塞げばいいだろう。

次なる目標を定めた俺は、マジックバッグの中身を整理する事にした。

武器は大した損傷もないので、ルーンメタル製の槍以外は取り出して壁に立てかけておく。

ルーンメタルの槍は、一度研ぎ直してからマジックバッグにしまった。これだけは何かあった時の為に、ナイフと共に常に持ち歩くようにしているのだ。

続いて先ほど回収したドロップ品を整理する。

回収した合計五つの木材のうち一つだけは濃い赤い色で、それ以外の物は普通の木の色と同じ薄茶色だ。鑑定で素材を確認したところ、色違いのものは「エルダートレント」、他の四つは「トレント」と出た。

最後の一匹だけは、あれだけの攻撃を受けても死なず、魔法まで使ってきたのだ。上位種というのも頷《うなず》ける。まあ、あいつの攻撃自体はそこまで大層なものではなかったけど。

ドロップした木材の名前は判明したが、価値や性能などは分からないので、当分はお蔵入りする事になるだろう。まだ以前に伐《き》った木材も残っているし。

そういえば、この鑑定で浮かんでくる名前は、この世界の人に通じる共通の名称なのだろうか？　もしかすると、俺の記憶や知識から引き出されている可能性もある。たとえば、今さっき鑑定したトレントのように。これが前世でのゲームの知識から導き出されていたとしても、おかしくはない。

だがそれ以外の、たとえば「浮魔の瞳石」や「雫草」などは違う。

石の模様を見れば瞳石までは連想するかもしれないが、浮魔なんて単語は聞いた事もないし、思いつくはずがない。同様にハート形の草を見て、雫草なんて名前も出てこない。

そう考えると、鑑定で導き出される結果は、この世界のシステムからの返答だと考えた方が自然なのかもしれないな。まあ、所詮《しょせん》は俺の想像だ。

何気なくマジックバッグに付いている浮魔の瞳石を鑑定してみた。鑑定レベルが上がってから見ていなかったからね。既に一つのアイテムとして成立しているマジックバッグだが、瞳石のみに意識を集中すれば個別に鑑定が出来た。

名称：【浮魔の瞳石】
素材：【ゲイザー】

あぁ、なるほど、「ゲイザー」ね。アイツが浮魔なのか。

俺は出た鑑定の結果に納得してしまった。ゲイザーという名前の魔物は知っている。デカい目をした浮かんでいる魔物だ。

とあるゲームでは何度も殺された記憶があり、攻略方法を知るまではまともに戦う事も出来なかった。ゲームの知識が通用するかは分からないが、真正面に立って戦いたくない相手だ。

いや、そもそも俺の知っているゲイザーが、この世界のゲイザーと同一とは限らないじゃないか。もしかしたら羽の生えた人型なんて事もあるかもしれない。

◆

トレントを狩ってから三十二日が経過した。二日に一度湧く森狼《フォレストウルフ》のお蔭で日の進みを計算しやすい。

森狼《フォレストウルフ》を大量に狩れるようになったお蔭で、かなりの量の毛皮を保有している。最近は若干肌寒くなってきたので、この毛皮が役に立つ。今の俺の格好は全身毛皮に覆われていて、自分の事ながら野生児みたいでちょっと可愛い。まあ、採掘作業中は汗をかくから上は脱いでしまうんだけど。

袋の服から解放された時は、つい雄たけびを上げてしまった。ゲームで言えば「文明度が1上がりました」って感じだ。いやいや、雄たけびなんて上げたのは、文明度が下がった証拠か？

毛皮だけではなく、木材も順調に増えている。トレントは五日ごとにリスポーンするので、これを狩る毎《ごと》に木材が部屋の片隅に積まれていく。いい加減邪魔になってきたので、遂に風呂桶を作った。勿論、エルダートレントの木材はレアかもしれないので、手を付けていない。

詳しい日付は忘れたが、数カ月ぶりに風呂に入った時は本当に生き返った気分がした。タオルで拭いて清潔にしていたつもりだったが、湯船に浮かぶほど体中から汚れが出た。

こんな感じでトレントを狩る事も日常になっていて、いなくなったスライムの代わりに投擲術を上げる的としても活用している。最初にエルダートレントを狩ってしまえば、他のトレントは遠距離攻撃を持たないので一方的に攻撃出来るのだ。

エルダートレントがいなくなった後の広場で、青銅のナイフをこれでもかとトレントへと投げ付ける。一匹当たり五十も投げれば死んで消えてしまうが、普通に何もない所で訓練をするよりは効率が良い。やはりこの世界のスキルの上がり方は、難易度制なのだろう。

トレント狩りはレベル上げも兼ねており、現在では25になっている。子供の体のままだけど、既に前世のどんな人間と殴り合っても負けない気がするのだが、果たしてどうだろう。

そんな訳で、日々レベルとスキルの熟練度は上がっている。だが、レベルが上がるごとに次のレベルに必要な数値が増えるので、更なるレベルアップまではまだ時間が掛かる状態だ。進展状況が分かるので苦にはならないのだが、これ以上の効率化は難しい。


次に採掘の話をしよう。

既に、坑道の長さはキロ単位に達しているのではないだろうか？

これほど深くなると毎回の土の処理に嫌気がさしてくる。マジックバッグがあっても、掘削地点と入口との往復に時間がかかって効率が悪い。少しでも多くの土を運び出す為に、余裕があるトレントの木材で作った大きな桶に鉄製の車輪を付けて、お手製の台車を作った。多少ではあるが運搬効率が改善した喜びに、作業も一段と捗る。

これだけ大量に土砂が出るのだから、それを壁の高さまで山状に盛って脱出する案も考えたが、これは実現出来ていない。三十メートルを超えるダンジョンの壁を越えるには圧倒的に量が足りなかったし、雨が降ると崩れてしまうのだ。

そして先日、遂に地下ダンジョンの通路を掘り当ててしまった。ダンジョンの壁は、コンクリートのように滑らかな平面をしており、明らかに人工物という印象だ。

長い直線の通路の途中に出たらしく、周囲に明かりもなく、手に持ったトレントの木から作った松明《たいまつ》だけでは、通路の果てまで見通す事は出来なかった。松明の火が消えないので、酸素は十分ある事が分かる。

そのまま少しダンジョンの中を見回って調べてみたのだが、何かが近付いて来ている気配があったので、慌てて坑道に戻った。坑道に侵入されると厄介なので、掘り出した土などをマジックバッグから取り出して穴を塞ぐ。

もっと詳しく調査したいが、気配を感じない安全な場所を掘り当ててからにしたい。ボスのいそうな方向からは少し遠ざかるが、掘り当てた通路を大きく迂回するようにして採掘を再開した。

採掘の効率を上げる為にルーンメタル製のツルハシを作ったので、アクシデントがなければ後一、二カ月あればボス部屋付近まで到達するだろう。

そうそう、採掘の途中で、また何箇所か「採掘レベルが足りずに掘れない場所」が出てきている。

次のスキルレベルに上がるのは当分先の話なので、今は放って置くしかない。

◆

更に日が経ち、遂にボスらしき気配の付近に坑道が達した。

ボスの気配は少し下の方にあるので、今掘っているこの階層には別の部屋でもあるのかと思っていたが、そんなものはないようだ。

更に掘り進むと、ようやくダンジョンの壁らしき物に突き当たった。

意を決して振るったツルハシがダンジョンの壁材を突き破り、顔を出せる程度の穴を空ける。

意外な事に、空いた穴からはほどよい明かりが漏れてきた。この先に光源があるようだ。最初に辿り着いた地下通路とは作りが違うらしい。

穴から様子を窺ってみると、巨大な空間が見えた。気配の位置的にボス部屋の一つ上の階層だと思っていたのだが、どうやら大きな部屋の上部の壁を掘り当てたみたいだ。

気配のする下方に視線を向けると、ゾクッと背筋を凍らせるような「何か」がいた。

大人も一呑みに出来そうなほど巨大な蛇の頭部だけがフワフワと浮いていて、そこから髪の毛のように複数の触手のような物が生えて蠢いている。「それ」は、今まで見たモンスターとは比較にならない圧倒的な存在感を放っていた。見ているだけで額や顎《あご》から嫌な汗が流れる。

まさか……こいつが「ボス」なのか？

これはまずいと思って慌てて後退するが、うっかり物音を立ててしまう。

時間をおいて、探知で様子を窺いながらも恐る恐る穴に近付き、もう一度覗き込んでみるが、「それ」に動きはなく、こちらに反応する様子は見せなかった。

その事から察すると、おそらく俺はその蛇の背後に出たのだろう。頭部が全体的に丸いのが少し気になるが、あの鱗の様子や輪郭《りんかく》を見る限り間違いないはずだ。確信は持てないが、わざわざ注意を引いて振り向かせる訳にもいかないので、このまま静かに観察する事にした。

今まで気配の方に気を取られて部屋の事にまで頭が回らなかったが、この巨大な空間はドーム型をしており、辺りを照らす光は壁自体が発光しているみたいだ。その為、部屋の奥まで見渡す事が出来る。

蛇の頭を挟んだ向こう側に、この部屋の入口らしき通路が見える。という事は、やはりこの蛇の頭は入口側を向いていると考えて良さそうだ。通常ならばあの通路から侵入して、この部屋の主である蛇の頭と戦うのだろう。そう考えると、この見学方法はちょっとズルだな。

視線を真下に向けると、人間の体よりもずっと大きな水晶が見える。ボスとの位置関係を考えると、これを守っているのか。上からでは光の反射でよく分からないが、水晶の中には何かが入っているように見える。

それ以外は殺風景なもので、まっ平らな灰色の石の床が見える以外、他には何もない。ただあの蛇の頭と戦うだけの場所といった雰囲気だ。

さて、どうするか。思いがけず背後を取れたのはデカいが、槍を投げるにしても、このままの穴のサイズでは狭くて攻撃出来ない。攻撃をするのであれば、もっとこの辺を掘削してスペースを確保する必要があるだろう。

果たしてあれほどの存在に俺の攻撃が効くかは微妙なところだが、これほどの絶好の位置取りが出来たのであれば試してみたい。ボスのサイズから考えて、俺が掘ってきた坑道にはまず入れない。ヒット&アウェイ方式でやれば、何とかなるんじゃないだろうか。

俺の直感ではあるが、あの魔物をどうにかして、水晶に触れれば「クリア」ってパターンもあり得る。いずれにしろ水晶はこのダンジョンに関わる重要オブジェクトのはずだ。これまでも散々ゲームのお約束が出てきたんだし、ここでもそれが適用されていたっておかしくはない。むしろそうでない方が不自然なぐらいだ。

そう結論を下し、なるべく音を立てないように掘削して、今いる場所の空間を広げる。慎重に動いたので一時間も掛かってしまったが、後はダンジョンに通じる穴の部分を広げれば、槍を投げられるだけの空間を作れる。

ゆっくりと削り取るように穴を広げて、遂に環境が整った。

俺はマジックバッグから、ルーンメタル製の槍を取り出す。回収は難しいだろうけど、千載一遇《せんざいいちぐう》のチャンスだ。現段階で最高の武器を使う事にした。

深呼吸をして槍を構える。危険な相手だと分かっているので、もしもの時の為に逃げる動作もシミュレーションしておく。

十分な助走を取れるほど広くはないので、殆ど体の力だけで投げる事になるが、レベルが上がって身体能力が向上した今ならば、以前とは比較にならない威力が出せるだろう。

腰を捻《ひね》り、体を後方に大きく撓《しな》らせて力を蓄える。集中力が最高に達した瞬間、一気に力を解放して、体全体の筋力で投擲を行った。

放たれた槍は一直線に目標へと飛んでいく。

今まさに槍の穂先が蛇の頭に突き刺さるというその瞬間、何かの抵抗を受けたように槍が減速する。辛うじて穂先が蛇の鱗を捉えたが、刃の半分程度しか刺さらなかった。

次の瞬間、ボスの体がその場で回転し、こちら側を向く。

正面を向いたボスの姿は、巨大な蛇の頭が、その大きな口を最大限まで広げ、三メートルほどもある目玉を咥えたものだった。頭部を覆う触手もまた、それぞれが目玉を咥えた蛇で、こちらを威《い》嚇《かく》するように忙《せわ》しなく蠢いている。

想像を絶する異形《いぎょう》に、心の中が恐怖と驚愕に染まりきってしまい、体が強張《こわば》り、足が震えだす。

その恐ろしい姿に俺が釘付けにされている中、頭部から生える触手蛇のうち一匹が、こちらに向かってサッカーボール大の火の球を放った。

一瞬遅れて自分が攻撃された事に気付き、慌てて逃げようとするが、足がもつれ、腰が抜けて動けない。なんとか手で這うように坑道の向こうへ逃走を試みるが無駄だった。

穴の中に飛び込んできた火の玉は坑道の壁に当たると、その大きさからは想像も出来ないほどの爆発を引き起こした。

地面に伏せていたにもかかわらず、俺の体は爆発の衝撃で壁に叩きつけられ、すさまじい速度で坑道を転がっていく。

レベルが上がり体が丈夫になっていた事が幸いして何とか意識を保ち、頭を守りながら勢いが落ちるまで耐える。運良く逃げようと思っていた坑道の奥に飛ばされたようだ。これ以上の追撃もない。ようやく体を起こした頃には足の震えも収まっていて、自力で部屋まで逃げ戻る事が出来た。

坑道を抜けて部屋に着いた俺は、崩れ落ちるように四つん這《ば》いになり、乱れた呼吸が収まるのを待つ。脈拍が下がり興奮状態から脱するにつれて、体中を痛みが襲ってきた。

打撲や切り傷、あらゆる種類の痛みのオンパレードに喘《あえ》ぎながらも体を確認すると、至るところから血が滲《にじ》み、特に爆発の衝撃を受けた背中からは、ヒリヒリと火傷《やけど》に近い痛みを感じる。

あまりの苦痛に意識が遠のき、すぅーっと血の気が引いていくのを感じる。このままでは気を失ってしまい危険な気がするので、急いでマジックバッグに入れてあったポーションを取り出し、一気に飲み干した。最早味に文句を言ってる余裕もなく、祈るように痛みが消える事を待ち、ポーションの効果が出るまでの僅かな時間を耐えた。

ポーションの効果は絶大で、体中が温かくなると同時に痛みが引いていく。小さな傷などはすぐに消えて、滲んでいた血がかさぶたのように剥《は》がれていった。

ただ、一番ダメージの大きかった背中からはまだ鈍い痛みを感じる。ポーション一本では完全回復は出来なかったようだ。

手を伸ばして背中を触ってみるが、皮膚が爛《ただ》れて湿った感じなどはないので、表面的な傷は治っているみたいだ。寝るのに少し苦労しそうだが、もう一本を呑む必要はないだろう。この程度なら勉強代として受け入れよう。

しかし、低級ポーションですら一瞬であれだけの傷を回復してみせたのだ。果たして上級ポーションには一体どれほどの効果があるのだろうか。

痛みも引き、頭の中も落ち着いてきた。坑道での作業なので上半身裸だったのが、怪我を大きくした原因だろう。甘く見ていた訳ではないが、魔法の威力がトレントの放ったもの程度だと思い込んでいたのだ。

あの火の玉が直撃していたら、俺の命は無かっただろう。

散々な結果になったが希望も見えた。助走が付けられなかった事もあり、全力の投擲は出来なかったが、それでもあの目玉に傷を付ける事は出来たのだ。

投擲した槍の威力を削いだあの見えない力も、それを超える力があれば突き破れるのだろう。とすると、更なる威力で投擲すれば、槍は届くはず。

問題は今の採掘状況では最強のルーンメタル製の槍を使い捨てるほどは用意出来ない事と、攻撃威力を増す投擲術のスキルレベルのアップにはまだまだ時間が掛かるという事だ。

更に言えば、火の玉による反撃をどう防ぐか。今回はかろうじて逃げられたが、次回もこう上手くいくとは限らない。ちゃんとした対策が取れるまでは、手を出すべきではないのかもしれない。

……いや待てよ、別に投擲術は必要ないんじゃないか？

あの場所と魔物の位置を考えると、一つの案が浮かんだ。この案ならば、反撃される前にある程度の距離を逃げる事も可能だろう。

早速、俺は思い付いたアイデアを実行する為に、背中の痛みも忘れて計画を詰めていく。いつの間にか日が傾いていたが、夕飯を食べながらも床《とこ》に入った後も考えを突き詰めて、遂に計画が纏まった。

俺の口元が自然と緩む。今日はこのまま寝る事にしよう。

◆

三カ月間、あのボスを打倒する作戦を成功させる為だけに動いた。まず最初にした事は、ルーンメタルの採掘だ。これは根気よく時間さえ掛ければ安全に事が進み、思っていたより簡単に必要量が集まった。

ルーンメタルを集め終わったら、次は作戦の仕込みだ。

ボスの部屋の真上に出られるように坑道を掘り進め、その位置から足場を組みながら部屋の真上に十メートルほどの縦穴を掘り進める。

下から上に掘り進めるのは土や石が落ちてきて、とても辛い作業になった。

ボス部屋周辺の掘削作業と並行して、もう一つの重要作業である武器製作も行っていく。

採掘したルーンメタルと鉄を空っぽのマジックバッグにひたすら詰め込み、収納可能な限界を量る。限界量の金属を一度取り出したら、加工開始だ。

今回俺が考えたのは、ボスの真上から超重量の槍を落として串刺しにするという作戦だ。槍自体の重量と落下で生じた運動エネルギーだけを利用して攻撃するのは、スキルによる補正のあるこの世界では間違っている気もするが、そんな事も言ってられない。

既に長い時間を掛けて用意してきたのだ。ここでやめるなんて選択肢は絶対にない。

巨大槍は炉の中で造るには大きすぎるので、溶かした金属を少しずつ外で成形する。最初はルーンメタルで穂先に当たる部分を造りだし、そこに槍の形になるように溶かした鉄を継《つ》ぎ足していく。全ての金属を使い切って、全長二メートルはある、金属の杭《くい》とでも呼ぶべき代物が完成した。

出来上がった巨大槍を、マジックバッグに収納すれば準備は完了だ。

ここまで長い時間が掛かったが、この後の喜びを考えれば、それも報われる。

ボスの討伐は明日にして、今日は美味い物でも食べて精をつける事にした。とは言え、食べられる食材は、ここ数カ月全く代わり映えしない、鶏肉とパンだ。だが、料理のスキルレベルが上がったお蔭で、肉の焼き加減はかなり上手くなっている。調味料が無いのが不満だが、完全に飽きたという事もない。食事の事はここを出てからじっくり考えよう。あぁ、照り焼き食べたいな。

◆

朝が来た。

日課である鳥の餌付けを終え、ポッポちゃんには近日中にここから移動するかもしれない旨を伝えておく。ポッポちゃんは、俺のペットになってから感覚的に大体の俺の居場所が分かるらしいので、もしここから移動しても問題なく探せるらしい。そんな能力、初めて聞いたんだけど……

しっかり朝食を食べて準備をし、いよいよ出発する。

毛皮を細く切って結び合わせた縄梯子《なわばしご》を伝って、ボス部屋の上へと登っていく。

縦穴を上がった先には、俺の体が収まる程度の大きさの窪みを作っておいた。そこには、少し大きめの鉄製の盾が置いてあり、地面から起こせばすっぽりと窪みを塞げる。反撃を食らわずに済ませたいが、前の事もあるので念の為に作ったものだ。

ここが作戦の決行場所になる。

一呼吸して気合を入れる。さて、そろそろ行動開始だ。

右手を穴へと突き出し、左手でマジックバッグの瞳石を触る。マジックバッグの内容リストには、槍が一つだけ。それを選択し、取り出すイメージを実行する。

目の前に現れた巨大な槍が一瞬空中に留まるが、すぐに重力に引かれて自由落下を始める。上から見下ろすと、その姿は目の前の穴に吸い込まれるかのように見えた。

瞬く間に落下した槍はボス部屋の天井部分に接触すると、これを容易《たやす》く突き破り、更に加速して落ちていく。

天井の隙間からボスの目玉が僅かに動いたのが見えたが、落下する槍に反応しきれなかったようで、その体のど真ん中に槍を受ける。

ズンッと物凄い地響きが、地震でも起こったかのような振動とともにここまで伝わってくる。

まるで、トマトに釘を打ちつけるかのように容易く、槍が目玉の化け物を串刺しにした。

更に穴を覗きこんで、下を確認すると、中央の巨大な目玉が激しく痙攣《けいれん》していた。だが、槍に貫かれて身動きが取れず、徐々にその動きも弱まってくる。

頭の上から生えている触手蛇が、最後の足掻《あが》きで四方八方に火の玉を飛ばすが、触手蛇もすぐに力尽きて一匹一匹と倒れていく。

全ての蛇が倒れた直後に、本体がもう一度大きく痙攣したかと思うと、その姿を消した。

残されたのは、地面に突き刺さっている巨大な槍のみ。

どうやら作戦は成功したらしい！

「うしっ！」

勝利を確信し、小さくガッツポーズを取る。

ほどなくして、体に新たな力が漲ってくる。レベルアップしたみたいだ。

湧き出てくる力の大きさを考えると、スライムの時のように大幅なレベルアップの予感がする。

ステータスを確認したいところだが、今はそれよりも早く下に降りて、状況を確かめるのが先だ。

ダンジョンに何か変化が起きていて、それを見過ごしたなんて事にはなりたくない。

手を滑らせないように気を付けながら穴の縁まで梯子を下り、用意していた別の梯子をボス部屋へと投げ入れた。

一度穴から下を覗きこみ、安全を確認してから梯子を下りる。

下に降りてみると、まず部屋の大きさに驚いた。ドーム型の部屋は中から見てみると、まさにボスの部屋。質実剛健《しつじつごうけん》で一切飾り気がなく、ここで戦いなさいと言っているかのような印象を受ける。

感心しながら部屋を見回すと、目に入ってくるのは俺が落とした大槍。その後ろには槍よりも高さのある、大きな水晶の塊だ。

やや青みがかった多角形の柱状をした水晶は、自身から朧《おぼろ》げに光を発しているようで、輝きに包まれている。近付いて目を凝らすと、上から覗いた時にも見えていた、水晶の中に埋め込まれている物の正体が分かった。

それは、蛇の頭が付いた白い杖。

よくあるパターンで言えば、ボスを倒した報酬として手に入りそうなものだが、果たしてどうだろうか。

俺は水晶に近付き、手を伸ばして触ってみる。

手が触れた途端、水晶は割れ、一瞬でその場に砕け散った。驚いた俺は、一歩飛び退いてしばし様子を窺う。すると、いきなり大きな気配に包まれるのを感じ、次の瞬間、耳元で「祝福を」という声を聴いた。

突然の事に体がビクッと震え上がり、急いで後ろを振り返るが、誰もいない。

気付けば、先ほど感じた気配も既に消えていた。驚かされたものの、気配に嫌な感じはなく、むしろ温かい印象さえあった。でも、いきなりはやめてほしい。俺はビックリ系が大嫌いなのだ。

それにしてもあの声は一体何だったんだろう？　祝福という言葉から神様的なものを感じるが、もしかしたらあの目玉に殺された冒険者の地縛霊《じばくれい》だったりして。何せファンタジーな世界だ、十分あり得る。いや、地縛霊はマジ勘弁だけど。

改めて水晶の割れた場所を見ると、砕けた水晶から出てきた杖が、まるで手に取られるのを待っているかのように地面に垂直に立っていた。俺は右手を伸ばして杖を掴み取る。

ひとまず杖を鑑定する事にした。

名称：【霊樹《れいじゅ》の白蛇杖《びゃくじゃじょう》】
素材：【霊樹　オリハルコン　ルビー】

うぉぉぉ！　なんかすさまじくレアっぽい鑑定結果だな。ってオリハルコンキター。この、装飾に使ってある金属がオリハルコンか？　金色をしてるんだな。ルビーは蛇の目玉だな。霊樹というのは良く分からんけど、杖全体に使われている素材かな？　見たところ木で出来ているみたいだし。

素直な感想を言えば、綺麗だけど飾りの度が過ぎていて成金臭い杖だ。

あまり頑丈そうではないし、これは打撃武器というよりも、きっと魔法を使う時に役に立つんだろうな。

いや、あまりいちゃもんを付けても仕方がないし、素直に頂いておこう。

子供の体にとっては少し大きい杖を持ちながら、他にも何かないかと辺りを見回す。

そういえば、あの目玉のドロップ品を忘れていた。後ろを振り返ると、地面に突き刺さった大槍の傍らには、手に持てるほどの小さな宝箱と二つの石が転がっている。

杖は一度、大槍に立てかけておいて、地面に落ちているそれらの品を手に取って確かめる。

石の一つは毎度おなじみのエーテル結晶体で、これまでで最大のサイズだ。両手を使わなければ持てないほどの大きさで、抱えるように持ち上げると、かなりの重さだった。

次に手に取った石も俺は見た事がある。今回の作戦でも大いに役に立ってくれた、馴染みの深い石だった。

名称：【古代浮魔《こだいふま》の瞳石】
素材：【エンシェントゲイザー】

アイツは「エンシェントゲイザー」っていう名前だったのか。正面から戦った訳ではないが、あの威圧感は、たしかに名前負けしていなかった。

それよりも新しい瞳石が手に入ったんだ、ここは一つ試してみるべきだよな。

ちょうど今はマジックバッグには何も入っていない。マジックバッグから瞳石を外し、古代浮魔の瞳石と交換する。両方を見比べてみると、古代浮魔の瞳石の方がより色合いが濃く、模様も生き物の目に似ていた。目力《めぢから》と言って良いのだろうか、それを強く感じ、少し怖いくらいな印象を受ける。

マジックバッグに古代浮魔の瞳石を新しく取り付け、所有者登録を行う。ビリっと電気が走ったような痺れを一瞬感じ、登録は完了したようだ。

早速手を突っ込んでみる。

「ひぃぃ！　なんじゃこりゃ」

マジックバッグに手を入れた時に感じた容量の大きさに、ビックリして情けない声を上げてしまった。

容量の大きさがイメージとして浮かんでくるのだが、新しく取り付けた石では体育館ほどの広さを感じた。いきなり、そんな巨大な空間のイメージが頭に浮かぶのだ。自分がそこに落ちるような感覚を覚えて焦った。

だが、この性能には顔がニヤけてしまう。これなら大概の物は収納出来るだろう。苦労して掘り出した大量の金属や、作って積んである様々な武器なども全て持ち出せる。

試しに、目の前に刺さったままの巨大な槍を収納してみるが、何の問題もなく収まった。

最後に小さな宝箱を手に取る。よく見ると綺麗な装飾がされていて、この箱だけでも価値がありそうだ。鍵は付いていないようで蓋を開いてみると、中には多種多様、大小様々な宝石が入っていた。

数個を鑑定してみると、エメラルド、トパーズ、サファイアと来て、ダイヤモンドまで入っている。流石、この辺で一番巨大な気配の持ち主から出たドロップ品だ。豪勢としか言いようがない。

宝箱、杖、瞳石を全てマジックバッグに収納して、最後に他には何もないかと部屋を見て回る。

もう一度、水晶があった場所に近付くと、突然、砕けて地面に散らばっていた水晶が震え、一点に集まりだした。

逆再生の映像のように集まった水晶の欠片《かけら》が再びその形を変えて、瞬く間に大きな楕円形《だえんけい》の輪を作り出す。

よく見てみると水晶の楕円形の輪の中には、マジックバッグと同じような半透明の膜が見える。

更に一歩近付いてみると、膜にはうっすらと、どこかの森の中の様子が鏡のように映し出されていた。

「もしかして、これが出口かっ!?」

身を乗り出して中を覗き込もうとしたが、やはり思い留まった。

大した確認もせずに知らない土地に吸い込まれる訳にもいかないし、何より部屋に残してある物を可能な限り持ち出したかった。

そう思って少し水晶の輪から離れると、輪が崩れて水晶が地面に散らばっていく。

「あぁっ！」

これはマズいと思い、何とか飛び込めないかと慌てて水晶に駆け寄ると、再び水晶が浮き上がり、先ほどと同じように輪を作り出す。

離れると崩れる。近付くと輪になる。

「おいっ！　ビビらせるんじゃねえよ！」

これは流石に、悪態の一つぐらい許されるだろう。

この水晶の輪がどんな仕様かは不明だが、取りあえずは離れても大丈夫そうだ。
そう考えて俺は急いで梯子を上り、坑道を駆け抜けていく。ここから部屋までは、どんなに急いでも数分は掛かる。その間、走りながらステータスを確認する事にした。

【名前】ゼン　【年齢】10　【種族】人族
【レベル】38　【状態】――
【HP】709／709　【MP】138／138
【スキル】
・投擲術Lv3（210・3／300）　・格闘術Lv1（96・3／100）
・鑑定Lv2（185・0／200）　・料理Lv2（60・9／100）
・魔法技能Lv0（33・8／50）　・鍛冶Lv2（175・6／200）
・錬金Lv0（0・9／50）　・大工Lv1（15・5／100）
・裁縫Lv0（20・8／50）　・伐採Lv0（35・1／50）
・採掘Lv3（258・9／300）　・探知Lv3（30・7／300）
・調教Lv2（20・3／200）
【加護】・技能神の加護　・医術と魔法の神の加護　・＊＊＊＊＊＊

やはり一気にレベルが上がっている。先ほどまでレベルは25だったが、それが一気に13も上がった。今までかなりの数のトレントを倒してレベルを上げてきたが、大物の経験値は違うって事か。

この長い準備期間に採掘だけをしていた訳ではないので、スキルも色々と上がっているのだが……

ん？　あれ？　何か増えているな。

よく見ると加護の項目が一つ増えている。「医術と魔法の神の加護」か……

いつの間に加護なんて貰ってたんだ？

あぁー、いや、これはさっきの声の主か。水晶を触った瞬間に聴いた声は、たしか「祝福」とか言っていたはずだ。そう考えるとあの声の主は、この世界の神様だったのかもしれない。

しかし、医術にしろ魔法にしろ今の俺には知識も技術もないのだけど、恩恵を貰って意味あんのか？

説明にはこうある。

【医術と魔法の神の加護】：加護の対象者に、使用する魔法の効果を高める効果を与える。また、回復系魔法の効果を倍増する。

ほうほう、俺も遂に魔法の威力が……って、そもそも魔法使えないっつうの！

まぁいい、杖と一緒だ。貰えるものは貰っておこう。

ようやく部屋へと到着した俺は、そこにあるものを片っ端からマジックバッグに収納していく。いくらでも入るので整理が必要ないし、右手で吸い込むだけなので、部屋にある物がどんどん無くなっていく。

残るはこの部屋に最初からあった、炉と水瓶と作業机だ。

だが、これらに限ってはマジックバッグでは収納が出来ないみたいで、右手で触れても、うんともすんとも言わない。どうやらこれらの持ち出しは不可能なようだ。この炉はかなり欲しいが、人力で背負うにも重たくて無理だろう。マジックバッグにも入らないなら諦めるしかない。

長らく愛用してきただけに、本当に勿体《もったい》ない。

水瓶も俺の生命線なのだが、これも入らないなら仕方がない。だが水だけは持っていきたいので、マジックバッグに中身の水を注いで、水瓶で約三十杯分の水を収めた。これなら当分持つだろう。

多分、これでこの部屋も見納めだ。部屋に付いた傷や汚れの一つ一つにも思い出がある、なんて言う人もいるんだろうけど、俺はそんなにロマンチックじゃないし、いちいち覚える性格でもないからね。

まあ、それでも感慨深いものはある。最後に部屋に一礼をして坑道へと戻った。

足取り軽く、坑道をボスの部屋まで駆け抜ける。

梯子を下り、水晶の欠片に近付くと、再び輪が形成された。こう見るとなかなか美しい光景だ。

ふと何かが光るのを感じて、水晶の輪から少し離れた場所に目をやると、そこには丸い大人の拳ほどの水晶が転がっていた。水晶の輪に目を取られて今まで気付かなかった。

近付いて手に取って鑑定をしてみる。

名称：【ダンジョンコア】
素材：【クリスタル】

ダンジョンコアって……これ持ち出したら、このダンジョンはどうなるのだろう？

でも、落ちている時点で機能してなさそうだし、持って行っても良いのかな。

用途は分からないが、これもマジックバッグに収納しておいた。

水晶の輪の前に戻り、輪に映し出された景色を観察する。

見える範囲では一面木が生い茂った森の中。太陽の僅かな光が注いでいて神秘的だ。生き物の姿はないが、木の葉が風でそよいでいるのが見える。

多分大丈夫だろう。そう判断して、水晶の輪に手を入れてみる。

すると、ダンジョンの中とは違う暖かな外気が手の平から伝わってきた。

他の場所に出られるのは、間違いないようだ。

俺は気合を入れて大きく息を吸い込むと、水晶の輪に映る景色に飛び込んだ。

第二章　人里へ

苔《こけ》の生《む》した地面を踏み締めながら、麓《ふもと》を目指して歩を進める。山脈を背にして続く、この道なき道の傾斜は緩やかで、俺は久し振りの緑豊かな大自然を満喫しながら、人里を探してひたすら山を下っている。

水晶の輪を潜り抜けてから最初に目に入ったのは、一面の緑だった。巨木に陽射しを遮《さえぎ》られた薄暗い森の緑だ。強い草木の匂いにむせ返り頭がクラクラしたが、それもすぐに慣れた。

俺はこちら側からもボス部屋が見られるのか確認しようとして出てきた場所を振り返ったが、そこには何もなく、視線の先には大きく大地が引き裂かれた亀裂の始まりがあるだけだった。

どうやら水晶の輪は一方通行だったようで、ここはあのダンジョンの入口らしい。この地面の割れ目を下って行けば、あの谷底に辿り着くのだろう。

ダンジョンへと続くであろう道に沿って視線を巡らせると、遠くに高い山脈が見える。視界を覆うように、途切れる事なく続く山々の雄大さに、俺は驚嘆《きょうたん》の声を上げた。

もっとよく周りを確認する為に、近くの木に登った。

木登りは子供の頃にやって以来だが、この体では恐ろしいほどの速さで天辺《てっぺん》まで辿り着く。下を見ても恐怖は感じず、まるで階段でも登るかのような気軽さだった。

木の上から辺りを見回すと、一面の緑の絨毯《じゅうたん》がどこまでも続いている。辺りからは鳥や小動物達の放つ小さな気配が多数感じられたが、今のところ大型の動物や危険な魔物のようなものはいないようだ。特に目標になる物もないので、どこからでも見えそうな、大きな山脈を背に進む事に決めた。


歩き始めて数時間が経った頃、一直線にこちらに向かってくる一つの気配を探知で捉えた。一瞬慌てたが、すぐに何か分かったので、しばし足を止めて待つ。

ほどなくして一羽の鳥が上空から舞い降りてくると、俺の肩に止まって、小さな頭を俺の頬に擦《こす》りつけて来た。俺の可愛い友達ポッポちゃんだ。

この世界における俺の唯一の話し相手が、体全体を使って俺のダンジョン脱出を喜んでくれている。でも、最後にパンを要求したら台無しだと思うよ？

ポッポちゃんを肩に乗せたまま道を進む。彼女は時々上空へと上がって周囲を確認してくれるので、進む方向はバッチリ分かる。ポッポちゃんは目印がなくても大体の方向が分かるらしいし、便利な奴だ。


少し進むと、段々と日が傾いてきた。谷底では空が狭くて確証が持てなかったが、この世界でも太陽は一つで、地球と同じように沈んでいくらしい。

太陽が西に沈んでいると仮定すると、山脈側が北で、俺は南へと移動している事になる。

完全に日が落ちる前に、今日の寝床を用意する事にした。

野営といったら焚《た》き火だと思い、木の枝を集めていく。だが、途中である事に気付いた。俺は火をおこす手段を持っていないという事だ。

ダンジョンの部屋では、炉からいくらでも火が取れていたので、失念していた。仕方がないので、木を擦り合わせて、昔見たテレビの記憶を頼りに火おこしを試みるが、煙は上がってもあと一歩のところで火がつかない。幸い、火が必要なほど気温は低くないので、無理に火をおこす事もないか。

パンを焼く事は出来ないが、今日は保存用にトレントの木で燻製《くんせい》にした鶏肉を挟むだけで我慢しよう。寝ている間に何かに襲われないか心配だが、一人の野営なので仕方がない。

ポッポちゃんが真上の木で寝てくれるらしい。彼女曰く、何かが来れば気付くとの事だ。彼女の野性を信じて俺も寝る事にした。

◆

ダンジョンを脱出して二日目の今日も、ひたすら森の中を歩いた。俺を先導するかのように地面を飛び跳ねながら先を進むポッポちゃんが、時々地面を掘り返して食料を探している姿が可愛い。お腹がすいたならパンをいくらでもあげるのだが、味が違うものも食べたいらしい。なかなかグルメな鳥だ。俺も目についた大き目の石をひっくり返して、餌探しを手伝ったりした。

そう言えば、今朝は一つ発見があった。それは瞳石を交換した事でマジックバッグの仕様が変わった可能性があるという事だ。

今まで、マジックバッグの中に入れた物は、外と変わらず時間の経過によって腐敗や、温度の変化などがあった。つまり、空気中に放置しているのと変わらなかったのだが、新しく瞳石を交換したマジックバッグでは、温度の変化がなくなったように思える。

今朝マジックバッグから注いだ水が、水壺から汲み出した直後と変わらず、まだ冷えているからだ。大量の水ならば温度変化が緩やかなのかもしれないが、それでも一日近く経っている。その水が冷たいという事は、石を替えて何か影響があったと考えても良いのではないだろうか？

もしそうなら、歓迎すべき変化だ。火をおこしてお湯が作れれば検証も進むのだが、今は無理だ。火おこしは結構な重要案件かもな。

歩いているだけでは暇なので、ポッポちゃんを放り投げて遊ぶ。

別に動物虐待《ぎゃくたい》をしている訳じゃないよ？　これは彼女が言い出した暇潰しの一つなのだ。

以前、鍛冶作業に集中していた俺に、ポッポちゃんがウザったいほどに構ってくれとせがんできた事があった。あまりのウザさに俺はポッポちゃんを掴んで表に出て、空高く投げてしまった。あの時は鳥だから問題ないと思ってやったけど、冷静に振り返って少し反省している。

ところが、彼女はその感覚が面白かったらしく、もっとしてくれとテンションが跳ね上がってしまった。その結果、時たまこの遊びをするようなったのだ。

小一時間ほど、ブーメランと化したポッポちゃんと戯《たわむ》れながら先へと進むと、探知に小さいながらも反応が掛かった。それまで感じていた小動物とは違う反応だ。

大きさは森狼《フォレストウルフ》より小さいが、二匹が共に行動しているみたいで、同じ速度で同じ方向へと進んでいる。

立ち並ぶ木々のせいで視界に捉える事は出来ないが、この移動速度ならばこちらに向かってきてもまだ危険はないだろう。そもそも、この程度の反応なら大した相手ではないはずだ。

そうであれば、当然見に行きたくなる。襲って来たら反撃すればいい。攻撃が効かなかったら……まあ、逃げよう。とりあえず姿ぐらいは確認したい。

そう考え、俺は探知を頼りに気配のする方向へと進む。念の為ポッポちゃんには俺のそばから離れてもらう。彼女は癒し担当だから、戦力としては考えていない。

茂みを分け入って進んでいくと、何かの鳴き声が聞こえてくる。ギッギッと喉を鳴らしたような声を相互に掛けあって、もう一つの声と会話をしているようだ。

立ち止まり、木の陰に隠れて声のする方を覗き込む。

そこにいたのは、緑色の肌で、鋭く長い耳と黒目がちな瞳を持った小柄な二足歩行生物だった。

俺のファンタジー知識から導き出される結果は、所謂「ゴブリン」て奴だ。

そんな二匹は棍棒《こんぼう》のような物を持ち、腰に毛皮を巻いた出で立《いた》ちだ。

あれ？　今の俺も毛皮を着てるし、あんまり見た目は変わらないんじゃねえか？

自分の格好がゴブリンと同程度だと思うと、少し悲しくなってくるな……

さて、どうするか。周りにはあの二匹以外、何かがいる気配はない。

アイツらが持っている装備を見ても、大した脅威には思わない。

ならばここは一つ、友好的に挨拶から入るのが良いのではないだろうか？　ゴブリンが邪悪な小鬼だなんて、あくまでファンタジーの中で読んだだけ。誰かの作った話の聞き伝えだ。実は目の前の彼らは友愛の精神を持った優しい森の住人なのかもしれない。そもそも、俺にとってこの異世界で出会った第一異世界人なのだ。

よし、あくまで友好的にいこう。

そうと決まればまずは、こちらから姿を見せるのが礼儀だろう。

「こんにちは～」

俺は片手を上げながら日本語で挨拶する。だって他の国の言葉は分からないからね。

すると、今まで楽しそうに会話をしていたゴブリンに、緊張が走るのが分かった。

やべえ、失敗したか？　もしかしたら、手を上げるのは失礼な行為だったのかもしれない。

「大丈夫ですよ～、何も持ってないですよ～」

俺は改めて、両手に何も持っていない事をアピールしながら声を掛ける。

ゴブリン達はお互い顔を見合わせ、戸惑っているようだったが、片方のゴブリンがギギッっと声を上げると、それを合図に武器を構えてこちらに向かってきた。

糞がぁ！　何が優しい森の住人だ、何が第一異世界人だ。やっぱり醜《みにく》い化け物じゃねえか！

余裕を感じていたから挨拶から入るなどという遊びをしてしまったが、やはり彼らは友好的な存在ではないらしい。そうと分かれば容赦《ようしゃ》はしない。

俺はマジックバッグから、鉄のナイフを取り出して投擲する。

まだ距離があるので、とりあえず一本を投げて反応を見る事にした。

投擲されたナイフが片方のゴブリンの足に突き刺さる。

痛みの声を上げ、その場で動かなくなったゴブリンを見て、その片割れは俺へと向かってくる歩みを止めた。これで戦意喪失《せんいそうしつ》するならそれでいい。

足を抱えてその場でうずくまるゴブリンと俺を見比べ、無傷な方のゴブリンは何を決心したのか、俺の方向へと駆けてきた。

仲間がやられて怒っているのか、それとも逃げられないと思ったのか？

俺は次に、鉄の槍を取り出し投擲する。

投擲された槍はゴブリンの胸を貫き、その勢いでゴブリンの体を押し戻す。

地面に倒れたゴブリンは口から赤い血を吐き出すと、そのまま動きを止めた。

う～ん、いきなり殺しちゃったけどやり過ぎたか？　まあ、もう一匹残っているし良いか。

初めて人型の生き物を殺したが、それほど後悔や嫌悪感を覚える事もなかった。半年以上ダンジョンの中で生活するうちに、俺の精神はこの世界に適応したのだろう。自分が生きる為に命を奪う事にも一切躊躇はなかった。

残ったゴブリンは仲間の死を見て、完全に戦意を失っている。恐怖からか、瞳を潤《うる》ませながらこちらを凝視していた。

ちょっと可哀想になってきたな。何か役に立つかもしれないし、こいつは生かしておいてやるか。

俺は辺りを見回し、木に巻き付いている蔦《つた》でゴブリンの上半身をきつく結んで自由を奪う。既に死を覚悟しているのか、ゴブリンは全く抵抗する事がなかった。

まだ足に刺さっているナイフを抜き、毛皮の切れ端で縛って止血してやる。痛みに叫び声を上げているが、彼に使うポーションは無い。我慢してもらう事にした。

無理やり立ち上がらせ、進行方向を指差し歩かせる。

足の痛みで立ち止まろうとするが、俺が手に持ったナイフを見せると、慌てて歩き出す。

可愛い女の子ならばまだ考えるが、俺に襲い掛かってきた野郎に慈悲《じひ》はない。

大分歩みが遅くなってしまったが仕方がない。並んで歩くと、身長は大体俺と同じぐらいのようだ。

少しすると上空にポッポちゃんが戻ってきた。おいでと手を振ると、ゆっくりと降りてくる。

俺の肩に止まった瞬間、クルゥと鳴いて「ゴブは大丈夫なの？」と聞いてきたので、ナイフで脅《おど》して見せたら、「酷い事するな」みたいな顔をされた。

歩いているとゴブリンの顔が辛そうなので、昼飯を兼ねた休憩を取る事にする。

ゴブリンは用意した食事を貪《むさぼ》るように食べ、更にパンのおかわりまでした。余程飢《う》えていたのだろう。

食事が終わると、ゴブリンはしきりに俺に話しかけてきた。お礼でも言ってるのかな？

腹が満たされたお蔭か、ゴブリンは身振り手振りの指示にも素直に従いだす。自ら進んで歩いてくれるので助かった。

歩みは遅くなったが、それでも大分移動出来たので、今日はこの辺りで野宿をする。

寝首を掻かれてもつまらないので、ゴブリンを木に括《くく》りつけてから就寝したのだが、しばらくして何かの物音で目が覚めた。

警戒して辺りを見回すと、ゴブリンが苦しそうな呻き声を上げていた。

近付いて足の傷を見てみると、緑色の肌がそこだけ紫色に変色していて、顔からはダラダラ脂汗《あぶらあせ》を流している。傷口が熱をもって相当苦しいみたいだ。

マジックバッグに手を掛ける。ポーションを取り出すか、それとも……

「はぁ……仕方ないか」

俺はマジックバッグからポーションを取り出して、半分ほどを傷口に掛けてやった。すると傷は見る見る治っていく。ゴブリンは、突然痛みから解放された事に驚いている。

ついでにマジックバッグから皿を取り出し、水を注いで飲ませてやった。大量の汗をかいたみたいで、勢いよく飲み干していく。この皿は名前でも彫ってゴブリン用にするか。

もうこれで大丈夫だろうと判断して、いい加減眠くなってきたので床に戻り眠りについた。

おやすみなさい。

◆

今日も森を抜ける為、歩き続ける。

同行者が増えた事もあるが、平地と違って木々が生い茂った森の中は歩きにくい。

昨日ポーションをかけてやったゴブリンの足は、すでに完治しているようで、今は俺の前をギィギィ鳴きながら元気に歩いている。もうゴブリンの拘束《こうそく》は解いた。昨日の一件で完全に懐かれたようで、こちらの身振り手振りの指示に完全に従っている。

俺がポッポちゃんとイチャつきながら歩いていると、ゴブリンがしきりに話しかけてくる。どうも構ってほしいらしく、何か、村がどうとか、ボスなら大丈夫とか、そんな事を言っているようだ。

……うん。最初は曖昧すぎてずっとスルーしていたけど、時間が経つにつれてゴブリンの言っている事が、分かるようになってきているんだ。

正直、ギィギィ鳴いてるだけにしか聞こえないが、何となく言っている事が理解出来た。明らかに何か不思議な力が働いているのを感じる。

予想では、俺の持っている【多才】が関係しているのではないかと思っているのだが、確信には至らなかった。

まあ、何にせよ言葉が分かるのは助かる。村という単語は気になるし、少し話を聞いてみよう。

俺は立ち止まってゴブリンに話しかけてみる。俺が相手をする気になったのが嬉しいのか、ゴブリンは興奮気味にギィギィ鳴いている。

村とは何だと聞いてみると、俺の言葉が通じたのか、ゴブリンは目を丸くして驚いた。

「いや、お前から話しかけてきたんじゃん。何で俺が話すとビックリするんだよ」

つい突っ込んでしまったが、これも理解出来たらしく、頭をかいてギィギィ言っている。何それ恥ずかしがっているの？

一度会話が成立すると、加速度的に言葉が理解出来始める。

小一時間ほど会話したところ、ここから数キロの場所にこのゴブリンの集落があるらしく、俺ならそこでボスになれると、しきりに勧めてきた。

そんな所に留まるつもりはないが、この鬱蒼《うっそう》とした森から出るヒントくらいあるかもしれない。

俺はひとまずゴブリンの村に行ってみる事にした。


ゴブリンの「ゴブ太君」に先導されながら森を進む。分かりやすくて良いネーミングだろ？

最初に目指していた方向からは大分逸れているが、何か当てがあった訳でもなし、許容範囲と考えよう。

道中で見つけたアケビのような木の実を、ゴブ太君とポッポちゃんが争うように取り合っていたが、ゴブ太君は手にした木の実を、「食え食え」と俺に渡してくる。何この子、いい子じゃない。

それにひきかえポッポちゃんは俺の事を気にもせずに、確保した木の実を一心不乱に食べている。

君の忠誠心は一体どこに……

そんな俺の心境を敏感に感じ取ったのか、ポッポちゃんも食べかけの木の実を咥えて持ってきた。

普段なら食いかけだろうが頂くが、今は流石に要らないわ！

あっ、別に険悪になんかなってないよ。この程度のやり取りじゃ、俺とポッポちゃんの仲は裂けたりしないからね。

ゴブリンの棲家《すみか》への道中で、お馴染みの森狼《フォレストウルフ》に襲われた。探知があるし何度も相手をしているので、俺にとっては朝飯前だ。簡単に対処したら、またまたゴブ太君に尊敬の目を向けられる事になった。

ここで分かったのだが、ダンジョンの外の生き物は、死んでも消えない。森狼《フォレストウルフ》はドロップ品を落とす事もなく、そのまま死骸となっていた。

ゴブ太君もこれが普通だと言っているので、そうなのだろう。

結局、殺した森狼《フォレストウルフ》はゴブ太君が処理をして、今は背中に背負っている。マジックバッグに入れれば良いと思ったのだが、彼らにしたら獲物を持つのが名誉なんだとか。

ゴブ太君が、そろそろ村に着くと言っている。確かに探知にはゴブリンの反応が多数あった。

ほどなくして辿り着いたゴブリンの村は、斜面に三メートルほどの高さがある穴が空いており、その周りは穴を中心に半円形に整地され広場になっている。ただ、その広場と言っても、平らなむき出しの地面があるだけだが。

ゴブリンが言う村とは、周りを森に囲まれた中にポツンとあるただの洞窟《どうくつ》だった。

村と言うのでそれなりに家とかあると思っていたのに、騙《だま》された。これじゃ原始人レベルの生活じゃねえか！

心の中で一頻《ひとしき》りがっかりし終えた俺は、改めて洞窟に目をやる。

入口には警備をしているのか、数匹のゴブリンがたむろしていた。こちらに気付いたゴブリン達は、森狼《フォレストウルフ》を背負うゴブ太君に駆け寄り、何やら褒め称えている。そうするとゴブ太君は自分じゃないと、少し後方にいた俺を指差した。

俺の姿を見てゴブリン達に緊張が走り、辺りが殺気に包まれる。こいつらやる気か？　と思ったが、すぐにゴブ太君が間に立ち、ゴブリン達を説得し始めた。

だけど、「殺されるから手を出すな」は、ちょっと酷くないかい？

話が付いたのか、一匹のゴブリンが洞窟に入り、別のゴブリンを連れて出てきた。新しく現れたゴブリンは周りのゴブリンと見比べると一回り大きく、色も黒みがかっている。

なるほど、あれがここのボスって事か。

聞こえてくる会話によると、あれはゴブ太君の兄貴らしい。ゴブ太君は、背中の森狼《フォレストウルフ》や、どこに持っていたのか食事にあげたパンを手にして、俺の事をボスにしようと仲間達を一生懸命説得している。

でもゴブ太君、そんな方法取ったら、やばい事になるとしか思えないよ？

案の定交渉は決裂し、ゴブ太君の持っている森狼《フォレストウルフ》とパンは奪われる。

それでもすがるゴブ太君をボスゴブリンが殴り倒すと、そこで空気が変わった。

ボスゴブリンは今度は俺に目を付けたようで、こちらに向かってズンズン歩いて来る。

落ち着き払っている俺を不審に思ったのか、目を細めながらも、その歩みは止まらない。お互いの手が届く範囲に入ると、威嚇の為か、ボスゴブリンは無造作に俺に掴み掛かって来る。

だが、微動だにしない俺に苛立《いらだ》ったのか、今度は殴りかかって来た。

俺はそれをあえて受ける。俺の左頬にボスゴブリンの拳が当たるが、全く問題ない痛みだ。

ステータスを開きＨＰの減り具合を確認すると、たかが10程度減っただけだった。

次は俺が殴らせて貰おう。右手の拳を軽く握りこみ、ボスゴブリンにボディーブローを食らわす。

いまだにスキルレベルは上がっていないが、それでも何百回と練習した格闘術の拳がボスゴブリンの腹にめり込んだ。

ボスゴブリンは苦痛の声を上げながらよろめくと、地面に倒れ、腹を押さえて痛みに悶《もだ》える。

何というか、こうなる事は最初から予感していた。ゴブリンは物凄く弱い。俺がスキルレベルの恩恵やレベルアップで力を得ているからかもしれないが、生物としても格が違う気がする。

仮に刃物で刺されたとしても、今の俺の体ならばこいつら程度の力なら深くは刺さらない可能性だってある。そんな事すら考えられるほど、今の自分の肉体は強靭《きょうじん》に思えた。だけど、ルーンメタルの武器だけは勘弁な。あれはちょっと例外すぎる。

ボスゴブリンが腹を押さえて転げまわっていると、洞窟から他のゴブリンがわらわらと湧き出てきた。それを見たゴブ太君が、俺の元へ駆けてきてパンをくれと言い出す。

彼にも何か考えがあるのだろう。言われた通り袋からパンを取り出してやるが、パンは複数必要らしく「もっと、もっと」とねだるので、素直に応じてやる。

両手に抱えるようにパンを持ったゴブ太君は、洞窟から出てきたゴブリン達に「新しいボスからの恵みだ」とか言いながらパンを配りだした。

何か、悪い政治家が賄賂《わいろ》を配ってるみたいなんだけど……

ゴブリン達は倒れているボスゴブリンを気にしつつも、与えられたパンにかぶり付いている。

それにしてもいい食いっぷりだ。ゴブ太君もそうだったが、彼らは相当飢えているらしい。

何だか可哀想なので、どんどんおかわりを出してやる。こんなにパンを出したのは初めてなので、パン袋の効果が切れないか少し心配したが、全員の腹を満たすぐらいは余裕だった。


大分場が落ち着き、俺が適当な大きさの石を椅子代わりにして座っていると、森狼《フォレストウルフ》の死体を持ったゴブ太君と一匹のゴブリンが近付いてきた。

そのゴブリンは他とは違い、明らかに歳を取っている。年長者が話し合いに来たみたいだ。

俺の前まで来て二匹が揃《そろ》って膝を突く。ゴブ太君も神妙《しんみょう》な面持《おもも》ちだ。

老ゴブリンが口を開き、パンの礼を言う。言葉が通じるのか半信半疑の様子だが、俺が返答をすると驚いた顔をした。言葉が通じるのがそんなに珍しいのかと尋ねると、人族と話が出来るなんて、彼らにとってはおとぎ話のレベルらしい。

俺の予想だと、言語も一種のスキルで、習得すれば会話が出来るのかと思っていたのだが、これだと予想が外れてそうだ。誰も話せていないなら、スキルとしては成立してなさそうだし。

それはともかく、話を進めよう。ゴブ太君は俺をボスにしたいらしいが、俺は人里を探しているのだと説明する。だが、彼らが人族を確認したのは十年も前らしく、しかも見たのは老ゴブリンの曾祖父《ひいじい》ちゃんとの事だ。こいつらの寿命ってどのくらいなんだ？

しかしこれは、結構困った事になった。十年も見ていないとなると、ここは相当人里から離れている場所に違いない。そう簡単に事が進まないのを確信した。

まあ、いいか。ダンジョンの中でも相当の時間を過ごしたんだ。今更それが伸びたところで変わらない。それに、今は森の中を自由に動き回れるんだ、状況は確実に良くなっている。

そうすると、人里探しはそう急ぐ事もないんじゃないかと思い始めた。なら、ボスになれという話は案外悪くない。ゴブリン達はパンを与えればある程度の命令は聞いてくれそうだ。彼らに周辺を調べさせれば、情報収集も大分楽になるし効率もいいだろう。

そうと決まれば、引き受けてみよう。だが、ちゃんと最初に「一時的」だと断っておくのは忘れない。目的である人里が見つかったら、俺は当然ここを離れるのだから。

俺が承諾すると、ゴブ太君は飛び跳ねて喜んでくれる。老ゴブリンも概《おおむ》ね認めているようだが、やはりボスゴブリンの意向が気になるようだ。

その辺を含めて彼らの事情を聞いてみると、この群れが飢えている理由が分かってきた。

どうやらこの辺一帯に森狼《フォレストウルフ》の縄張りが出来たらしく、狩り競争では全く歯が立たず、森狼《フォレストウルフ》が食べない木の実や虫なんかを食べて飢えをしのいでいる状態らしい。

しかも、森狼《フォレストウルフ》は時折この洞窟まで手を伸ばして、毎回数匹のゴブリンを捕食していくようだ。

そんな窮状《きゅうじょう》を、今のボスが辛うじて統率して何とか持ちこたえていたとの事。

何故、他の地域に移動しないのかと聞くと、周辺はオークやオーガ、リザードマンや、他のゴブリンの縄張りらしく、下手に立ち入ると殺されるらしい。

オークにオーガか。ファンタジーでお馴染みな魔物の名前が並び、俺は若干興奮してくる。

要するに周り全てが敵って事なんだな。

それなら話は簡単だ。まずは森狼《フォレストウルフ》から片付けよう。


食料はパン袋で何とかなるが、ゴブリン達が襲われるのは何とかしたい。

早速森狼《フォレストウルフ》の討伐に向かう為、老ゴブリンに居場所を聞いてみる。

何度もやられているだけあって、大体の棲家は掴んでいるとの事だ。しかし、俺はまだ森の中の地理に明るくない。ゴブ太君は直接は森狼《フォレストウルフ》の居場所を知らないようだが、老ゴブリンの情報を元に、そこまで先導してもらう事にした。

怖がるかと思ったが、それを聞いたゴブ太君は、むしろ喜んで付いて行くと言って意気込んでいる。その謎の忠誠心が怖いんだけど……

出発しようと腰を上げると、先ほどまで地面に伏せていたボスゴブリンが自分も連れて行けと言い出した。彼にも当然、ボスとしてのプライドがあるのだろう。俺の事はまだ認めてないようだから、ここは連れて行ってこれから起こる事を見せてやろう。

そういう訳で、俺と二匹のゴブリンは森狼《フォレストウルフ》の棲家を目指す。ポッポちゃんはずっと俺らから離れて飛んでいて、時折視界に入るぐらいの距離を保っている。うっかり近付いて、まだ統制が取れていないゴブリンに食われては困るので、当分はこのままでいてもらおう。

一時間ほど獣道《けものみち》を進むと、森狼《フォレストウルフ》の棲家の場所を知っているボスゴブリンが怯《おび》えだした。この反応だと大分近付いているようだ。この辺で自衛の為の武器くらいは渡しておこう。何故か余裕な態度のゴブ太君には青銅のナイフを、ボスゴブリンには青銅の斧を渡す。

殴って力の差を分からせたので、いきなり俺に襲いかかってくる事もなさそうだ。

二匹とも金属製の武器の輝きに目を見張っているが、それ以上に俺が急に武器を取りだした事に驚いていた。ゴブリンがこの手のマジックバッグを使う事はなさそうなので、この反応は当たり前なのかもしれない。

二匹とも手に持った武器を確かめながら歩いている。ほどなくして、俺の探知に多数の森狼《フォレストウルフ》が掛かった。数は十二なのだが、それとは別に一回りほど大きい反応が同じ場所にあった。ボス狼ってところだろうか。

静かに身を隠すように気配の方向に近付いていくと、大きな岩の裂け目にポッカリと空いた穴が目に入る。どうやらここが棲家のようだ。探知の反応では全て中にいるらしく、外からでは森狼《フォレストウルフ》達の姿は見えない。大分奥にいるみたいだ。

こちらから棲家に入る気はないので、大声を上げて森狼《フォレストウルフ》を誘い出す。少しすると、一匹の森狼《フォレストウルフ》がゆっくりと出来た。何かを口に咥えているところを見ると、お食事中だったようだ。

すぐさま、俺はそいつに向かって槍を投擲する。風を裂く音とともに、槍が森狼《フォレストウルフ》の体を貫く。不意を突かれた森狼《フォレストウルフ》は、断末魔を上げて絶命した。

その声に引かれてか棲家の奥から一匹、また一匹と森狼《フォレストウルフ》の気配が動き出す。森狼《フォレストウルフ》達の殺気が一気に高まるのを感じた。

棲家から駆け出てくる森狼《フォレストウルフ》を待ち構え、槍を投擲して次々と殺していく。モーションの大きい槍の投擲では間に合わなくなったので、打ち漏らした森狼《フォレストウルフ》はナイフで足を狙って行動不可能にする。

最後に出てきたボス狼と、それに付き添う一匹の森狼《フォレストウルフ》。

ボス狼は通常の森狼《フォレストウルフ》より二回りも大きく、灰色と黒の毛が美しい模様を作り出していた。

迷いなく、こちらに向かって駆けて来る二匹の森狼《フォレストウルフ》に、俺は連続してナイフを投擲する。小さい方が顔面に刃を受け、もんどり打って転び、その場で動かなくなった。

ボス狼に投げたナイフも確実に命中する軌道だったが、ボス狼の毛並みが激しく乱れたかと思うと、刺さる寸前で何かに弾かれた。その後も続けて投擲したナイフも同じように弾かれる。

俺のナイフを物ともせずボス狼が飛びかかってくるが、今の俺からしたら十分対応出来るスピードだ。横に飛んでこれをやり過ごす。

地面に着地しようとしているボス狼に向かって、今度は鉄の槍を投擲する。着地の瞬間を狙って迫る鉄の槍に対し、ボス狼は更に毛並みを激しく乱し弾こうとするが、流石にこの重量の物は難しいらしい。槍が体の一部を切り裂く。

着地したボス狼はすかさず俺の方を向き、怒りの咆哮《ほうこう》を上げた。

次の瞬間、ボス狼の口からこちらに向かって放たれた何かが、地面の土を巻き上げながら飛来する。俺は、咄嗟にマジックバッグから盾を取り出し、それを受け止めた。まるで突風が吹いたかのような衝撃を受け、俺の後ろへと風が通り抜ける。

今のはエルダートレントが撃ってきた遠距離攻撃にそっくりだ。という事は、ボス狼も魔法を使うって事だろう。俺の投げたナイフを防いだのも、自分の周りにバリアみたいな物を張っているからかもしれない。流石ボスだな。

ボス狼は牙をむき出しにしてこちらを威嚇してくる。だが、その顔には戸惑いが見られるので、さっきの攻撃を防がれるのは想定外だったようだ。

俺は盾をマジックバッグに収め、再び鉄の槍を取り出して投擲する。

槍は防げない事が分かったのか、ボス狼は飛び跳ねてこれを回避。俺は更にルーンメタルの槍を取り出し、まだ空中にいるままのボス狼に向かって投げ付ける。

ルーンメタルの槍は、ボス狼が急いで展開したバリアを物ともせず、その胴体を貫く。

槍を受けて地面に落ちたボス狼はのた打ち回るが、すぐに動かなくなり絶命した。

周囲からは、俺がナイフで動けなくした森狼《フォレストウルフ》以外の気配を感じない。どうやらこれで決着が付いたようだ。

二匹のゴブリンが俺に駆け寄ってくる。ゴブ太君は大喜びして俺の手を取って飛び跳ねた。ははは、可愛い奴め。

ボスゴブリンは少し様子が変わった。先ほどまでは常に険しい表情をしていたが、今は憑《つ》き物が落ちたように、すっきりとした顔をしている。そのまま俺に近付いてきて、目の前で膝を突いた。

やっと俺を認めてくれるって事だな。これで晴れて俺が新しいボスか。

君は「元」ボス、新しい名前はゴブ元《ゲン》君にする。

そんな二匹を引き連れて、まだ息のある森狼《フォレストウルフ》のもとへ行く。ゴブ太君が止めを刺そうとするが、ゴブ元君がそれを止めた。どうやら森狼《フォレストウルフ》を生きたままゴブリンの洞窟まで連れて行きたいらしい。

なるほど、止めはあいつらにやらせてあげたいんだな。

俺にとっては大した経験値にもならないし、それで気が済むならいくらでもやってくれ。でも、持って帰るなら自分で持てよ。

俺が了承すると、二匹が周囲の木から蔦を探してきて、森狼《フォレストウルフ》を拘束しようと悪戦苦闘し始めた。見るに見かねて俺が手伝うと、すぐにコツを覚えたのか、次々に拘束していく。

後は二匹に任せて、俺は先ほど倒したボス狼のもとへ向かう。

ダンジョンの外で初めて出会った強敵に興味が湧いて少し調べてみる。そう言えば、ここでは死体が残るんだよな……俺は試しに、死体に鑑定を行ってみた。

名称：【風狼《ウインドウルフ》の死体】
素材：【ウインドウルフ】

なるほど、死体であれば鑑定は出来るんだな。名前からして風を使う狼だったのか。

これまでポッポちゃんやゴブ太君を鑑定してみても一度も成功しなかったから、生き物は鑑定の対象外なのだろう。

名前も分かった事だし、そのままマジックバッグに収納してみる。死体そのものを入れるのは初めてだったが、問題なく吸い込まれていった。

洞窟の入口付近に転がっていた森狼《フォレストウルフ》の死体も全て入れ終わり、投擲した武器も回収して振り返ると、きつい拘束を施した森狼《フォレストウルフ》が一箇所に纏められていた。

ゴブ元君の姿が見えなかったが、少しすると洞窟の中から二匹の風狼《ウインドウルフ》の子供を抱えて出てきた。子狼を連れ帰って群れで育てても良いかと尋ねられたので、好きにしていいと許可を出す。

どうやら小さい頃から育てれば、ゴブリンの群れの一員として成長するらしい。


森狼《フォレストウルフ》を運ぶのに時間がかかってしまったが、日が暮れる前にゴブリンの棲家に戻った。

俺達の帰還の知らせを受けて、次々と洞窟の中からゴブリン達が集まってくる。

拘束した森狼《フォレストウルフ》達を洞窟の前に並べていくと、皆驚きの表情を浮かべた。中には森狼《フォレストウルフ》に石を投げつけている奴もいて、よほど恨んでいるのだと分かる。

集まったゴブリン達にゴブ元君が正式にボスの交代を告げ、俺と風狼《ウインドウルフ》との戦いの様子を語り出す。戦いの様子を聞いたゴブリン達の尊敬の視線が集まってきて、思わず苦笑いが出てしまった。

ゴブ元君の演説も終わり、最後に捕まえてきた森狼《フォレストウルフ》を処刑する事になった。がんじがらめに拘束された森狼《フォレストウルフ》が処刑される様子は見ていて少し可哀想だが、こいつらも散々好き放題してきたんだ、ゴブリン達の恨みを晴らす為にも潔く死んで貰おう。

ゴブリン達は単なる木の棒で森狼《フォレストウルフ》を撲殺していたが、流石に時間が掛かるし森狼《フォレストウルフ》も可哀想なので斧を貸してやると、次々と首を刎ねていった。

ここで不思議な現象に気が付いた。直接森狼《フォレストウルフ》に止めを刺したゴブリン達の外見が変わっているような……明らかに体が一回り大きくなって、肌の色がより濃くなっているのだ。

少し俺の仕組みとは違うみたいだが、レベルアップしているのかもしれない。その辺も含め、後で老ゴブリンに聞いてみよう。

さて、森狼《フォレストウルフ》の処刑も終わり、後に残った死体を処理していく事になる。俺は解体には参加せず、全て彼らに任せる事にした。ゴブ太君には、風狼《ウインドウルフ》の毛皮だけ俺に寄越《よこ》せば後は好きにしていいと伝える。老ゴブリンは本当に森狼《フォレストウルフ》を貰って良いのかと何度も訊いてきたが、毛皮なんて腐るほどあるし、肉も皆で分ければいい事を伝えると、「賢王……」とか言ってひれ伏す始末。

獲物を皆で分けるなんて普通じゃないのか？　今までのゴブリンのボスは、どんだけ自分勝手に振る舞ってきたんだよ……

一連の会話を聞いていたゴブ元君を見ると、目を逸らしやがった。そりゃ持ってきた獲物を奪うなんて事をしてたらバツが悪いか。

空が赤くなる頃には森狼《フォレストウルフ》の解体作業も終わった。ゴブリン達も何気に器用なもので、思ったより綺麗に捌かれていて、なかなか侮《あなど》れない。

毛皮はまだ素材にする為の工程が残っているらしく、メスのゴブリンがビクビクした様子で俺のところに来て、もう少し待ってくれないかと尋ねてくる。別に急いでないから良いよと言うと、メスゴブリンは安堵の表情を浮かべて去っていった。

俺そんなに怖いかな？　むしろ可愛いと思うんだけど？

洞窟の外に呼ばれたので出てみると、どうやら今夜は狼の肉でパーティーらしい。おうおう、好きに食べてくれ。

食事の用意がされる。地面に腰を下ろしていた俺の前にも、大きな葉に乗せた生の狼肉が運ばれてきた。なるほど、焼肉形式かな？

全員に行き渡り、ゴブ元君が「ボス一言お願いします」と近付いてくる。

一言って……食事の前に演説する習慣でもあるのか？

手を合わせて「いただきます！」と言うと、ゴブリン達も俺を真似てギィギィ鳴きながら、手を合わせる。そして、いきなり肉にかぶり付くゴブリン達。

分かってたよ、こいつらが生で肉を食うって事はな！

いくらレベルが上がろうが、俺は人間なのだ。生で肉を食ったらどうなるかなんて分かり切っている。俺が肉に手を付けない事を不審に思った老ゴブリンがお伺いを立ててくるので、生では食べられないと教えると、かなり驚かれた。

まあ、彼らは人間の習慣なんて全く知らないのだから仕方がない。

老ゴブリンに火をおこせるか聞いてみるが、やり方が分からないと言われてしまった。

仕方ないので今日も鳥の燻製をパンに挟んで食べる事にした。

やはり火おこしの方法を確立しよう。時間さえ掛ければ摩擦でおこせるだろう。力も素早さも上がっているこの体だ、ちゃんとやればそこまで苦にならないはず。

食べ終わる頃には夜も更けていた。皆洞窟で寝るらしいので、俺も一緒に寝させてもらう。

洞窟の中には大きく開けた広場の様な空間があり、その中心にある一段高い場所がボスの位置らしい。僅かだが射し込む月明かりが、その場所を照らしていた。こんな洞窟でゴブリン達に囲まれているというのに、俺は数日ぶりの土に囲まれた部屋に微妙な居心地の好さを感じる。ダンジョンの部屋に慣れすぎた弊害《へいがい》が起きているのか⁉

それはさておき、この洞窟は湿気もなく、なかなか良い。意外に清潔に保たれていて、臭いも少ない。ここならば、多少我慢すれば問題無く寝泊まり出来そうだ。俺はマジックバッグから寝具を取り出して、寝床の用意をする。

寝る前にゴブ太君とゴブ元君を呼び、老ゴブリンを交えて話し合いをした。今後の事、ゴブリン達の知っている事など、話題は尽きなかった。考えてみれば、ポッポちゃん以外と会話したのなんて随分昔の事のようだ。

ゴブ太君とゴブ元君が船を漕《こ》ぎ始めたので、そろそろお開きにする。

最後まで起きていた老ゴブリンが、改まって礼を口にした。

老ゴブリンが言うには、俺が来なければこの群れは大した時間も掛からず滅びていただろうという事だ。ゴブリンはこの森の知恵を持つ生物の中で、単独では最弱の部類らしく、小動物程度なら殺せるが、それ以上になると殆どの相手が格上で、手も足も出ないらしい。それでも数をそろえて狩りをして、時間を掛ければレベルアップするのだろう。強いボスが率いる群ならば個体数も数百と増えて、数の暴力で相手を圧倒出来るのだが、この群れはその規模まで発展する前に森狼《フォレストウルフ》に目をつけられてしまった。しかも、群れの中でも力のあるゴブリン達は森狼《フォレストウルフ》達との抗争の中で命を落としていったらしい。残ったゴブリンは若く弱い個体で、食うのにも困り、滅びを待つだけだったのだ。

さて、今日は寝る事にするか。彼らの態度を見る限り、寝込みを襲われる心配はないだろう。

明日も色々と忙しそうだ、しっかりと寝させて貰おう。おやすみなさい。

◆

ゴブリン達の話し声で目が覚めた。

大きな欠伸《あくび》をしながら、体を伸ばして覚醒を促す。

既にゴブリン達は活動を始めているようで、朝っぱらだというのに忙しなく動いている。

昨日大量に狩った森狼《フォレストウルフ》の毛皮からまだ残っている脂肪の部分等を剥ぎ取ったり、食べ残っている肉などに齧《かじ》りついたりしているみたいだ。

数カ月鶏肉だけの生活をしていた俺としては、どんな味なのか非常に興味があるのだが、落ち着いて考えたら狼って犬の祖先だよな。そう考えると、ちょっと食べる気がなくなってくる。既に一日経っているので腐敗も始まっているだろう。どの道俺には食べられないので、もう狼肉は気にしない事にした。

朝飯のパンを食べながら、老ゴブリンとゴブ太君、ゴブ元君を呼び、今日の予定を伝える。

彼らに与える指示内容は簡単、火おこしと周囲の偵察だ。

火おこしはうろ覚えのやり方を説明して、数点の道具を老ゴブリンに渡して任せる。時間をかければそのうちコツを掴んで成功するだろう。ゴブ元君は偵察隊のリーダーとして手勢を連れて行動してもらう。

俺は別行動で、食糧の確保を行う。昨日の話し合いで分かったのだが、ゴブリン達の言う動物の特徴から推測するに、この辺りにもシカやイノシシのような動物がいるらしい。地球にいたそれらと同じかは分からないが、それは実際に見つけてからのお楽しみだ。

今までは森狼《フォレストウルフ》がいた為、ゴブリンはこれらの動物を狩れなかったが、狩場での力関係が変わったので、ゆくゆくはゴブリン達でも狩りが出来るようになるかもしれない。

指示通り偵察に出かけるゴブ元君を見送って、俺も出発する。俺のお供にはゴブ太君を連れて行き、探知を展開しながら森を進んでいく。

途中でポッポちゃんが合流してきたので、肩に乗せてパンを手に持ち食べさせながら歩く。

この辺の動物は粗方《あらかた》森狼《フォレストウルフ》の餌になってしまったのか、一時間ほど移動しても、探知には小動物の反応以外なかった。ゴブリンの洞窟を中心に徐々に遠ざかりながら円を描くように歩いているのだが、ゴブ太君が縄張りと言う範囲は相当広く、隅々まで見て回るには余裕で数時間はかかる。正確な距離なんて分からないけど、半径数キロ程度は軽くあるだろう。

そう考えると、改めてこの森の広大さを思い知らされる。何故ならこんな最弱ゴブリンが、これほどの範囲を自分の縄張りだと主張出来るくらいだからだ。森狼《フォレストウルフ》に制圧されてはいたが、それ以前はちゃんと支配していたのだとしたら、随分と土地が余っていたんだろう。同時にこの周辺には、それほど力を持った存在はいないのだとも思える。

三十分ほど歩いてみると、探知に二つの反応が掛かった。気配を消して静かに近付くと、シカに似た生き物の親子を見つけた。

確かにシカと表現出来るのだが、俺の知っているシカとは少し違っていて、木の枝のような形の角が頭の真ん中に一本だけ生えている。体毛は長く垂れ下がっていて、体を包み隠していた。

気配が小さい方は、子供のようで大分体が小さい。毛はまだ短く、角もない。こちらを見れば地球のシカとそれほど違いがなさそうだ。

地面に生えている草でも食べているのだろうか、しきりに口を地面に付けて咀嚼《そしゃく》している。

親子連れなのは少し気が引けるが、ここは自然の掟《おきて》に従って狩らせてもらう。

普段から俺は森狼《フォレストウルフ》を狩り続けていたので、シカの狩りは簡単だった。槍の投擲で問題なく仕留める。

その後も狩りを続け、黒い毛をした地球とあまり変わらないイノシシや、鋭い牙をもつウサギのような動物を狩り続けた。その中の数匹は足を狙って動けなくして、止めをゴブ太君にやらせてみた。野生動物を殺してもレベルが上がるらしく、段々とゴブ太君が逞《たくま》しくなっていく。何か育成ゲームをしている気分でなかなか楽しい。


十分な食料を確保して帰路《きろ》につく。洞窟に近付くにつれて、何かが燃える臭いがしてきた。

これは……俺が指示をしていた火をおこしに成功したのだろう。

高い木々に遮られて立ち昇る煙は直接見えないが、風に流されてくる煙の量がどうにも多すぎる。

まさか火事でも起こしたのか⁉

急いで戻ってみると、洞窟の前でキャンプファイヤーほどの大きな炎が上がっていた。

おい！　俺はそこまでデカい火をおこせとは言ってねえぞ！　山火事になったらどうするんだ。

炎の周りにいるゴブリン達は、大量の木の枝を次から次へと炎の中に投げ込んでいた。

焚き火でいいんだよ、焚き火で。

俺は呆れつつ、指示を出していた老ゴブリンに注意しようと駆け寄る。すると老ゴブリンもこちらに気付いたらしく、「良い仕事しました、褒めてください！」くらいの得意げな顔で成果を報告してきた。そんな顔をされたら文句言えねえじゃねえか……

ゴブリンとはこういうものなのだと諦め、老ゴブリンの労をねぎらってやった。

まあ……これは俺が悪かった。俺が的確な指示をしなかったからこうなったんだ。

とはいえ、火のおこし方は確立出来たらしいので、この点は実に喜ばしい。

しかし、ゴブリン達もよく木を擦り合わせる方法で成功したものだと思う。教えたとおり、渡した大工道具で着火材代わりの木くずを作ったようだ。この辺りの乾燥した気候のお蔭で、火も点きやすかったのだろう。

そうこうしていると、偵察に出ていたゴブ元君も戻ってきた。皆無事だったようだ。

報告を聞く限り、森狼《フォレストウルフ》に襲われたこのゴブリンの群れと同じように周囲の群れにも何かの変化があったのは明らかで、多数の群れがまるごと消えて姿が見えなかったらしい。何者かが争った跡もあったようだが、それ以上の詳細はもっと深く相手の縄張りに踏み込まないと分からないとの事だ。方角的には俺が背にして出発した山脈を北とすると、西側の群れだけに被害が集中しているので、そちら側の情勢は注視しないといけないだろう。監視でも置くべきなのかもしれない。

東側に変化はなかったらしく、このゴブリンの縄張りに隣接するオークやコボルトの群れは健在で、更にはオーガや別のゴブリンの群れがいるらしい。

一頻り報告も聞き終わったので、狩りの成果をお披露目する。次々積まれる野生動物の肉に、ゴブリン達が大興奮してちょっとうるさい。昨日と同じく、解体はゴブリン達に任せよう。

日が暮れて食事の時間になった。今日はイノシシを食べる事にする。それ以外の処理済みの生肉は、一旦俺がマジックバッグの中で保存する事にした。

火おこしのコツを掴んだというメスゴブリンが頑張っておこした火が、またキャンプファイヤーのようになっている。こいつらは加減というものを知らないのか？

焚き火を囲むように集まってきたゴブリン達に、今日は肉を焼くという事を教え込む。

熱したフライパンに肉を載せると、独特な獣の臭いが漂いはじめる。日本にいた頃の俺なら結構きついと思うのかもしれないが、肉に飢えている今の俺にこの匂いは堪らない。

焼いてみると結構血が出ているので、やっぱり血抜きは必須なのだと理解した。次回はゴブリンに教えておこう。

肉の焼ける匂いに興味津々《きょうみしんしん》のゴブリン達が、俺の近くに寄ってくる。

何か皿を持って列を作りだしたのだが、もしかして俺が全部焼くのか？

まあいい……肉を焼くのは初めてだし、ボスとしてこれくらいのサービスはしてやろう。

焼いては配りを繰り返し、やっと俺の分も焼き終わった。

ゴブリン達は料理に手を付けず律儀《りちぎ》に俺を待っていたので、改めていただきますをして肉にかぶりつく。

前世でも久しく食べていなかったイノシシの肉は、血抜きをしていないので生臭い。だが、鳥とは違う野性味あふれる脂分と噛みごたえのある肉質が、まさに肉を食べているという感覚で、俺の脳を刺激する。

大きさ的に三百グラムはありそうな肉を一気に胃袋に収め、至極の食事は終了した。

やっぱ肉だね！

そうだ、折角火がおこせたのだからお湯を沸かしてマジックバッグの中に入れておこう。お湯の温度の変化や生肉の腐敗の進行を調べれば、詳しい仕様が分かるはずだ。

寝る前に何気なくステータスの確認を行うと、いつの間にか「隠密」というスキルが増えていた。スキルの効果は気配を絶って移動する事が出来るようになる、というものらしい。まるで忍者みたいだ。まだスキルレベル0になったばかりで効果が薄く、影響を受ける対象が自分じゃないから、スキルの獲得に気付かなかった。

でも、何で今まで得られなかったのだろうか？　スキルの説明から考えると、「隠密」を得られそうな行動は、ダンジョン内で散々していた気がする。

違いと言えば……あぁ、距離かもしれないな。

ダンジョン内では視界が開けていたので結構な距離を取って、魔物の観察をしていたが、外に出てからは最初のゴブリンやシカを狩った時など、結構対象に接近している。ゲーム的に考えればその辺が、スキル上昇の判定に関わっているのかもしれない。

とにかく、この隠密って奴は役に立ちそうだ。スキルレベルが上がらない事には、まだまだ使い物にならないだろうけど、スキルレベルが上がれば敵の後ろから近付いて不意打ちする事も可能だろう。

◆

有用なスキルも出てきたし、久々に鶏肉以外の肉を食べられて今日は大満足の日だ。

ゴブ太君の後ろを、フゴフゴ唸りながらオークが追いかけてくる。

オークはゴブリンより頭三つ分は大きく、豚の様な顔をした、二足歩行で歩く豚人とでも言うべき生き物で、その体は相撲取りのような厚い脂肪と筋肉に覆われている。とてもじゃないが、木の棒を持ったゴブリンが勝つ事は不可能だと思える相手だ。

そんな相手を引き連れてきたゴブ太君が地面に伏せると同時に、俺はオークの大腿部《だいたいぶ》めがけて槍を投擲する。

槍を受けたオークはその場で転んでもがき出すが、すかさず刺股《さすまた》で押さえこみ、ゴブ太君に止めを刺させる。

オークが息絶えると、ゴブ太君の体が一回り大きくなった。

これなら後数匹を狩れば、老ゴブリンから聞いた「個体進化」というものが起こりそうだ。

今、俺はゴブ太君と数匹のゴブリンを連れて、偵察がてらオークの縄張りに侵入している。縄張りの広さは食料の調達や群れの強さに直結するので、縄張りが隣接しているオークは、ゴブリンにとって潜在的脅威だった。オークに対する牽制《けんせい》にもなっていた森狼《フォレストウルフ》達がいなくなった事を知られたら、オークがこちらの縄張りに進出してくるのも時間の問題だ。

そこで、向こうが準備を整える前にこちらから打って出ようという訳だ。

俺だけでオークを倒して回っても良いのだが、それよりも、ゴブリン達を成長させる事が根本的な群れの強化に繋がると判断した。なので、ゴブ太君を餌にしてオークをおびき寄せ、身動き出来なくなったところで、止めを刺させているのだ。

二匹目のオークを引き連れてきたゴブ太君には、体が少し大きくなったからか余裕がある。

追いつかれない事が分かったのか、余裕を見せて完全に後ろを向いて走り始めた。アホな事をやって死なれても困るので、俺はゴブ太君に掠《かす》めるようにナイフを投げてオークの脚に命中させる。

あの太い足にはナイフ程度は意味がなく、刺さったナイフを無視して走っているので、追加で鉄の槍を投擲して、また動きを封じる事にした。

バツが悪そうな顔でこちらを窺っているゴブ太君を促し止めを刺させると、彼の体は更に大きくなる。

次のオークもすぐに見つかった。先ほど俺がお仕置きをしたお蔭か、ゴブ太君は後ろを気にしながらも真面目に走ってオークを連れてきた。今度は大きく振り切る形でゴブ太君がオークから距離をとったので、俺が投擲する槍がゴブ太君を掠める事はなかった。

三匹目のオークにゴブ太君が止めを刺した時に、大きな変化が訪れた。

ゴブ太君は、突然崩れ落ちるように両膝を地面に付けたかと思うと、体を抱え込んで苦しそうに悶えだした。

明らかにおかしな様子に俺は驚いてしまい、声をかけようとすると、ゴブ太君の背中が跳ねるように盛り上がる。それは連鎖するように広がり、両肩から手の先へ、腰から臀部《でんぶ》へ伝わり、太腿から足の先まで体全体に大きく変化が訪れた。見た目はとてもグロテスクだ。

しかし、それはすぐに収まり、ゴブ太君はむくっと立ち上がる。

そこには、骨格や、長く歪《いびつ》だった頭の形が、明らかに人間に近付いたゴブ太君の姿があった。服を着せればちょっとゴブリンに似ている少年のように見えるだろう。

ゴブ太君が「どうっすか？」みたいな顔をしながら俺に近付いてくる。大きくなりすぎて俺が見上げる形になってしまう。こうして見てみると、ゴブ太君の今の身長は、大体中学生くらい……おそらく百六十センチくらいだろうか。そうすると、頭一つ低い俺の身長が百三十センチ程度だと分かってくる。十歳児の平均がどのくらいか分からないけど、ゆっくり育てばいいか。

個体進化をしたゴブ太君には、後で鉄の槍でも与えよう。こういう記念になるイベントは、やはり皆の前でやってあげるべきだよね。今日の夜にでも実施しよう。


それ以降も同じようにしてオークを狩り続け、合計で十四ほど狩った頃になると、二匹以下で行動しているオークのグループには遭遇しなくなったので、一度帰還する事にした。

お蔭でゴブ太君以外にも、今日連れてきたゴブリンのうち二匹が個体進化をして、大分頼もしくなっている。これならまともな武器を持てば、森狼《フォレストウルフ》くらいならやれるんじゃないだろうか。

一息つく前にオークから剥ぎ取った装備などを、バラバラとマジックバッグから出していく。ゴブリン達に、欲しい物があったら好きにするように言うと、我先にと群がって持って行ってしまった。

オークの装備は大半が木と石を組み合わせた粗末な武器や毛皮の衣類だったが、中には錆《さ》びた剣や鎧など、明らかに人間が作ったと思われるような物を身に着けている奴らもいた。

これはもしかしたら人里のヒントがあるのかもしれない。

装備を剥ぎ取ったオークの死体は、マジックバッグの中に入っている。死体を見られてオーク達に警戒されても嫌だったので回収してきたのだが、流石のゴブリンも相当飢えないとオークの肉は食べないらしい。なので、今はいらないとの事だ。

マジックバッグはまだまだ空きがあるので、当分はこのままでいいだろう。

そうそう、仕様が変わったマジックバッグは、やはり中に入れた物の時間を止めるようだ。熱い湯の入ったコップをマジックバッグに入れておいたのだが、何度取り出してもお湯はいつまでも熱いままだった。生肉にも傷《いた》んだ様子はないし、これなら冷蔵庫代わりに死体を入れておいても、腐る事はないだろう。

余裕が出来たら、焼いた肉なんかも入れておきたいな。まあ、オークの死体と一緒に入れておくのは気分が良いものではないけど、そこは慣れるしかないか。


オークの装備品の争奪戦が一段落すると、個体進化したゴブ太君を含めた三匹のゴブリンが皆に囲まれた。老ゴブは、興奮して群がるゴブリン達を制して、進化した三匹の品定めをしている。

三匹を囲む輪には加わらず、遠くから見ているだけのゴブ元君は、俺に気付くと悲しそうな目でこちらを見てきた。ああ、羨《うらや》ましいのか……元はお前が一番強かったんだしな。

ゴブ元君に近付き、次はお前の番だと教えてやると、潤んだ乙女のような瞳で俺を見てくる。

本当にこいつらの反応は面白いな。純粋な子供達って感じで分かりやすい。

そして、操りやすくもある。

力を見せ、欲求を満たしてやれば、俺に逆らうような事はしないのだろう。元々それがボスの在り方なのかもしれないが、俺自身の為にも今後もこの体制を維持していこう。

まあ、それ以上に、こいつらが可愛くなってきてるんだよね。

晩飯の前に、個体進化したゴブリン達に武器の授与式を行う。

ゴブ太君には鉄の槍を、それ以外には青銅の槍と青銅のナイフを二本与えた。ゴブ太君は今日一日囮として走り回ったし特別だよ！

老ゴブの話によると、ゴブ太君達は個体進化によって「ホブゴブリン」になったそうだ。その中でも特性によって細かく種類が分かれるらしく、ゴブ太君は「ゴブリンナイト」、他の二匹のうち一匹は普通のホブゴブリン、もう一匹は「ゴブリンアサシン」になったらしい。

与えた武器も老ゴブの助言に従って、適性を考えた物を渡した。

「ナイト」や「アサシン」は普通のホブゴブリンと比べると、それぞれの名前にふさわしい特性が強化されている。ナイトは防御力や武器の扱い、アサシンは素早さや隠密系の技能、といった具合だ。

特にゴブ太君は俺に付いて回っていたお蔭か、結構レアな進化を遂げたらしい。やったねゴブ太君！

また、これまで見てきたオーク達にも、体格や牙の長さなどに多少の違いがあった。これはゴブリンと同様にオークもレベルが上がると、身体の強化がされるという事かもしれない。

俺自身の事を振り返ると、人間は多分個体進化という形式をとらないみたいだから、レベルが上がっても外見的な変化はなく、肉体や精神の能力が直接強化されていくのだろう。

そういえば、進化をしたゴブ太君達は一体レベルいくつなんだろう？　明日にでも聞いてみよう。

そもそも、ゴブリンも俺と同じようにステータスが見られるのだろうか？

食事をして満腹になったら、眠くなってきた。少し離れた場所で先に寝ているゴブリンの豪快なイビキを子守唄に、今日は寝る事にしよう。おやすみなさい。

◆

一夜明けて、今日もオーク狩りを行う。俺の探知とゴブリン達の情報から考えると、オークの群れは総数四十ほどだ。既に十四減らしているので、今日は昨日の倍は減らしたい。

というのも、オークの数を十分に減らした後に攻め入ろうと考えているからだ。オークの集落を襲った後に生き残った奴を捕らえて、それをこちらの群れに取り込む事が理想だ。

たとえ抗争に勝って服従させても、相手の方が多勢だと後々面倒が起きそうなので、事前に数を減らしておこうという作戦だ。

俺がゴブ元君を伸《の》した時のように上手くいくかは分からないが、オークも総じて脳筋みたいだから、案外ボスとタイマンで勝てば服従させられるんじゃないかと思っている。そう考える俺も脳筋か？

最悪ダメだったら全員ゴブリン達の経験値になってもらうので、彼らの運命は彼らの行動次第なんだけどね。

そんな事が言えるのも、偵察した時にボスの存在を探知で捉えてあり、あの気配の大きさなら余裕で対処出来るとすでに分かっているからだ。

俺の探知も使い込んでみると、最初は分からなかった気配ごとの細かな違いが、かなり理解出来るようになってきた。スキルは覚えるだけでも色々と効果が出て恩恵が受けられるけど、完全に使いこなすには実戦で使うのが一番って事か。

今日は進化したホブゴブリンを洞窟の警備に残して、ゴブ太君とゴブ元君、ゴブリンアサシン、それと普通のゴブリン四匹を引き連れてきた。今回はゴブ元君に囮役を命じて、進化したゴブ太君とゴブリンアサシンには俺の近くで不測の事態に備えてもらう。

歩き回ってみると、流石に昨日一日で狩りまくったせいでオークも警戒していて、常に四匹以上が固まって行動している。それに、行動範囲も集落の周辺に限られている。

これでは仕方がないので、こちらから集落に近付いて、周りと距離があるオークの集団に狙いを付ける事にした。

ほどなくして、探知にオークの気配が掛かった。周りには他の集団の気配もないので、素早くゴブ元君に指示を出し、おびき出させる。

俺の傍に控えているゴブ太君とゴブリンアサシンにはオークを逃がさないように後ろに回り込むよう指示し、俺はその場で槍を取り出し待機した。

少しすると、ゴブ元君が必死の形相《ぎょうそう》で走ってくるのが見える。オークの一隊が一匹残らずゴブ元君を追いかけているのを探知と視線で捉えた。

今回は四匹のオークがいるので、取り逃がさない為にもなるべく近い距離までおびき寄せる事にする。オークに追われるゴブ元君が今にも死にそうな顔をしているが、もうちょっと頑張ってもらおう。

ゴブ元君が連れてきた四匹のオーク達の足に向かって、投擲を続ける。一匹を逃してしまったが、待機させていたゴブ太君とゴブリンアサシンのゴブシン君が見事な動きで無力化し、その場に引き倒した。

今朝ゴブリンにもステータスが開けるか聞いてみたが、ステータスなんて知らないし開けないと言っていた。その為、彼らの状態は全く分からない。だが今の動きを見る限り、何かしらのスキルを得ている気がする。

地面に倒れているオークに、昨日と同じようにゴブリン達が止めを刺していく。

まずはゴブ元君が個体進化をして、続いて昨日一匹を殺していたゴブリンも進化した。幸先《さいさき》の良いスタートだ。

その後更に、二グループ、合計九匹のオークを狩って、二匹のゴブリンが追加で個体進化した。同行するゴブリンの大半が進化して、なかなか精強《せいきょう》な集団になってきたな。

だが俺達の襲撃に感付いて、それ以降は全てのオークが集落へ引き込んでしまったようだ。周囲を探しても、これ以上オークが探知に掛かる事はなくなった。

仕方がないので直接オーク達の集落に向かう事にする。

特に妨害を受ける事もなく、オークの集落が目に入る所まで近付いた。

探知で気配を調べると、集落の中には十六の反応があり、普通のオークよりも大きい反応が三つある。その内一つが目立って大きい。これがこの群れのボスの反応だろう。

向こうも既にこちらに気付いたようで、ボスを背後にオーク達がアメフトのようなフォーメーションをとっている。三十メートルほどの距離をとって俺達は対峙した。

オークの身長は百七十センチくらいでそれほど高くないのだが、体は脂肪も多いが筋肉質で頑強だ。木の幹のように太い体が密集していると、かなりの威圧感がある。

あのまま突進されるとゴブリン達がやばいかもしれない。俺自身は逃げながら投擲でもすれば、何とでもなるんだけどね。遠距離攻撃最強。

とにかく、こんな睨み合いをしていても仕方がない。

俺はマジックバッグから青銅の槍を取り出して、オークの集団に投げ込む。助走を付け全力で投げた槍は、直撃したオークを後方まで吹き飛ばす。

ダンジョンのボスを倒してレベルが上がってから全力で投擲する事はなかったのだが、威力が更に上がっている。レベルアップ万歳だ。

俺が次の槍を取り出し穂先を向けて牽制すると、槍を向けられたオーク達が怯えて、次々と隊列を乱して後ろに下がっていく。

完全に統率が乱れて最早収拾が付かない状態になったようで、後ろからボスオークが大きな咆哮を上げても前線のオーク達は構わず散っていった。

これで突撃される心配はないだろう。前に出れば次に死ぬのは自分だと理解したはずだ。

やっている事は最悪だろうが、正直気分は良い。相手が抗《あらが》えない圧倒的な力を今の俺は持っている。これは前世では味わえなかった感覚だ。

既に俺は野生の獣だけでなく、ゴブリンやオークみたいな人型の魔物を殺すのも躊躇はしない。群れのゴブリン達のレベルを上げる為にオークをなぶり殺しにだってする。多分……襲いかかってきたら人間だってやれるだろう。

でも、それがこの世界の現実で、受け入れなきゃいけない事なんだと思う。俺は命のやり取りをしている当事者なんだ。強くならなきゃやられる。こいつらだってそうだ。

いつの間にか、そんな風に考えられるようになっていた。これは転生を経験したからなのか、それともレベルアップで強化された肉体とは別の精神的な強さなのだろうか？　まあ、それが俺を大いに助けているのも事実だ。戦っている最中に無駄な迷いなど不要なのだから。

ただ、命を無意味に奪うのだけはやめよう。だから、あいつらが武器を置いて降伏するなら命までは取らない。

正直、この世界はゲームみたいでワクワクするけど、これだけは忘れちゃいけないな。

俺は槍を持ちながらオークの群れへと近付いていく。

すると、意を決したボスオークが群れの主《ぬし》としての意地を見せるかのように、俺に向かってゆっくりと歩いてきた。手には身の丈ほどの大きな斧。流石にこの斧の直撃を受ければ俺も結構やばいかもしれない。

俺は持っていた槍を地面に突き刺し、その場に残して更に前進する。

俺の行動の意図が分かったのか、ボスオークも大斧を地面に突き立てて前に出た。

これで奴が武器を捨てなかったらかなり恥ずかしいが、その時は槍をマジックバッグから出して、奇襲してやろうと思っていたので一安心だ。

俺の目の前まで迫ったボスオークは他のオークよりも大きく、より筋肉質な体をしている。歴戦の傷なのか、体はおろか顔も多くの傷跡に覆われていた。右の耳は半分ほど無くなっていて、顔面を斜めに走る大きな切り傷が見る者に威圧感を与える。

そして他のオークとの一番の違いは、その体を守るように生えている黒い体毛だ。

対峙したボスオークは軽く腕を回すと、咆哮とともに俺に向かってきた。

体格で上回るボスオークが、俺を捕まえようと手を伸ばしてくる。

正面から組み合ったら不利だ。下からその手を殴りつけると、ボスオークの腕がその衝撃で跳ね上がった。

体勢を崩してがら空きになったボスオークの腹を思いっきり殴りつける。だが、肉厚な腹筋と脂肪に阻まれ、殆どダメージが通らないようだ。

俺の攻撃を大した事ないと判断したのか、ボスオークの顔に若干の余裕が戻った。

俺はその場から少し離れ、有効な攻撃方法を考えながら、ボスオークの攻撃を避け続ける。

不意に下から迫った攻撃を避けきれず、左肩に直撃を受けた。衝撃とともに俺の体は横へと飛ばされる。

体格差から俺は常に上を見上げる形になっていたので、下からボスオークの蹴りが来ていた事に気づけなかった。

蹴られた場所が少しだけ痛む。肩を回してみるが動きには問題ないみたいだ。

やられたままでは面白くない。

俺を吹き飛ばした余裕からか、ボスオークは周囲で見守るオーク達に拳を上げて応える。

その後ろ姿に向かって俺は駆けていく。

俺に気付いたボスオークが、振り向きざまに俺を迎撃しようと拳を振るう。俺はそれを掻《か》い潜《くぐ》り、ボスオークの後ろへと回り込んだ。

体を捻り、俺を捕まえようとしたボスオークの膝の裏に、渾身《こんしん》のフックを食らわす。バチンッという衝撃音が鳴り響くと、ボスオークが膝から崩れた。膝裏なら、筋肉の鎧で防げないはずだと思ったのだ。

俺はその場から少し離れて、ボスオークの様子を窺う。

ボスオークは片足を庇うようにして立ち上がるが、先ほどの余裕など微塵《みじん》も見せず苦虫《にがむし》を噛み潰したような顔をしている。

もうお前に、余裕なんてかます暇は与えないぜ？

足が止まったボスオークを、一方的に攻撃していく。

後ろに回り込んで後頭部を殴りつけ、側面から飛び蹴りを食らわす。フェイントをかけて顔面に一撃。

段々とボスオークの動きが鈍くなってくるが、想像以上にタフで、俺の攻撃に耐え続けている。

そうしていると、俺の放った拳が一段階重みを増した事を感じた。

ステータスを確認すると、格闘術がスキルレベル2に上がっていた。やはり実戦の経験は大きいようで思わぬパワーアップを得られた。

ここからは、俺の攻撃が分厚い腹にでも通るようになる。スキルが上がって威力は勿論だが、自然と効率のいい殴り方が分かってきた。発勁《はっけい》と言うのだろうか、漫画なんかでも見る、衝撃を効率よく内部に伝えられる殴り方が出来るようになったのだろう。

ほどなくして無抵抗になったボスオークの顔面に最後の一撃を加え、その意識を飛ばして俺の勝利となった。

ボスオークが倒れた事で、オーク達は次は自分達がやられると恐怖している。

俺がオーク達に近付いていくと、既に諦めたのか、もう逃げる素振《そぶ》りすら見せなくなっていた。

ここは一発、ダメ押ししてやろう。

「お前達のボスは俺が倒した。お前達はどうする？　俺と戦って死ぬか、それとも従うか選べ！」

オーク達にそう宣言すると、一匹また一匹と俺の前で膝を突く。たちどころに全てのオークが俺に跪《ひざまず》き、次々に忠誠を誓っていた。

とりあえずこれで一段落だと思い、後ろに控えていたゴブリン達の元へ戻ると、皆口々に「ボスかっけえっす！」、みたいな事を言っている。軽いな君達。

その中でもゴブ太君だけは、何故か俺に跪いて感激の涙を流していた。

この行動はゴブリンナイトになったせいなんだろうか？　過剰な忠誠心が怖い。彼は一体どんな方向に進むんだろう……

ゴブリン達を連れてオーク達のもとへと戻ると、オーク達は怯えながらもボスオークを気に掛けていた。介抱《かいほう》する許可を出すと、一匹のオークが小屋から何かを持ってきて、それを口に含んで噛み砕き、ボスオークへと塗りつけていく。

何をしてるのか気になり、介抱するオークの手を覗き込んでみると、それは久々に見たハート形をした草。ポーションの材料である雫草だった。

まだまだ量があるらしいので持ってこさせると、俺はマジックバッグから道具を取り出して、その場でポーションを作る。噛み砕いて使うよりは効くだろう。

出来上がったポーションをボスオークにぶっ掛けてやると、体中に出来ていた殴り傷が見る見るうちに治っていく。はたから見ると凄まじい光景だ。

オーク達はポーションの効果を見るのが初めてらしく、「魔法か？」とか、「神よ……」とか言って心服している様子だ。ふふふ、俺を崇《あが》めろ！

オークに崇められてどうするんだって話だけど、悪い気分はしない。

でも、ゴブリン達もそうだったが、ついさっきまで味方を殺していた相手をよく受け入れられるな。力が全てって事なんだろうけど、自分の常識との違いを身に染みて感じるよ。

体の傷の殆どが癒《い》えたボスオークは、目を覚ますと飛び跳ねるように立ち上がり、周りを確認し始める。そしてすぐに状況を理解したらしく、その場に腰を下ろして、俺に「どうすればいい」という顔を向けた。

「お前が良ければ群れごと俺の下に付け。嫌なら立ち去るもよし。だが、その時は二度とこの縄張りには立ち入るな」

俺がそう告げると、ボスオークは目を見開き、驚きのあまりか体を仰け反らせてそのまま後ろに倒れた。だが、すぐさま身を起こし「喋れるのか」と、フゴフゴ言っている。

静かに喋るボスオークの姿は、貫録《かんろく》があるおっさんのようだ。

ボスオークは俺と群れのオーク達に何度も視線を行き来させると、一言だけ「勝者が決める事だ」と言い放ち、この集まりから離れて行った。それは承諾したと受け取るぞ。

引き揚げる前に、俺らとゴブリンの洞窟に来る代表を選ばせて、殺したオーク達の埋葬《まいそう》も行った。


こうしてオーク集落の制圧は終わった。

ちなみに彼らが持っていた雫草の半分ぐらいは、戦利品として俺のマジックバッグに収まっている。ポーションが作れるのはかなり大きい。これだけでも俺にしたら、今回の制圧は成果があったと言える。

ゴブリンの洞窟へと戻った俺は、付いて来た二匹のオークから今後に関しての話を聞く。オークとしては強いボスが群れを率いてくれるなら、それに越した事はないらしい。

彼らとしても、群れの頭数が増えれば縄張りの拡大は行う予定だったらしい。森狼《フォレストウルフ》の襲撃がなくとも、いずれゴブリン達はオークの襲撃を受けていた可能性が高かった。

彼らにしたら、勝った方が縄張りを支配するのは当たり前なんだとか。ただ、普通は縄張りを支配するなら元いた群れは全滅させるか、縄張りの外に追い出すらしい。今回のように他種族を受け入れる事は珍しいと言っている。オークとしては、支配は受け入れるつもりだが、自分達が今後何をやらされるのか不安に思っているようだ。まあ当然だよな。

それを含め、俺の案を話していく。

今後の行動としては、まずゴブリンやオークの縄張りと隣接しているコボルトの集落を制圧する。

これに関してはオーク、ゴブリン双方の戦力を合わせれば、俺の力がなくともいけるとの事だ。コボルトの強さはゴブリン以上オーク未満で、個体進化しているゴブリンならば三匹同時に相手しても勝てるらしい。任せてみるのも面白いが、ゴタゴタは早めに片付けたいので、明日一気にコボルトの集落を襲撃する事にしよう。

次に、オークの持っている周辺情報を、今こちらが持っている物と照らし合わせてみた。

オークの話を聞く限りあまり新しく分かった事はなかったが、ゴブリンの集落から見て南側の情報は増えた。

どうやら南の方では、オーガとゴブリンの集団が数十対数百の規模で争っているようだ。

オーガは個体数こそ少ないが、単体でもかなりの力を持った存在で、ボスオークでもオーガ二匹を相手するのがやっとだという。

また、老ゴブリンの話では南のゴブリンの集団は、ここの群れの元になる存在に当たり、ゴブ太君達より進化しているゴブリンバロンを筆頭に、複数の進化したゴブリンがいる大勢力らしい。

山脈の南に当たる麓は人里を求めて俺が目指している方向でもある。何か対策を考えなくてはならないな。

情報を得られたので、続いて細々《こまごま》した指示を与えていく。

主な内容は木材の確保、食糧の確保、周辺地域への偵察、そして雫草の確保だ。

木材の確保は今後の構想の為に老ゴブを中心に今から用意させる。食糧はまだ備蓄《びちく》があるとはいえ、食い扶《ぶ》ちも増えたので、今日進化したゴブリンに担当させよう。

偵察はゴブシン君を筆頭に、これも今日進化したゴブリンスカウトを補助に付けてやらせる事にした。

雫草の確保は、場所を知っているオークに、ゴブリンを引き連れさせて採りに行かせる。

最後に一番重要な、オークが持っていた装備について聞いてみた。

これは麓の方から流れてきたゴブリンやコボルト、ラットマンやリザードマンなどが持っていたものを奪い取ったらしい。

新しい二種類の種族が出てきたが、そんな奴らがまだまだいるって事か。この森はどれほど広大なんだろう。しかし、人間が持っていた物じゃなかったのは少し残念だ。

今日も一日有意義に過ごせた。ダンジョンの中で過ごした単調な日々に比べると目まぐるしいが、それがいい。そろそろ眠くなってきた。おやすみなさい。

◆

今日の朝は少し早く起きて、一人で洞窟の外に出る。ポッポちゃんとスキンシップを取る為だ。

俺の気配に気付いて、すぐにポッポちゃんが舞い降りてくる。

彼女も新しい土地を満喫しているようだが、クルゥと鳴きながら、「主人がいないと寂しいのよ！」と、俺の髪の毛を毟《むし》り取るのを止めなかった。

怒ってるのは分かるけど、この歳で禿《は》げたくないんだ。やめてください。

小一時間ほど、寝転がった俺の胸の上で撫で続けてやると、ポッポちゃんはやっと機嫌を直してくれた。ははは、このやきもちさんめ。

そのままポッポちゃんを肩に乗せ、洞窟まで戻ってゴブリン達に披露しに行くが、集まったゴブリン達の表情が何だかおかしい……いや、ポッポちゃん食料じゃないから。

ゴブリン達の「何あの美味そうな肉」って顔に耐えられなくなったポッポちゃんは、「あたしは美味しくないのよ！」と鳴きながら、逃げるように飛んで行った。

また明日ね、ポッポちゃん。

既にゴブリンとオークの準備は整っているようなので、コボルトの縄張りに向けて出発する。途中で一度オークの集落に立ち寄り、ボスオーク――ボーク君と命名した――と数匹のオークを連れ、俺を含めた総勢十一匹でコボルトの集落へと向かう。

縄張りに入って一時間、未だにコボルトと接触出来ていない。それもこれも、コボルトの特性である鼻の良さと臆病《おくびょう》な性格が原因らしい。

時々、俺の探知にコボルトらしき反応が引っ掛かるのだが、こちらから近付いていくと、気配を悟られて逃げられる。それを繰り返し、いまだ進展がないのだ。

風下に立っても気付かれる始末で、どうやら俺らは相当臭うらしい。まあ、ダンジョンを出てから風呂なんてまともに入ってないからね……

集落に行くまでに一匹ぐらい姿を拝みたかったのだが、これはもうどうしようもない。直接乗り込むしか方法がなさそうだ。

という訳で、オークとゴブリンに先導をさせ、コボルトの集落まで辿り着いた。逃げまわっていたコボルトも流石に集落を放棄する気はないらしく、数多くのコボルトが群れをなして隊列を組んでいる。

コボルトの姿は言わば犬人間だ。二足歩行する犬が木の棍棒と木の盾を持ち、それを叩き合わせて音を立て、唸り声と共にこちらを威嚇している。背はゴブリンより少し高いぐらいだろう。オークを見た後では少し貧弱な体に感じる。

さて、どうしよう。

オークの時のように槍を投げ付けてやってもいいのだが、今回は少し平和的に行くのもいいか。

そう、俺らは皆言葉が通じるこの星の住人だ。手を取り合って生きていくのが一番なのだ。

俺はゴブリン、オーク双方に笑えと命じ、横に一列に並んで、コボルトの群れへと進んでいく。ところが、進めば進むほどコボルト達の騒ぎが大きくなる。こんなにフレンドリーにしてるのに、何故だ？　不思議に思った俺は、横にいるゴブリンとオークを見て気付いた。俺は素手だが、奴らは武器を持っていたのだ。武器を持った相手が笑いながら近付いて来たら、完全にヤバイ奴だ。そりゃ怖いだろう。危ない、俺の致命的なミスが悲劇を生むところだった。

俺はすぐに武器を捨てるように命じる。彼らは、「これはうっかりしてました」と言わんばかりに、各々武器を捨てて笑顔で頷いた。これでいい。俺の意図を汲《く》み取る素晴らしい部下達だ。

俺は手を差し出しながらコボルトの群れへと進んでいく。ゴブリン、オーク達も横に並んで続く。だが、一向にコボルトの騒ぎは収まらない。中には持っていた武器をこちらに投げてくる奴までいる。

飛距離は全然届いていないけど、当たったらどうする、危ないだろ！

まだ何かおかしいと思い、ふと隣のゴブ太君を見ると、歪んだ笑みを浮かべながら、指をボキボキと鳴らしている。

……君何してんの？

急いで反対側にいるボーク君を見てみると、指のボキボキに加えて首まで鳴らしている。

いやいや、お前も何してんだよ！

一歩先に進んで振り返り、並んで歩くゴブリンとオークを見回すと、全員が何かしらの準備運動みたいな事をしていた。

おい！　お前らふざけんな！　どう見ても平和的解決に来た連中じゃねえ。これじゃあ殴り込みに来たヤンキーじゃねえか！

ゴブリンとオークの歩みは止まらない。唖然《あぜん》として立ち尽くす俺の横を通り過ぎ、更にコボルトへと近付いていく。

コボルト達は限界だったのだろう、一匹が手に持つ武器を地面に落とすと、防波堤が決壊するが如く、次々と武器を手放し、許しを請《こ》うように跪いた。

その姿を見たゴブリンとオーク達が俺のもとへと駆け寄ってきて、口々に「流石ボスだ」とか、「こんな作戦思いつかねえ」とか言っている。

当然ゴブ太君は俺に跪くし、ボーク君なんて、「我ら、智将得たり」とかしみじみと言っている。

おいお前ら、それ以上はやめてくれ……

俺の意図しない作戦を実行した部下共の向こう側で、泣き声を上げて許しを請うコボルトを眺めながら、コボルト制圧は終了した。

◆

俺にとっては後味が悪いコボルト制圧から数日が経った。

コボルトの群れの統合は問題なく進み、釈然《しゃくぜん》としないが、確かに平和的解決が為されたのだった。

元々温和な性格のコボルトは、こちらが危害を加えないと分かると当初の怯えも収まり、今度は興味津々にこちらの様子を窺いだした。

コボルトを率いていたのは体の毛が伸びた年老いたコボルトで、長老的役割を果たしているらしい。話をしてみると頭が良さそうな印象を受ける。これは老ゴブも同じなのだが、こいつらは歳を取ると、その経験と知識を活かして群れに貢献《こうけん》するのだろう。力が衰えたならば知恵を絞《しぼ》るのは、弱肉強食の世界では当たり前の事なのかもしれない。そう考えると人間も似たようなものか。

ところで、俺の支配下に入ったコボルト達は、素晴らしく有益な情報と道具をもたらしてくれた。

まず第一に、大体の方角が分かった事だ。これは老コボルトが教えてくれた知識で、遠くに見えるあの山脈が北に当たり、その南側にこの森が広がっているらしい。太陽が沈む方向から俺が推測していた方角に間違いはなかったようだ。ゴブリンの洞窟を中心に東にオーク、東南にコボルトの集落がある。そして、南には前も話に聞いたオーガとゴブリンが争っている地域がある。

西にはドレッドスパイダーという、凶暴な蜘蛛《くも》の巣があったらしいのだが、ゴブシン君達の偵察で、これは壊滅している事が分かった。その南にあったトロールの集落もなくなっていた事から、何かが西側で暴れているという推測が現実味を帯びてきた。だが、手を打つにもまだ情報不足だ。監視を強化して、動きがあったら対処する事にする。

次に、道具面でも進歩があった。なんとコボルトは陶器《とうき》を作っていたのだ。

土を焼いた基本的な物なのだが、なかなか見事な造形をしている。数点の品を見せてもらったが、磁器《じき》のように白く、ガラス質が含まれている品もあった。これを見ると、ゴブリン達はどれほど低いレベルの生活をしていたのだろうかと悲しくなる。

しかし、これは目っけ物だ。容器を作れれば、作成したポーションを保存しておく事が出来る。

俺は老コボルトにポーションの入れ物を見せて、同じ形の物をこの磁器で作ってくれとお願いしたのだが、どうやら今は作れないらしい。その理由は単純で、材料不足だ。

今までの縄張りで材料が無かったならば、新しい場所で探させればいい。

しかし、材料の判別が出来る老コボルトは見た目通り体力がないらしく、歩くのは辛いと言っている。そこで、オークに担がせて移動させる事にした。お供のコボルトも付けて、当分は統合した俺の縄張りやその周辺を見回ってもらう事にしよう。

コボルト達はあっさりと俺らの群れに加わり、与えられた仕事をこなしている。

見た目通り犬の性質が強いのか、群れの意識がとても高く、仲間になった俺達に遠慮なく接してくるようになった。

むしろ少しは遠慮しろと言いたいぐらいで、コボルト達は俺を見つけると周りをぐるぐると回り、「ボス何したらいい?」、「ボス食べ物欲しいか?」と、ちょっとうるさいぐらいだ。

見た目が結構かわいいのでまだ許せるが、これをゴブリンとオークがしてきたら、ぶん殴っていたかもしれない。

コボルトの中でも俺のお気に入りの子が出来た。群れでも一番の年下らしく、俺の半分程度の身長しかないメスコボルトである。その小さなワンチャンが二足歩行であっちに行ったりこっちに行ったりしているのだ、可愛くて仕方がない。コボ美ちゃんと名付けよう。

暇を見つけてはコボ美ちゃんのフサフサな毛を撫でていたら、いつの間にか俺の傍に付く事に決まったようだ。それを知らせに来た老コボルトが帰る時に親指を立てる仕草をしていたが、もしかして手を出して良いって意味なのだろうか？　俺はペット感覚で愛でているだけなので気持ちだけ頂いておこう。

コボ美ちゃんにばかり構っていると、当然ポッポちゃんからの風当たりが強くなる。

ポッポちゃん、もうそれ以上入らないよ？

俺の鼓膜《こまく》を突いて破ろうとするのを、やめてくれるかな？

そんなこんながありつつも、俺は新しい集落作りに取り掛かった。いつまでも種族ごとに離れた集落で生活していたら、纏まる物も纏まらない。ここは共同の集落を作ろうじゃないか。

ゴブリン、オーク、コボルトの縄張りの丁度真ん中辺りに位置する小さな川沿いに、木を切り倒して開けた場所を作り出す。この広場を分割して種族毎に適したサイズの小屋を建てていく計画だ。今回建てる小屋は、屋根があり壁もある立派な建物で、事前に用意していた木材のお蔭でスムーズに事が進んでいった。

◆

それから三日が経ち、新しい集落の用地も大分広くなってきた。

俺の伐採スキルもレベル1になって伐《き》るスピードが上がったし、ボーク君も巨大な斧で斬撃を数度繰り出すだけで、次々と木々をなぎ倒していた。残る切り株も、オークの集団が重機のような働きをして、それほどの時間を掛けずに処理していく。

順調に進んでいた集落作りだったが、突然森の中から聞こえてきた、警戒を知らせるコボルトの遠吠えによって中断を余儀なくされる。

急いで現場に駆けつけると、そこでは地面に倒れるコボルトが二匹と、木に寄り掛かり首から血を流す人間の男の姿があった。

血の付いたナイフを持ったゴブシン君が、油断なく男を見張っている。

地面に倒れているコボルトのうち一方は首に矢を受けて既に死んでいたが、もう片方はまだ息がある。急いでポーションを傷口に掛けてやると、どうにか間に合ったようで、呼吸は苦しそうだが一命はとりとめたらしい。

「何があった」

俺はすぐにゴブシン君のもとに駆け寄って尋ねる。

――事の顛末《てんまつ》はこうだ。警戒活動をしていたコボルトが、縄張りに侵入して来た存在を発見。侵入者を遠くから追っていたが、集落の方に向かっていたので周囲に警戒を伝える。援軍に来たコボルトの数も集まったので、侵入者の男と対峙してみるといきなり弓矢で撃たれたのだと言う。

それを切っ掛けに戦いが始まり、ゴブシン君が駆け付けるまでに、更に一匹のコボルトが剣で斬り伏せられたらしい。ゴブシン君が何度か打ち合った末、男の首を斬り裂き、今に至ると言う。

改めて男のもとへ向かうと、彼は既に息絶えていた。この世界で初めて出会った人間だが、こうなってしまっては仕方がない。

どうするかと考えながら、男の死体を見分していると、視界に動く物を捉えた。男の近くにある大きな袋がモゾモゾと動いている。

この混乱した状況や、人間の死体が目の前にある事に気を取られすぎて、俺はこの袋からもう一つの気配がするのをすっかり忘れていた。

すぐに袋を開けて中身を確認してみる。

そこには、猿ぐつわをされ、手足を縛られた小さな女の子が入っていた。

◆

「お名前は？」

「コリーン！」

「お歳は？」

「四歳！」

俺の目の前には、茶色の髪の毛を肩まで伸ばした女の子が座っている。先ほどまで泣き叫んでいたとは思えないほど、にこやかな表情だ。

顔立ちは所謂地球で言う白人の子だ。転生で変わった自分の顔を見た時から思っていたが、この世界の人の顔立ちは外国人っぽい人が多いのかもしれない。

袋の中から解放した途端《とたん》に気絶してしまったので、新集落まで連れてきたが、彼女は目を覚ますと鼓膜《こまく》が破れるかと思うほどの声で泣き叫んだ。

まあ、それも当然だ。俺以外の人間が珍しいのか、暇な三種族が大集結して彼女を囲んでいたのだから。目を覚ましていきなりオークの顔とか、ビビらない訳がない。

まずは水とパンを与えて落ち着かせ、その後俺のお気に入りのコボルトであるコボ美ちゃんを抱かせる事で、やっと機嫌を直してくれた。

一番の懸念《けねん》であった言葉も問題なく通じる。だが、明らかに日本語は話していない。タイムラグなしの自動翻訳というか、和製英語だけの組み合わせを聞いているような感じというか、とても不思議な感覚だが、とにかく意味は分かるのだ。

俺が日本語で喋った言葉も変換されているのか、ちゃんとコリーンちゃんも理解して滞りなく会話が出来ている。どうやら俺はそんな能力を神様から貰っているらしい。

最初はステータスに表示されない固定スキルの項目に、異世界言語というスキルでもあるのだろうと思っていたのだが、俺の話す内容を人間であるコリーンちゃんと、ゴブリンであるゴブ太君の双方が同時に理解していた。ところが、ゴブリンとコリーンちゃんの間では会話は成立しない。

そうなると自動翻訳の方が、可能性が高そうだ。

まあ、通じるなら何でも良い。この世界で初めての人間との会話なので聞きたい事は山ほどあるが、相手は子供だ。焦《あせ》らず、じっくりと知っている事を聞き出そう。

コリーンちゃんの話では、怖いおじさんに連れて来られたと言っている。どうやら、数日前に誘拐されたらしい。長い間袋の中にいたので、詳しい日数や村の場所などは分からないとの事だが、五回は夜が来たと言っている。曖昧な内容が多いものの、四歳児にそこまで覚えていろと言うのは、酷《こく》な事だろう。

だがこれで、徒歩圏内に人里がある事が分かった。俺にとってはかなりの朗報だ。

死んだ人攫《ひとさら》いは、その場に埋めてきた。持っていた武器や道具などは俺のマジックバッグに収納したが、服などは血で汚れていたし、一部焦げていたので着せたまま埋葬しておいた。

話し疲れたコリーンちゃんは、俺の隣でスヤスヤと寝息を立てている。

コリーンちゃんの頭を一撫でして、マジックバッグから人攫いが持っていた物を取り出す。

武器として携帯していたのは剣と弓。背負っていた袋からは、干し肉や硬いパン等の少量の食べ物と、水の入った革水筒、小型のナイフやロープなどの道具が出てきた。腰に着けていた小さな鞄には、大小四種類の銀と銅の硬貨、空の磁器や包帯、火打ち石などの小物が詰まっている。

おぉ、火打ち石は俺でも使えそうだし、良いじゃないか！

剣と小型ナイフは、今の俺なら作れそうな品質で、オーク達が持っていた物と大差ない。

その他の道具も特に特徴がある物はなかったが、硬貨だけは違っていた。

この美しい硬貨には、日本の硬貨以上に精巧な細工がされている。大きさは二種類あり、小さい方は五十円玉程度の硬貨で、大きい方はそれの何倍も重い硬貨だ。片面には五人の人物の絵が描かれていて、もう一方の面には、魔法陣のような五芒星が細かく刻まれていた。四種類とも同じデザインなのだが素晴らしい出来だ。

だが、鑑定の結果からはあまり情報は得られなかった。

それぞれ素材は銀で、大きい方は【大銀貨】、小さい方は【銀貨】という名称のようだ。

呼び方は分かったが、硬貨の価値も分からないのでどうしようもない。多分コリーンちゃんも分からなそうだなぁ。

当分コリーンちゃんは俺の傍に置いておく事にする。流石に群れの連中も、俺の指示なく手を出す事はないだろうが、言葉が通じないコリーンちゃんを放っておく訳にもいかない。この辺じゃ俺の近くが一番安全だ。

◆

こんな騒動があったのだが、徐々に小屋も完成し、集落作りは順調に進んでいる。

俺の監督のもとに、作り上げた小屋は、雨風がしのげる素晴らしい出来栄えだと評判が良い。まあ、俺から見たら素人が作ったボロボロの小屋にしか見えないけど。いくら大工スキルがあっても、低スキルレベルではこの程度なのだろう。作業自体は群れの皆がしている。器用不器用入り混じっているからこの出来ってのもあるんだろうけどね。

異世界に来てまで、日本の職人さんの技術の高さを思い知らされるとは思わなかったよ。

家作りは俺がいなくても進むようになっているので、俺はそろそろ別の事に取り掛かろう。

まず俺が一番したい事と言えば、スキルレベル上げだ。

現在の俺のステータスはこうなっている。

【名前】ゼン　【年齢】１０　【種族】人族
【レベル】３８　【状態】――
【ＨＰ】７２９／７２９　【ＭＰ】１３８／１３８

【スキル】
・投擲術　Ｌｖ３（２２４・７／３００）　・格闘術Ｌｖ２（１・６／２００）
・鑑定　Ｌｖ２（１８７・３／２００）　・料理　Ｌｖ２（６１・５／２００）
・魔法技能Ｌｖ０（３３・８／５０）　・鍛冶　Ｌｖ２（１７５・６／２００）
・錬金　Ｌｖ０（１・２／５０）　・大工　Ｌｖ１（３０・３／１００）
・裁縫　Ｌｖ０（２０・８／５０）　・伐採　Ｌｖ１（６・４／１００）
・採掘　Ｌｖ３（２５８・９／３００）　・探知　Ｌｖ３（１２０・６／３００）
・調教　Ｌｖ２（２０・４／２００）　・隠密　Ｌｖ０（２０・８／５０）

【加護】・技能神の加護　・医術と魔法の神の加護　・＊＊＊＊＊＊

もうそろそろ鑑定が上がるのだが、これはこの周辺を歩き回って、手当たり次第に木や植物なんかを鑑定していけば良いだろう。偵察にもなるし、新しい発見もあるかもしれない。

俺の生命線でもある投擲術も上げていきたいのだが、適当な的がないのが辛い。魔物相手じゃないと効率が悪すぎるんだよね。

それならば、新しいスキルの獲得を目指してもいいだろう。ゴブ太君辺りに槍の使い方を教えてもらえれば、案外簡単に上がりそうだし。その方向でいこう。

他にも準備しておきたいものがある。いずれ戦いが予想される、オーガやゴブリン対策だ。

俺単独の能力はともかく、数でも質でも劣る俺達が、正面からやりあって勝てる訳がない。だが、幸いな事にオーガとゴブリンは縄張り争いをしているのだ。ならば漁夫の利を狙わない手はない。

彼らの戦いに介入するとしても戦力は必要だ。一番簡単に出来る強化は、新しい武器を与える事なので、その用意もしなくてはいけない。

レベルアップによる強化もしたいのだが、今のところ適当な相手がいないという問題がある。

西には何がいるか良く分からない状態だし、東側にいるリザードマンに手を出すにも、ここからだと大分距離があり、本拠地から離れて守りを疎かにするのは愚策だろう。

とまあ、とりあえずの予定は立てられたので、もうそろそろ寝る事にする。

今日もまた新しい情報が手に入った。ゆっくりでも着実に進んでいる気はする。ダンジョンの中とは雲泥《うんでい》の差だ。

さて寝よう、おやすみなさい。

◆

コリーンちゃんを肩車しながら縄張りを歩き回り、片っ端から鑑定して回る事数時間、この森はなかなか使えそうな植物がある事に気付いた。

ヒノキ、スギなど、俺が知っている建材にしやすい木や、少し開けた場所では麻やキイチゴなども自生していた。他にも気になる植物があったので、今後の為に覚えておこう。硬貨があると分かった以上、この世界にも経済があるって事だ、もしかしたら儲け話につながるかもしれない。

朝に集落を出て森の中で食事を取り、日が暮れる前に集落へ戻る。戻ったらゴブ太君と槍の訓練。そして武器の開発。ここ数日間はこの繰り返しだった。

コリーンちゃんは両親が恋しいのか、たまに泣いてしまう。それでも大分ここでの生活に慣れてきたようで、最近ではポッポちゃんとコボ美ちゃんを引き連れて遊びまわるようになった。

ポッポちゃんにはコリーンちゃんの監視としても働いてもらっている。ポッポちゃんも仕事をしながら遊ぶ事が出来て、機嫌も良くなるってものだ。

集落を中心とした伐採は一段落した。大体半径五十メートルまで拡大された広場の周囲には、多数の小屋が建ち並ぶ。余った木材を使って集落の周りを柵で囲み、それでも使いきれなかった木材を所々に積んでおいた。

伐採を中心とした作業をしていたボーク君も、やっと手が空いたからか、時々新しい縄張りを散策して満喫しているようだ。

老コボルトに探させていた、磁器に向いている土も見つかった。

コボルト達は、試験管とは少し違うが小瓶型の磁器を大量に作り始めている。どこにあったのか、丁寧にコルクの蓋まで付いていた。


ポーション作りが出来るようになったので、今日は昼頃に戻ってきてからポーションを作り続けている。

息抜きがてらコリーンちゃんとコボ美ちゃんの相手でもしようとか思っていたら、ボーク君が何かを背負って小屋に入ってきた。

コリーンちゃんがビビっているのを見たボーク君は少し悲しそうな顔をしたが、すぐにいつもの顔に戻り、肩に担いでいたものを俺の前へ降ろした。

「ボーク君、これは一体どういう事だ？」

そう俺が尋ねると、ボーク君は「人間四人来た。こいつ置いて他のは逃げた。こいつ向かってきたから殴った」とフゴフゴ言い、続けて「ボス、雌好き」と言い残して小屋から出て行った。

今俺の目の前には、二十歳くらいの女性が倒れている。冒険者のような風体《ふうてい》で、一部金属を使った革鎧を纏い、腰には細身の剣を帯びていた。

鎧越しにも体の一部の豊かな膨らみがやたら目立つのだが、まあ今は関係ない。

「キャスお姉ちゃん！」

コリーンちゃんが倒れている女性に駆け寄って体を揺する。

驚いた事に、コリーンちゃんとこの女性は顔見知りのようだ。

「コリーンちゃん、このお姉ちゃんの事知っているの？」

「うん、キャスお姉ちゃんなの。一緒の村なの」

なるほど、分かった。コリーンちゃんはお利口さんだなぁ。

とにかく、この姉ちゃんが起きない限りは話が進まない。

外傷は見られないが、念の為抱き起こしてポーションを無理やり口に流し込む。

すると、ゲホゲホと咳き込みながら女性が目を覚ました。

「えっ？」

俺の腕の中で目覚めた彼女は、俺と目を合わせると、まず戸惑いの声を上げた。

「何っ？　ここ、どこ？」

ぐるぐる辺りを見回すが、まだ混乱しているらしく、状況が理解出来ていないようだ。

しかし、視線がコリーンちゃんを捉えると、女性は驚いて目を見開いた。

「コリーン！　あんた、無事だったのね！」

女性は俺の腕の中から飛び起きて、コリーンちゃんを抱きしめる。涙をにじませるその顔は、本当に心配していたのだと分かる、優しい顔だった。

女性がふと、コリーンちゃんの隣に座っていたコボ美ちゃんを見ると、体を大きくビクつかせ、一言言い放った。

「亜人っ！」

彼女の体が強張り、コリーンちゃんを守るようにコボ美ちゃんから距離を取る。だが、ここは小屋の中。すぐに壁際に行き当たり行き場を失う。

「お姉ちゃん痛いよぉ」

コリーンちゃんが抗議の声を上げるが、女性はそれどころではないと更に強く抱きしめる。

「あんた何言ってるの！　亜人がいるのよ！」

このままではコリーンちゃんが可哀想なので、俺は立ち上がって女性の前に進み出る。

「お姉さん、あのコボルトは危険じゃないですよ。今は安全ですから、とりあえず落ち着いてください。コリーンちゃんがやばい顔してます」

俺が諭すようにそう言うと、彼女は少し呆けた顔をした後、魂が抜けかかっているコリーンちゃんに気付いて慌てて手を緩めた。危ない、もう少しでコリーンちゃんを失うところだった！

少女の危機も救ったところで、もう一度女性と向き合い俺は言う。

「とりあえず、お話ししましょうか？」

容疑者に問い質《ただ》すような物言いだが、仕方がない。訊きたい事は山ほどある。

名前を教え、彼女がこの小屋に運ばれてきた状況を話すと、俺と座って向き合う女性——キャスは自分が何故ここまで来たかを語り出した。

「私はこの子、コリーンを攫《さら》った奴らを追って、仲間と森に入ったの。人攫いの痕跡を追って進む

うちに大分奥まで来ちゃって……これ以上は無理と判断して引き返したんだけど、帰り道で魔獣に襲われちゃってね。必死で逃げていたら、こんな深い場所まで入り込んでたって訳よ」

俺の渡した水を飲みながら、一気に話してくれるキャスお姉さん。見た目はボブカットの明るい髪の色をした、可愛らしい顔をしている女性だ。人攫いを追っていたと言う事なので、剣術の心得でもあるのだろう。いくつか疑問があるので一つずつ訊いていく事にした。

「この森を抜けると、どこかに出るのですか？」

人攫いがこの森をどう進んで、抜けるつもりだったのか気になった。もし人が通る道があるのならば、使わない手はない。だがそれもすぐに否定の答えが返ってくる。

「この森の先は山脈よ、あんな場所に人は行けないわ。それなのに、あいつらはコリーンを攫ったのがばれて、この森に逃げ込んだのよ。子供をこんな危ないところに連れてくるなんて、どうかしてる！　ホント、殺してやりたいわ！」

なるほど、別にこの森を通って、どこかに行くつもりではなかったのか。俺の縄張りに入ったのも、偶然、彼女らに追われてたからか。

てか、この姉ちゃん物騒な事言うな。この世界の人って、過激な人が多いのだろうか？

「あっ、人攫いならもう死んでますよ。僕、埋めましたから」

コリーンちゃんを助けた時の事を簡単に教えると、キャスは少し驚いた様子を見せるが、すぐに質問をしてきた。

「人攫いは三人いたはずだけど、他は見なかったの？　いや、それよりあなたは亜人をどうやって……」

　ほう、人攫いは三人組だったのか。ならあの男は仲間に見捨てられたか、はぐれたかしたのだろうか。キャスはしきりに亜人がどうとか言っているけど、大方《おおかた》どうやって俺がコボルト達を従えているのか考えているのだろう。

　言葉が通じなきゃ俺だって無理だっただろうし、そりゃ疑問にも思うか。

　それは追々《おいおい》話すとして、それよりもまだ訊きたい事がある。

「お姉さん、お姉さん達の村ってどこにあるんですか？」

「えっ？　村？　あぁ……村ならこの森を南に抜けた先よ。ここからだと……多分、歩いて六日は掛かるけどね」

　これは良い情報を聞いた。南に進めば森を出られるって事だし、村もあるのか。俺の目標が定まった感じだ。

「ところで、襲われた魔獣ってのは何ですか？」

「えーっと、キマイラって知っている？　アレに追われちゃってね。命からがら逃げたのよ。いくらこの森が危険だと言われていても、あんな化け物が出るなんて聞いた事ないわ」

　キマイラって確か色んな動物の頭が一杯ある奴だよな。ゲームだといかにもボスって感じで強そうだったし、余程危険な魔獣なんだろう。西の蜘蛛とトロールが滅んでいるのもそいつの仕業か？

　俺が新たに得た情報から考えていると、今度はキャスの方が質問してきた。

「ところでゼン君――だったわよね。あなたの方こそ一体何者なの？」

うーん、どうしよう。何者なんだと言われても、何て答えればいいんだよ。何がセーフで何がアウトなのかも分からねえ。ここは適当にはぐらかすか。

「気が付いたらこの森にいまして。ここは適当にはぐらかすか。」

「え、何それ……お母さんとお父さんは？」

ぐっ、やっぱり来るか、その質問。

「……遠いところにいます」

「あっ……えーと、ごめん。ごめんね？」

ははは、嘘は吐いてない。俺の親はこの世界から見たら遠くである、異世界にいるからな！

まあ、勘違いしてもらおうと思って言ったんだけどね。こう言っておけばあまり突っ込んでこないだろ。

「ところで、ゼン君は何で亜人と一緒にいられるの？　私もオークに捕まったはずなのに、無事なんて信じられないわ……」

ゴブリンもオークもコボルトも、亜人というカテゴリーなんだな。この言い方だと、人間と亜人はあまりいい関係とは言えなそうだ。

キャスの言う「無事」って、もしかしたらエロゲー的な無事か？

「何故か彼らと話す事が出来たんです。で、いつの間にかボスになってしまって……」

「はぁ!?」

うむ、この世界の人間の認識でも亜人と会話をする事はあり得ないのか。話せば結構いい奴らなんだけどなぁ。まあ、実際話せるところを見せて信じてもらおう。

「コボ美ちゃん、こっちおいで」

俺はコボ美ちゃんを呼び寄せる。

「コボ美ちゃん、そこで止まって」

「一周回って、手を上げて。そう両手」

「コボ美ちゃん、お座り」

俺が連続で指示を出すと、コボ美ちゃんはしっかりと応えてくれた。可愛い。後で肉でもあげよう。気絶寸前から復帰したコリーンちゃんも、拍手をしてくれている。

「ね？　ちゃんと通じてるでしょ？」

俺はキャスに振り向き、つい自慢げに言ってしまった。

「は、はは……信じられないわ」

キャスは驚きのあまり、目を白黒させている。思いっきり引いてるじゃねえか。

この世界での亜人の扱いって、完全に人間とは別の生き物って感じなのか？　あまり良い感情を持っていないのは間違いないな。だが、この姉ちゃんに遠慮する必要なんてない。ここにいる限りは俺のやり方に従ってもらおう。

俺はキャスが持ってきた情報を各種族の代表達と共有する為に、表のゴブリンに招集命令を伝えてもらった。

種族の代表が集まるまでの間にもキャスと会話を重ね、更にいくつかの事が分かってくる。

まず、ここは北に見えるヘルヴァン山脈の麓に広がる森で、多数の領に跨《また》がる広大な森らしい。その中でも、この集落のある一帯は、シーレッド王国のウェロー領に属する辺りではないかという。だが、亜人や魔獣が多く棲むこの深い森の大半が、人間の手が入っていない未開の土地との事だ。要するに、どこかの貴族が土地の所有権を主張しているが、開発は出来ていないって状態だろう。キャスは麓の村で育ち、冒険者として働いているらしい。冒険者といっても、キャスの場合は完全に地元密着で、森の浅いところでゴブリンやスライムなどを狩ったり、薬草や食べられる草を採取したり、付近の村に荷物を届けたりして生計を立てているようだ。

歳も若そうだし、まだまだ駆け出しってところだろうな。

当初、今回のコリーン救出部隊は有志の村人など合わせて二十を超える数がいたが、追跡が森の深部に及ぶと、村人達は村に戻っていったらしい。そして、キマイラの襲撃で何人かの冒険者が命を落とし、キャスと仲間の冒険者は追われて森の更に奥まで入ってしまったのだ。キャスにしても、コリーンちゃんをどうにかして助けたいという思いから、明らかに安全地帯を越えた領域に侵入していた事が分かる。

優しい娘なんだな。俺が大人の体だったら放っとかないぞ、こんな良い娘。俺の質問にも、結構丁寧に答えてくれるし、おっぱいも大きいし。

招集を受けたゴブ太君、ゴブ元君、老ゴブ、ボーク君、老コボルトが、小屋に入ってきた。キャスとの会話も終わりだ。

「ちょっ、こんなに沢山……大丈夫なの!?」

次々と亜人が集まってキャスが明らかに怯えているが、少し我慢してもらおう。一方、コリーンちゃんはと言えば、流石に慣れたもので、先ほどからコボ美ちゃんと謎の遊びを繰り広げていた。

集まった代表達と情報を共有すると、皆一様にキマイラの事に食いついてきた。やはり相当に強力な魔獣らしい。老ゴブと老コボルトが言うには、確実に北から下りてきた魔獣で、俺らの縄張りの西側にあったはずの亜人の集落は、キマイラの襲撃を受けた可能性が高いという。

その襲撃がどこまで及んでいるかは分からないが、人間がここまで森の奥に入って来られたのは、キマイラが暴れた結果、縄張りの空白地が多数出来た事が原因だと考えられる。

確かにキャスの話によれば、キマイラに追われて森を北上しても、他の亜人や獣などは殆ど見なかったという事だ。

今のところ、キマイラはこの集落の西側にいる可能性が高い。そんなおっかない魔獣に遭遇したくはないので、森を出るならばオーガとゴブリンの紛争が起こっている南を突破するか、東側に一度出てから迂回して南に向かうのがいいのだろう。

ここの集落の事を考慮すると、やはり森を出る前に南の勢力を打倒するべきだろう。南の戦いが終わってしまえば、次に狙われるのは多分この群れだ。

ちなみに東は縄張り争いの心配はないらしい。何故なら東にいるリザードマンは、多量の水がある場所以外には手を出さないからだ。

「んで、お姉さんはどうします？」

亜人達と会話する俺の言葉から断片的に情報を得て、大体は理解しているであろうキャスに尋ねる。

「ゼン君にお任せするわ」

キャスの答えはその一言。まあ当然だろう、既に一人では帰れない場所にいるのだ。最初から選択肢なんてない。もし、無理にでもコリーンちゃんを連れて村に戻ると言ったら、俺は力ずくで止めるしね。この姉ちゃんが自分で無茶して死ぬのは仕方ないけど、コリーンちゃんは守れる人間が守ってやらなきゃいけない。

話は纏まった。これで迷う事なく作戦を実行する事が出来る。

◆

朝起きると、目の前にやわらかそうな二つの山があった。横になっているのに、そこまで崩れている様子はない。寝る為に上着を脱いで更に強調されたその山はE……いや、Fはあるだろう。

俺の手がこの素晴らしい山を登ろうと自然に吸い寄せられていくが、ふと枕元にいるコリーンちゃんと目が合った。

朝早いんだねコリーンちゃん。俺に掛っていた魅了魔法を、よくぞ解いてくれた。

不思議そうな顔をしてこちらを見ていたコリーンちゃんに、一言挨拶をして体を起こす。

今日の朝飯は、マイタケとシカ肉の炒め物とパンだ。鑑定で間違いなく食べられるキノコを採取出来るので料理のレパートリーが増えた。今の俺は体が資本の生活なので、朝からでもガンガン食える。彼女らも一緒の物を食べているが、朝から肉でも文句はないみたいだ。

「なにこれ！　お、美味しい！　もう一つくれる？」

巨乳冒険者キャスからすると、俺が出すパンが物凄く美味いという。彼女曰くこの世界のパンは基本的に固いらしい。酵母の使い方とかが確立されていないのだろうか。


朝食を食べ終わり、今日も鑑定と収穫に出る為に身支度をする。

キャスが来たとはいえ俺のやる事は変わらないので、コリーンちゃんとともに付き合ってもらう。目に付くもの全てを鑑定しながら森を進む俺を見て、後に続くキャスは眉をひそめる。

「嘘ッ⁉」

シイタケを見つけたのでマジックバッグに収納すると、キャスが露骨に驚きの声を上げた。マジックバッグが珍しいのだろうか？

「ふぅー」

しばらくすると、コリーンちゃんが足を止めた。

「コリーンちゃん疲れちゃった？」

「うんー、ちょっとっ！」

鑑定のスキルレベル上げはまだ続けたいので、疲れたコリーンちゃんを肩車して先に進む。

少しするとポッポちゃんが、パンを寄越せと高速で俺に突撃してきた。コリーンちゃんにポッポちゃんを一旦預けて、マジックバッグから【無尽蔵のパン袋】を取り出す。パンをコリーンちゃんの手の平の上にちぎると、ポッポちゃんが勢いよく啄んだ。

キャスはその様子を見て何かブツブツを言っている。さっきから、お前ちょっと怖いよ。


探索は午前で終えて集落へ戻ると、雫草が小屋の中に置かれていた。俺が渡した初期装備などが入っていた袋が、二つもパンパンになっている。雫草を取ってきたオーク達の労をねぎらいナイフを与えると、もの凄く喜んでいた。そんな中、キャスの視線は先ほどから雫草に釘付けだ。

磁器の小瓶も追加が出来ていたので、今日はこれからポーション作りをする。ポーションは沢山あるに越した事はないからね。ついでに俺のスキルも上がるし。

道具を取り出し、小瓶を並べてポーション作りをしていると、キャスが俺の向かいに座りこちらの様子を窺ってきた。

「何か……？」

目の前でそんな顔をされたら、いくら可愛くとも鬱陶《うっとう》しい。まあ、大体言いたい事の見当は付いてる。こういうのは早めに終わらせるに限る。

「やっぱりあなた、おかしいわ」

「……何がですか？」

「鑑定、調教、いくらでも出てくるパン袋、挙句《あげく》の果てにマジックバッグ。そして今度は錬金まで使えるなんて」

なるほど、やっぱり子供にこれほどの事が出来るのは驚くか。

「駄目なのですか？」

「……駄目ではないのよ。ただ、こんな事は普通あり得ないのよ。マジックバッグなんて、プラチナでも持っている人は少ないのに、子供のあなたが持ってるなんて……」

プラチナって何だよ。マジックバッグってそんな高級品だったのか。俺自作したぞ？　まあ、今持ってる奴の性能は確かに凄まじいと思うけどね。

「ははは、まあ……色々あって。僕は神様に愛されているのかも知れませんね」

「神様って……まさか、加護まで持ってるとか言わないわよね⁉」

おいおい、加護も駄目なのかよ。確かに、加護のお蔭で何でも出来るんだけど、この世界の常識じゃヤバいっぽいな。ここは少し探り入れてみるか。

「え？　何も言ってないじゃないですか……。そういえば、キャスお姉さんのステータスって、どんな感じなんですか？」

「ちょっと！　失礼じゃない、人にステータスを聞くなんて。そんな事も知らないの？」

てめえ、人に探り入れといてそれかよ、ふざけんな。あまり舐めた真似してると……揉《も》むぞ？

「ごめんなさい、僕知らなかったんです。でも、それならお姉さんも訊くの止めてくださいよ」

自分がしている事に気付いたのか、キャスはバツが悪そうに俯《うつむ》いた。

「う、確かに……。私の方が悪かったわ。ごめんなさい」

キャスは素直に頭を下げた。これで俺への追及は終わりのようだ。うむ、許してやろう。

あぁ、ダンジョンで手に入れた物の事をキャスに訊こうと思ってたけど、こりゃ駄目だな。更に変な疑いを持たれそうだし。

話を切り上げたキャスは移動して俺の横に腰を下ろし、ポーション作りを見物し始めた。

三十分ほどで、小瓶がなくなったので作業を止める。完成したポーションと残りの雫草は全てマジックバッグに収納していく。

まだ隣で俺の作業を見ているキャスに尋ねた。

「ポーション作りがそんなに珍しいんですか？」

「そもそも、雫草がこんなにあるなんて事が信じられないのよ。材料の雫草が手に入りにくいから、ポーションって高級品なのよね」

えっ、マジかよ。なんか俺一杯持ってるんだけど。小瓶さえあれば明日にでも百以上になるぞ。

まあ、一杯あるし、少し分けてあげるか。

「じゃあ、これあげますので、何かあったら使ってください」

俺がポーションの小瓶を三本手渡すと、キャスは手の上のポーションを凝視している。

いや、偽物じゃねえよ？　ちゃんと鑑定してあるし。

キャスは一度ポーションを置き、腰に着けている鞄から大銀貨を五枚ほど取り出した。

「これじゃ全然足りないけど、タダって訳にはいかないからね」

価値の分からない硬貨を渡されても、反応に困るんだよなぁ。ここは恩の一つでも売っておこう。

「お金は要らないです。コリーンちゃんをお任せするんで、何かあったら迷わず使ってください」

これなら受け取らざるを得ないだろ。キャスにはコリーンちゃんの警護をやってもらう。ここじゃそれ以外やる事ないしね。それに、結構考えた末に硬貨を出していたところを見ると、キャスにしてみればあれは大金なんだろう。

「……分かったわ。そういう事なら、有難く頂いておくわ」

男がやると言ったんだ、女の子は素直に貰っとけばいいんだよ。おじさんからの助言だ。

でも、先々の為にポーションの相場くらいは知りたいな。

「ポーションていくらぐらいするんですか？」

「そうね、これは低級ポーションよね？　それなら金貨一枚が相場ね」

「なるほど、その金貨一枚って大銀貨何枚分なんですか？」

金貨とか言われても、何枚で繰り上がるのか分からないんだよな。流石に銀貨の方が価値あるって事はないよな？

「あなた、本当に何も知らないのね？　もしかして、この森から出た事ないとか？」

あぁ、そう受け取るのか。子供だから分からないって方向には捉えてくれないのね……

あっ、もしかして今の格好がマズイのか？　確かに俺は、毛皮だけを着た野性味あふれる姿だ。

勘違いされてもおかしくないか。まあ、話を合わせて色々と聞き出すか？

「気が付いてから、この森を出た事はないんです。だから何も分からなくて……」

「それは大変だったのね……。分からない事があったら、何でも聞いてくれていいからね？」

うむ、ちょろい。でも、これであれこれ質問しても怪しまれなくなった。

いいように勘違いしてくれたキャスに、その後色々とこの世界の話を聞いていく。自分の実力を顧《かえり》みず、危険を冒してコリーンちゃんの為に森に入っただけあって、基本的にお人好しと言うか、面倒見が良いと言うか。まあ、俺が子供だからってのもあるだろうけど……

キャスお姉さんの異世界講座は夜まで続いた。お蔭で大分この世界の事が分かってきたぞ。

まず、お金の単位。この世界では統一された通貨を使っているらしい。全部で六種類、銅、銀、金、と上がっていき、十枚単位で繰り上がる。銅貨十枚で大銅貨一枚。大銅貨十枚で銀貨一枚だ。

屋台の串焼き一本が大銅貨一枚なので、日本円に換算すれば大銅貨は百円に相当しそうだ。

先ほど言っていたポーションの値段が日本円で十万円ぐらいだと考えると、物価がよく分からなくなる。傷を一瞬で治すこの魔法の薬がその程度の値段で買えると考えると、安いとも思うんだよね。

しかし、世界共通通貨ねえ。話を聞く限りじゃ、この世界もいくつもの国に分かれてるって言うけど、どんな仕組みで成り立ってんだ。経済の一般知識もそれほどないから、マジで分からないな。

硬貨の話をしている時に、この硬貨に刻まれている五人の人物について尋ねてみた。すると、この人物は人ではなく神なのだという。

この世界を創造した神々の中でも、特に力を持つ五大神が硬貨に刻まれているらしい。

秩序と法の大神、破壊と混沌の大神、戦と勝利の大神、英知と魔道の大神、生命と豊穣の大神。

この五大神が、この世界における主な信仰の対象であり、それとは別に無数の神々が存在するという。

どの神を信仰するかは人それぞれ自由で、この世界のどんな国家も強要する事はないらしい。何か、多神教の大らかな考え方って感じで、日本人の俺としては共感出来る。

この世界では神は身近な存在で、熱心な信仰や多大な善行を行った者はその声を授かる事があるようだ。また、試練を乗り越えた者は神からの特別な加護を得る事が出来るらしい。

加護を得るには、この世界に存在するダンジョンでボスを打倒し、そのダンジョンを解放する必要があるのだが、そんな事が出来るのはごく一部の存在だ。今あるダンジョンの殆どは、強大な力を持つボスに阻まれ未攻略だという。そもそも、攻略をするにも土地を所有している領主の許可がいるらしい。また、多くの場合は伝承だけで未発見か、人類未到達地にあるという。

そしてダンジョンを攻略した者は、加護以外にもアーティファクトと、シティーコアを手に入れられる。

アーティファクトとは神々が創造し、この地に残した秘宝で、物によっては国一つの価値があるとまで言われているマジックアイテムだ。

数多くのアーティファクトの中でも有名な【統治の赤盾】や【退魔の銀杯】などは、所持する国の礎《いしずえ》になっているほどの力を持つ物だ。他にも魔王をも切り裂くと言われる【虚無の閃光】や、ドラゴンを一撃で滅ぼすと言われる【天槍雷鳴】など、キャスは目を輝かせながらこれらについて教えてくれた。何だよその槍。俺、超欲しいよそれ。

また、シティーコアは、それを使う事によって都市を作る事が出来るという。これに関してキャスはそれほど詳しくは知らないらしいのだが、シティーコアを持つ都市は、中級までの魔物や魔獣、亜人の侵入を阻む効果があるらしい。俺が手に入れたダンジョンコアがシティーコアになるのだろうか？　謎だ。

色々気になる点はあるが、俺が箪笥《たんす》の肥やしにしている【霊樹の白蛇杖】もアーティファクトって事か。でも、魔法が使えないと役に立たないっぽいんだよね、これ。

魔法に関しても聞いてみるが、キャスも魔法は使えないので分からないと言う。

キャスの話では魔法を使える人自体数が少なく、村に一人いるかいないかというレベルらしい。その中でも戦闘を行えるレベルの実力者は十人に一人で、そんな人材は大抵国に抱えられて、なかなかお目に掛かれないのだと。

それでも変わり者はいるらしく、国に仕えず冒険者になる者もいて、キャスも何度か同業者が魔法を使っている姿を見た事があるらしい。火の玉を飛ばしたり、土で作った矢を飛ばしたりと、攻撃に使用していたとか。

俺が食らった事のある魔法も、同じような物なんだろう。

キャスは冗談めかして、もし俺が魔法まで使っていたら悪魔族だと疑って国に報告する、とか言ってくる。何だよ悪魔って、笑えねえよ……

話に夢中になっていると、いつの間にか夜も更けていた。他にも聞きたい事は一杯あるが、追々聞いていく事にしよう。

◆

翌朝、やっと風狼《ウインドウルフ》の毛皮が俺のもとに届けられた。一匹そのまま頭付きで毛皮にしてくれて、まるで熊の毛皮の敷物みたいだ。これを見たキャスは呆れていたが、美しい灰色と黒の模様は気に入ったらしく、「良い色ね」とか言いながら毛皮の質感を確かめている。毛皮と一緒に風狼《ウインドウルフ》の牙や爪等も持ってきていたので、マジックバッグに収納しておいた。

一匹そのままを毛皮にしているので、身に着けてみるとデカい。狼に覆いかぶさられている子供って感じになってしまう。風狼《ウインドウルフ》は二メートルを超える巨体だったから当然か。子供の俺の体ではどうやっても余ってしまう。

どうしようかと悩んでいると、キャスが自分の持ち物から紐を取り出して俺の腰に結び、毛皮の余っている部分を紐の外でたるませる事で、長さの調整をしてくれた。

「ありがとう、キャスお姉さん」

俺が天使の笑顔でお礼を言うと、キャスは腰に手を当て、これ見よがしなドヤ顔で応える。

「いいのよ。これくらい」

そこまで大した事してねえだろ……

朝飯前からこんなやり取りが出来るなんて、ダンジョンにいた頃には思いもしなかった。お外最高である。そして、紐を結んでくれた時に密着して感じた柔らかさ。万歳である。

昼頃にはいつもの鑑定散歩から戻り、今後の戦いの為に準備していた道具を完成させる。

まず一つ目は長槍だ。これは、三メートルほどの木製の棒の先に、俺が投擲用に大量に保有していた、青銅のダガーナイフを取り付けた物だ。

穂先に当たるダガーナイフはそれほど大きくはないが、攻撃力はそこまで求めていない。ゴブリンやコボルトに持たせて、主に牽制や陣を維持する為に用いるつもりだからだ。

二つ目に作っていたのは武器ではなく網。そこらに大量にある蔦から紐を作り、ゴブリンに編ませてみた。固くて自由自在に曲がる訳ではないのだが、相手の体に巻きつければ動きは大分封じる事が出来る。固い分、丈夫で逆に良かったのかもしれない。

テストでオーク相手に使ってみると、コボルトが四匹もいれば動きを拘束する事が出来た。オーガはもっと体が大きいのだが、それなりの効果が得られるだろう。

網に使う紐が余ったので、石を括りつけて簡易的な投擲武器も作製する。確かボーラという名前の武器で、相手に絡みついて動きを封じる事が出来るはずだ。これならゴブリン達にも扱えるだろう。

これで準備が整った。あくまでも今回の戦い方は俺がいる前提になるのだが、南を制してしまえば俺が人里に出て群れを抜けた後でも勢力は安定するだろう。戦いの後の懸念も数点あるものの、それはその時になってから考えよう。

今日もなかなか素晴らしい日だった。やっぱり若い女の子がいると違うね！

それじゃあ、おやすみなさい。

◆

連日、午前中一杯を使って上げていた鑑定が遂にスキルレベル3になった。スキルレベル3で分かるようになった項目は等級というものだ。実際に鑑定をしてみるとこんな感じになる。

名称：【鉄の槍】
素材：【鉄】
等級：【標準《コモン》】

等級ってのは鑑定した物の価値だと考えて良いんだよな。それならこいつらはどうなるんだ？

名称：【霊樹の白蛇杖】
素材：【霊樹　オリハルコン　ルビー】
等級：【伝説級《レジェンダリー》】

これって一応アーティファクトだもんな、そりゃ伝説にもなるわ。

名称：【無尽蔵のパン袋】

素材：【麻】
等級：【伝説級《レジェンダリー》】

うおっ、やっぱりパン袋も【伝説級《レジェンダリー》】なのかよ！　まあ、確かにこれさえあれば、数百程度の集団の食事を簡単に賄《まかな》えるんだ。一個ずつ袋から出す手間を考えると憂鬱になるけどね。

それにしても素材はただの麻か……。マジックアイテムって素材は関係ないのか？

俺は伝説級《レジェンダリー》がどれほどの物かキャスに聞く為に小屋に戻った。

「キャスお姉さん、伝説級《レジェンダリー》のアイテムってどれくらいの価値あるの？」

コリーンちゃんとコボ美ちゃん相手に遊んでいたキャスが、目を細めてこちらを窺う。

「持っているの？」

これだから女は怖いんだよ……。勘が鋭いというか、男が想定してないところを突っ込んでくる。男ならまずは、「伝説級《レジェンダリー》とは……」って話から入るんだけど、女は直でくるんだよな。

俺がどう答えようかと考えていると、キャスは諦めたような顔をして口を開いた。

「まあいいわ、等級は全部で七段階、伝説級《レジェンダリー》は上から二番目ね。一番上は神話級《ミソロジー》。前に話したアーティファクトは、等級で言うと伝説級《レジェンダリー》と神話級《ミソロジー》ね」

なるほど、まあアーティファクトならそれくらいでも当たり前か。パンの袋は意外すぎたけど。

でも、これでますます魔法が使いたくなった。こんなお宝を持ってるのに、使えないなんて悲しすぎるだろ。

その後、午後は群れも含めた色々な訓練などをして過ごした。

今日、鑑定が上がったので、当面は他のスキルに上がりそうなものはなくなった。あまりゆっくりしていて南の情勢が変化しても困る。そろそろ南に介入して、状況を俺がコントロールしていこう。

偵察や群れの代表の話を聞く限り、南のオーガとゴブリンは現在小競《こぜ》り合いをしているだけで、大規模な戦いは控えているように思える。お互い縄張りの境界線付近で、何度も争っているのにもかかわらずこの状態なのだ。双方共に決め手を欠いている事は明らかである。

双方で潰し合って消耗《しょうもう》してもらうのが俺の望みなので、今の小康《しょうこう》状態が続くのは面白くない。戦いで使う武器も完成したし、そろそろ動いて状況を掻き乱したい。

◆

俺は今、探知と隠密を使い南のオーガの縄張りに入っている。

ゴブ太君は俺が一人で行く事に泣きながら反対していたが、大人数で侵入してこちらの動きがバレては仕方がないので、お留守番してもらう事にした。その代わり、人間であるキャスとコリーンちゃんをしっかりと護れと命じて来たので、彼も頑張ってくれるだろう。

探知に反応が出る。反応は一つで、初めて感じる気配からオーガだと推測される。隠密は相手が結構近付いても気付かれにくくなるという素晴らしいスキルで、これを使い背後や側面から近付けば容易に先制攻撃が可能だ。

以前から何度かスキルレベル上げ作業として、コリーンちゃんやキャスを相手に、隠れんぼの亜種みたいな事をしてみていた。隠密で姿を隠した俺が、二人を木の棒で叩いたら負けという遊びだ。その中で、背後であればかなり側まで近付ける事が分かり、たとえ背後を振り向かれても、姿を見られる前に伏せるなりして隠れれば、そのままやり過ごせる時もあった。

コリーンちゃんが楽しそうに遊んでいる傍ら、キャスは割と真剣に取り組んでいて、段々とコツが分かったのか、次第に俺を見つける確率が上がっていた。

特に、「集中力が増すから」とか言って、自分の武器の剣を構えるようになってからは、俺のいる場所を当てる距離が伸びた。挙句の果てには、連日の練習兼遊びで成長したのか、キャスのステータスに探知スキルが現れたらしい。

新しいスキルの獲得が本当に嬉しかったらしく、キャスが俺に抱きついてきたので、俺は遂にキャスの胸に埋もれる事が出来たのだが、それはさておき。

相手に探知があると隠密は効果が半減する事が分かった。双方同じスキルレベル1の探知と隠密だと、探知の有効範囲の半分ほどに入ると、大体は気付かれるようになる。

隠密に対抗するアンチスキルが探知なのは何となく分かっていたので、事前に検証が出来て助かった。

キャスがいきなりスキルレベル1からスキルを獲得したのが不思議だったが、話を聞く限り、むしろ普通はスキルレベル1からステータスに表示されるらしい。俺の場合は、固定スキルの多才が影響しているのだろうか。

隠密のお蔭で確かに安全性が高まった。今までもそうしてきたが、投擲術によって相手に近付かなくとも攻撃が出来る俺には、隠密は打って付けのスキルだったのだ。

俺は探知で捉えたオーガの気配を辿って近付いて行く。すぐに視界に入る位置まで接近出来て、その姿を初めて捉える事が出来た。

オーガは身長二メートルくらい、いやもっとだろうか。そう感じるほどに大きな亜人だった。事前に聞いていたとはいえ、やはり驚く。レベルが上がって強くなった俺にしたら大した相手には思えないが、それでもこの大きさには威圧感を覚えてしまった。

周りに他の気配がない事を確認してから、オーガの背後に回り込む。

鉄の槍を取り出して、一呼吸してから投擲する。

槍がオーガの心臓辺りに突き刺さり、一撃でその命を奪った。気付いていない相手に奇襲をすると、ここまで楽なのかと改めて驚く。特に俺は近付かなくても良いのが大きいのだろう。

この調子で二匹ほどオーガを狩り、お次はゴブリンの集落へと向かう。

ゴブリンは今一緒に住んでいる事もあり、習性などは大体分かっている。彼らは一匹で移動する事は殆どないので、出来るだけ数が少ない標的を探す。

一時間ほどで三匹のゴブリンが狩れた。

目的は達成されたので、俺は昼過ぎ頃には集落へと戻る。

群れの訓練に指示を出したり、コリーンちゃんとママゴトする時にキャスに赤ん坊役をやらせたり、ゴブ太君ら主要メンバーと話し合いをしたりと、午後も忙しく過ごした。

夜も静まり、小屋の中では皆の寝息が聞こえてくる。

俺は起き上がり、隣に寝ているコリーンちゃんを一撫でして、ついでにキャスの乱れた服を直してやった。

そのまま小屋の外に出て辺りを窺う。集落はとても静かで、皆寝静まっているようだ。

亜人といえども、夜は大体寝ている。少数の見張り以外は動く気配がない事を確認して、俺は月明かりを頼りに集落の外の茂みへと移動した。

誰もいない事を確認して、マジックバッグから今日狩ってきたオーガとゴブリンを取り出す。

これからする事に対しては正直気が進まない。だが、早い段階で南の戦いを小競り合いから発展させる為、何でもするつもりだ。今率いている群れを守る為、コリーンちゃんとキャスを村へと帰す為、そしてダンジョンを出てからの日々を過ごし、この世界で生きていく事を決めた俺の為にも。

まずはオーガを解体する。実は鳥以外の生き物を解体するのは、この世界に来て初めての事だ。いつもはゴブリン達に任せていたので、少しだけ緊張する。

斧で死体をバラしていく。首を落として手足を切る。バラバラになった死体を、次は木の棒に突き刺し、五体全てを同じようにして、紐で木の棒を組み合わせた。

出来上がったのは、作った自分からしても、イカれてるとしか思えないオブジェだった。

ゴブリンの死体も同じようにしていく。体が小さいのですぐに出来上がり、二つのオブジェが目の前に並ぶ。俺は木の棒に触れ、二つともマジックバッグに収納した。

この行為は群れの連中にも見せられないので、この時間に集落から離れて行った。何故こんなイカれた物を作ったかと言えば、オーガとゴブリンをぶつける為に挑発方法を模索していた時、老ゴブが森狼《フォレストウルフ》に死体を弄ばれた事を、怒っていたのを思い出したからだ。

いかに森狼《フォレストウルフ》に苦しめられていたかを切々と語ってくれて、なかなかインパクトがあったので覚えていた。亜人達も仲間の死体を無下《むげ》に扱われれば怒るのだ。俺はこの群れのボスだ、下衆《げす》な行為だが確実に作戦を成功させる責任がある。手段を選んで群れの者達を失うなんてあり得ない。

さて、嫌な事は忘れて、さっさと寝るかな。明日はこれを双方の縄張りに設置して反応を見てみる。これでも駄目なら更に追加をしていこうと思っている。間引きにもなるし、当分はこの作戦をやって行こう。

◆

三度目のイカれたオブジェの設置をし終えた昼頃、遂にオーガとゴブリンが衝突した。

ほぼ全面戦争だろうと思われる数の亜人が、縄張りの境界線で睨み合っている。探知に掛かる反応の数も半端なくておっかない。

俺は今、ゴブシン君を連れて偵察に来ていた。

ゴブ太君が泣いて頼むので、連絡役と護衛役として、多分隠密スキルを持っているゴブシン君を同行させたのだ。

俺達は対峙する双方の境目の丁度北側に陣取った。俺の群れは既に戦闘準備をして、気付かれないように、縄張りのギリギリの位置に待機させている。この戦いの結果を見て投入する予定だ。

オーガ、ゴブリン双方のボスが遠くに見える。

オーガのボスは、周りのオーガより頭二つ分は大きい。体の表面には普通のオーガには無い、鱗のような物が見える。ここからでは質感が捉えにくいが、当然強度もかなりあるのだろう。片手に持った巨大な石の棒を肩に担《かつ》いで、ゴブリン達を睨んでいた。

オーガの数は総勢五十ほどで、ボスオーガの他にも個体進化したと思しきオーガが多数見える。対するゴブリンはその十倍近くに及ぶ大軍勢。俺の群れなど比較にならない圧倒的な数が、オーガに対峙している。

だが、群れを率いるボス——老ゴブ曰くゴブリンバロン——は、思ったよりも小柄だった。大きさはホブゴブリンより少し大きいぐらいだろう。だが体の色が他のゴブリンとは違い、赤みがかった色をしている。装備も動きやすそうな金属製の鎧を纏っていた。腰に帯びた剣は細身で、レイピアだろうか。さらには片手で持てる丸盾を背負っている。

直衛としてボスの脇に控えているゴブリンは全てがホブゴブリンで、その数は二十以上いるだろう。中には杖を持っている者もいる事から、魔法を使うゴブリンがいるのかもしれない。

それぞれのボスを見る限り、タイマンなら俺にもゴブリンバロンは殺せそうだが、あのオーガのボスはちょっと自信がなくなってくる。体を覆う鱗が、槍を投げても貫けないほどに頑強そうだからだ。これは、少し甘く見ていたかもしれない。

悠長《ゆうちょう》に見学が出来るほど、お互いかれこれ二十分は動きを見せていない。俺も大分待つのに焦《じ》れてきたし、ここまでやっておいてこのまま解散されても困る。ここはいっちょケツを叩いてやる必要がありそうだ。

ゴブシン君に少し離れるように言い、俺はマジックバッグから青銅のナイフを三本取り出して投擲のタイミングを窺う。

まず一本目は森の木を超えるほどの高さに投擲して、対峙する双方の南側にある木を狙って投げた。少しすると、ナイフが軽く音を立てて木に突き刺さった。

思った通りボスはこれに反応してくれて、視線をそちらに向ける。

俺はこの瞬間にオーガ、ゴブリン双方のボスに向かってナイフを投擲し、素早く身を伏せて姿を隠した。

投擲したナイフが狙い通り当たったかは見えないが、双方攻撃を受けた事は分かったのか、段々と場が熱くなってくるのを感じる。

ゴブリンは皆ギィギィと声を上げながら跳び上がり、地面を鳴らす。対するオーガも持っている木の棒や石の棒を、地面に叩きつけ威嚇している。

一匹のオーガが人間の頭ほどある岩を手に持ち、ゴブリンの群れの中に投げつけたのを合図に戦端が開く。弓を持ったゴブリンがお返しとばかりに矢の雨をオーガの群れへと放った。双方次第に遠距離からの応酬《おうしゅう》が激しさを増していく。

ボスオーガが大音量の咆哮を放つと、オーガ達は次々と地面を鳴らしながら前進を始めた。

ゴブリン側も、ゴブリンバロンが周りに控えていたホブゴブリン達に指示を出し、弓や魔法で近付いてくるオーガを迎え撃つ。

遂に双方の前衛がぶつかり合った。

俺が投擲したナイフはボスオーガの腹に刺さっているが、さほど気にする様子はなく、軽くはたく程度で抜け落ちた。刺さったというより、引っかかった感じだったのだろう。

ゴブリンバロンはナイフを肩に受けたようで、近くにいた杖を持ったホブゴブリンに何かをさせている。もしかしたら回復魔法でも掛けさせているのだろうか?


戦いはもう三十分は続いている。双方被害も増えてきて、オーガは十以上、ゴブリンは四十ほど死んだだろう。しかしお互い引く気はないらしく、未だ止まる気配はない。

ボスオーガが自らゴブリンバロンを狙って前進するが、ゴブリンバロンは巧《たく》みな用兵《ようへい》でゴブリン達を動かし、自分も位置を細かく変えてボスオーガを避け続けている。更に遠距離から弓や魔法での反撃も欠かさない。

ボスオーガに弓は全く効いていないが、魔法は有効らしく、体に燃え移った炎や顔を狙って放たれる土の塊や風に、さも鬱陶しそうに対応していた。

そのまま一進一退の攻防が続くかに見えたが、それから五分もしないうちに、事態は一変した。

突如大きな力を持った気配を感じた矢先、戦場に一匹の巨大な獣が現れて地面に急降下した。

その獣は、ライオンの体と顔を持ち、背には大きな羽を生やしている。奇妙な事に、羽と羽の間には角のあるヤギの頭だけが生えていて、周囲を忙しく見回している。体の倍はありそうな長さの尻尾には鱗を纏っており、先端には蛇の頭が付いていた。四つん這いの状態でもオーガの身長を上回るほどの高さがあり、その存在感は圧倒的だ。

三つの頭がそれぞれ別の生き物のように動いていて、恐ろしさも然《さ》る事ながら気持ちが悪いという印象が先にくる。

オーガもゴブリンもいきなりの事に戦いの手を止め、その獣を呆然と見つめるが、ライオンの頭が地鳴りのような咆哮を発すると、その場にいた全ての亜人達は恐慌《きょうこう》状態に陥った。

どう見てもあれがキマイラだろう。距離は取っているが、俺も今すぐ逃げたい。気配の大きさで言えばダンジョンのボスには劣るが、あれを抜かせば今までで一番の強さを感じる。とてもじゃないが、まともにやり合いたくない相手だ。

キマイラは周りにいる亜人達を威嚇しながら、次々に襲い掛かる。

圧《お》し掛かって捉えたオーガを押さえ込み、ライオンの顔が大きな口でオーガの頭を一齧りでもぎ取った。それを強力な顎で丸呑みにすると次は腕を噛みちぎり、器用に咥えて上に放ると、背に付いているヤギの頭がそれを咀嚼する。

尻尾の蛇は巻き付いてゴブリンを捕まえ、顎を外してそのまま丸呑みにしていく。バキバキと砕ける音を出しながら、ゴブリンの姿は尻尾の中へ消えて行った。

キマイラはいくら食べても足りないのか、次々と亜人達を襲い、捕食していく。

正気を取り戻したボスオーガとゴブリンバロンは、溢れる恐怖を抑えるように唸り声を上げると、倒すべき敵が変わった事を理解したのか、互いの群れをキマイラへとけしかける。

こうしてオーガ対ゴブリンの戦いは、キマイラ対オーガ・ゴブリンの戦いへと変わったのだった。


「ハッ……ハッ……キマイラってあれほどの化け物だったのかよ……」


森の中を息が途切れるのも気にせずに全力で走る。もしかしたらあいつが追いかけて来ているかもしれない。そう考えると、更に早く逃げなくてはいけないと足が自然と加速していく。

キマイラとオーガ・ゴブリンの戦いは、最初のうちはオーガ達が善戦していた。オーガの猛攻によってライオンの顔は片目を失っていたし、ゴブリンが放つ弓矢によってキマイラの体の一部が剣山と化していた。

だが、群がるオーガを嫌がったキマイラが空を飛び、ヤギの口から火の玉を放ち始めると、状況は一変。為す術がなくなった。そうして、統率を失ったオーガ達は一気に崩壊した。

この時点でゴブシン君には、群れを退かせるよう命令を出して先に下がらせた。あのキマイラがこの後に北上するかは分からないが、急にこちらに襲い掛かられたら、俺の群れでは対処が出来ないだろう。戦い自体の用意はしているが、ここは安全を取った方が良いだろうと判断したのだ。

オーガ達が奮戦する一方、ゴブリンバロンは状況が傾くとすぐさま逃げ出そうとしていた。

ここでゴブリンのボスに逃げられるのは俺としても困る。俺はすぐに決断した。

どさくさに紛れて距離を詰め、遠距離から一気に槍を投擲する。その方向からの攻撃を予期していなかったゴブリンバロンの胸に、槍が深々と突き刺さり命を奪う。

これで俺のレベルが一つ上がった。


それから少し経ち、とうとうゴブリンの数は二十以下、オーガも数えるほどに減ってしまった。

未だ健在なボスオーガが、ゴブリンや仲間のオーガを囮にして自らは背後から攻め、何とか尻尾の蛇を引きちぎったが、それに激怒したキマイラのヤギの頭から放たれた火の玉の直撃を受ける。更にはライオンの顔に噛みつかれ、ボスオーガは片腕を失った。

その時点で俺はオーガ達に勝ちはもうないと判断し、急いでその場から離れ、息も絶え絶えで集落へと戻ったのだ。

集落に着くと既に待機していた皆も戻ってきていて、ゴブシン君から状況を聞いたのか喧々囂々《けんけんごうごう》と話し合っている。

場の雰囲気が尋常《じんじょう》じゃない事を察したのか、コリーンちゃんが泣き出してしまい、キャスとボーク君はそれを慰めている姿が見える。ボーク君はどこから持ってきたか分からない花を、コリーンちゃんに差し出していた。意外と優しいな、ボーク君。

そんな中、ゴブ太君は雑事を頭から締めだして周りに気を張っている様子だ。流石だゴブ太君。

俺が姿を現すと、群れの中から次々と声が上がる。

何が起きているか分からないキャスも心配そうにこちらを窺っていた。

俺はコリーンちゃんを抱き上げて落ち着かせながら、その無言の視線に応える。

「キャスお姉さん、キマイラが出ました」

その言葉で大体の事を察したのか、キャスは眉をひそめて考え込んでしまう。

「どうしよう……大丈夫なの？　ゼン君」

まあそりゃそうだよな、俺もどうしたらいいか分からないもん。

俺の周りに寄ってきた各代表達に良い案がないか尋ねてみるが、皆一様に困惑するだけだった。

だが、こうも近くに現れたとなると対策を立てない訳にはいかない。あの状況はもうひっくり返る事はないだろう。そうなれば、キマイラの次の目標は俺らになる可能性が高いのだ。

結構な深手を負っていたので、今すぐ襲撃が来る事もないと話し合いで結論は出たが、根本的な解決方法は何も浮かばなかった。

一度解散して、落ち着いてからもう一度作戦を練る事にする。

小屋に戻ってきてからは、俺もキャスも考えを纏めきれず、お互い何も喋らずに過ごしていた。

コリーンちゃんがその空気に敏感に反応してしまうので、胡坐《あぐら》をかく俺の膝の間に座らせて頭を撫でてなだめる。こんな小さい子だ、周りが混乱していれば誰よりも怯えてしまう。

俺の体は子供だが、中身はおっさんだ、俺が何とかしなくては……

考えても何一つ良い案が浮かばない。キマイラの傷が癒える前に叩くにも、あの強大な魔獣相手では、たとえ勝てても群れから多数の犠牲者を出すだろう。今そのリスクを冒しても戦うメリットはあるのだろうか？

だが、このまま放置しても危険は変わらない。どれくらいでキマイラが回復するかは分からないが、万全の状態になったら、先ほどの惨劇《さんげき》がこの集落で起きるだけだ。

集落ごとどこかに移動するにしても、どこに行けと言うんだ。たとえ、ある程度の距離を移動して他の縄張りを支配しても、森にあのキマイラがいる限り、いつか襲撃されるという恐怖に怯え続ける事になる。それならどこにいても一緒だろう。

この群れを守るならば、危険は排除《はいじょ》しなくてはならない。

既にキマイラの手によって南の勢力は壊滅しただろう。逆に、あのキマイラさえいなくなれば、南に進出してこの群れを大きくする事が出来る。

ならば、キマイラを討とう。

近いうちにここを離れる予定だったが、ここまで付き合ったのだ、最後の仕事くらいはやって行こう。

だが、その前にコリーンちゃんだけは逃がしたい。考えたくないが、俺達が負ける可能性は低くない。こんな小さな女の子を巻き込むなんて、俺が前世で子供を助けた意味を否定してしまう。

キマイラもあれほどの傷を負ったのだから、当分は大人しいだろう。その間に逃がしてやれれば良い。後は方法だが――

俺はまだ考え事をしているキャスに声を掛ける。

「キャスお姉さん、ここから村まで、何日くらいで辿り着けるんでしたっけ？」

「えっ!?　村なら六日歩けば着くと思うわ。まさかこの群れごと村に逃げるの？」

「いえ、二人を村に近い場所まで送ります。コリーンちゃんだけでも逃がしたいんです。当然付き添いでキャスお姉さんにも同行してもらいますが、時間がないので相当キツイ道中になると思います。村まであと一日くらいの所からなら、お姉さん一人でも大丈夫ですか？」

歩いて六日なら走って三日にする。もしキャスが村に近い所から一人で帰れるなら、そこでお別れだ。キマイラはあの傷だ。合計六日で往復出来るなら、それくらいはなんとかなるだろう。

「えぇ、そうね。村に近ければ弱い獣や亜人しか出ないわ。今なら探知もあるし、安全に移動出来ると思う」

そうだった、キャスは探知が身についていたんだ。ゴブリン程度しか出ない森なら問題ないだろう。

「なら、そこからは自分達で戻ってください」

「ゼン君、君はまたここに戻る気なの？　そのまま一緒に村に逃げればいいじゃない」

この世界の住人ならきっとそうするんだろうな。だが、俺はもう会話が出来て俺の事を慕ってくれているこいつらを、見捨てる事が出来なくなっている。

キマイラを倒したらここを離れるが、それまでは死んでも付き合う気だ。

そうと決まれば、群れにも話を付けなくてはならない。

俺は代表達を集め、これからの行動を説明した。

◆

とにかく時間が惜しい俺達は、その日の内に移動を開始した。

俺がコリーンちゃんを背負い、キャスと共に森の中を駆ける。まだまだ序盤なのでキャスも余裕があるようで、少し息が上がった様子だが俺の後ろを遅れずに走ってきていた。

「お姉さん、何かが近付いて来ても弱そうなら相手にせず、そのまま進みます」

「分かったわ。後ろは任せて」

彼女も探知は持っているので、俺は前方に集中して移動する事にした。走りながら何かをするのは、たとえスキルが自動で働いてくれていても、なかなか集中がいる。後方を見ないで良いのは結構助かるものなのだ。

「子供を背負ってこのスピードを維持するなんて、君本当に凄いわね。ねぇ……レベルいくつ？」

「……」

おいおい、聞かないんじゃなかったのかよ。こんな時に面倒臭すぎる、無視だ。

俺は無言を貫いていたが、キャスも食い下がる。

「分かったわ。じゃあ、私のレベル教えるから教えて、ね？」

「嫌です。言っても駄目ですよ」

おいいいい、面倒くせえ駆け引きするんじゃねえよ。いい加減、子供のフリして対応するのが面倒くさいのですが？　まあ、俺が残るって言うんで心配してるのかもしれないけど。

「えっとねえ、お姉さんのレベルは15なの。これでも駆け出しの中じゃあ結構凄いんだからね」

何でこいつ俺の話聞かないの……それにしても15ってのは低すぎないか？　俺今39ですとか言え

ねえじゃねえか！　ネットでゲームしていて実年齢聞かれても答え辛い、あの感覚思い出すわ。

「駄目って言いましたよね？」

「えぇ〜、ゼン君ずるいよっ！」

「……分かりました。お姉さんよりは高いです。でもこれ以上は教えませんからね」

この世界のステータスの常識が分からない以上、下手な事は言いたくない。また変な目で見られるのは懲《こ》り懲《ご》りだ。

「どれくらい高いのか気になるけど、まあいいわ。追々教えてね」

「やですよ！　いくら走るだけの道中だからって、人に探り入れないでくださいよ」

キャスからの質問攻めに遭いながらも一定のスピードで走り続け、一日が経った。日が暮れる前に野営の準備をする。

「コリーン、疲れたのかな。もう寝ているみたいね」

「俺の後ろで随分はしゃいでいましたからね。最初は物凄く静かだったのに……」

コリーンちゃんは最初、俺が出すスピードに怯えていたのだが、次第に慣れてきたらしく、「コボルトちゃんよりずっとはやい！」とか言って、きゃっきゃと喜んでいた。

「群れを放《ほう》ってきて、本当に大丈夫だったの？」

真意は分からないが、キャスなりに群れを心配しているのだろうか？

「一応キマイラにはゴブリンアサシンを監視に付けましたから、何かあれば群れにすぐ伝えると思います。その時は逃げろと言ってあるので、少なくとも全滅はしないでしょう」

ゴブシン君をキマイラの監視に付け、途中途中にゴブリンスカウトやコボルトを配置して、伝達だけは出来るようにしてある。

彼らには最悪キマイラが北上した場合は、死んでも時間を稼ぐように言ってあるし、彼らもそのつもりだと言ってくれた。進化したゴブリンは意識が高く、コボルトも群れの事を第一に考えるのに、何故彼らは亜人と呼ばれ忌《い》み嫌われるのか。言葉の壁がもたらす問題は相当大きいのだろう。

頭上の木の枝にはポッポちゃんが止まっている。この移動の間、ポッポちゃんはずっと俺らの後ろを飛んで付いて来ていた。ちゃんと偵察の役割も果たしてくれて結構助かっている。それにしても飛行出来るのは、かなりのアドバンテージだと思い知らされた。比較的スピードを出していた俺らに余裕で付いてくる姿を見て、俺も空を飛んでみたくなった。魔法が使えたら飛べたりするのだろうか？

眠ろうと目を閉じると群れの事が浮かんでくる。いつキマイラが動き出すか分からない状態だが、気を揉んでも仕方がない。明日も早く起きて急いで進まなくてはならないのだから。

◆

今日も走り続ける。流石に二日目に入るとキャスも疲労が溜まってきたのか、足取りは昨日よりも重くなる。まあ、それは想定内の話だ。キャスはこの後コリーンちゃんを村まで送る為に、いて貰わなくてはいけない人なのだから、俺が彼女のペースに合わせよう。

この道中、今まで探知にはゴブリンやオークに匹敵する反応が何度か出ている。全て避けているので接触はないが、他の種族の縄張りの割には数が少ない。

やはり、今いる西側はキマイラに相当やられたのだろう。

俺達はキャスや人攫いが進んできた道を辿るように、集落の西側を南下している。この方角ならば以前キャス達が一度進んで、縄張りが空白化しているのが分かっていたのと、既にこの辺りを狩り尽くしているキマイラが再び移動してくる事はないと考えて選択したのだ。

これまでのところは読みが当たったと思っていたのだが……

二日目の昼頃に事態は急変した。

休憩を終えて移動を再開したところで、探知に東からこちら側に接近する反応が掛かる。反応はゴブリンのものだったので、警戒しつつも当初の方針通り無視して走る速度を維持した。

だが、これが間違いだった。

進路上に現れたゴブリンをすれ違いざまに投げナイフの一撃で仕留めたのだが、直後、上空に大きな反応が現れた。

突如頭上が影に覆われたかと思うと、急降下してきた「それ」が土や枯れ葉を舞い上げながら、倒れているゴブリンに頭から齧りつく。

そう、キマイラだ。

キマイラが空から降ってくる恐ろしさの意味を、自ら経験して痛感した。

探知スキルを持っていたとしても、これほどの速度で空中から一直線に近付かれたら逃げようがないのだ。

目の前でゴブリンを咀嚼しているキマイラから目が離せない。こいつを食べ終わったら……

だが背中にコリーンちゃんの体温を感じて、一気に目が覚めるように思考が戻ってくる。

「逃げろ！」

俺はコリーンちゃんをキャスに託《たく》し、逃げる方向を指差す。キマイラは俺らの進行方向を塞ぐ形で現れたので、元来た北側に逃がすしかない。その間、俺が盾になって可能な限り時間を稼ぐのだ。

「キャス、そこにいても邪魔だ！　早くしろ！」

キャスは恐怖で埋め尽くされたような顔をしていたが、コリーンちゃんを見て心に火が戻ったようだ。すぐにコリーンちゃんを抱きかかえて走りだした。

状況が分かっていないコリーンちゃんはきょとんとしているが、泣き叫んでいないのは僥倖《ぎょうこう》だ。泣かれてキマイラの気を引いてしまったら手の打ちようがない。

そうこうしている内にキマイラもゴブリンを食べ終わり、次の標的を俺達に定めたようだ。

キマイラは俺の背の向こうを駆けていくキャスに目を奪われているが、やらせる気はない。

マジックバッグから鉄のナイフを取り出し、続けて三本、キマイラの一つだけ残ったライオンの目に向かって投擲する。

これにはキマイラも反応せざるを得ず、首を捻って目への直撃を避けたが、一本は鼻頭に突き刺さる。残りの二本は分厚い鬣《たてがみ》に阻まれて地面に落ちた。

どうやら俺のナイフでも傷つける事は出来るらしい。オーガとゴブリンを相手にしていた時に矢で集中攻撃されていた部分が今もハリネズミのようになっている。皮膚の硬さは大した事はなさそうだ。

だが、あの巨体にいくらナイフを投げても所詮かすり傷。意味がないだろう。

俺は鉄の槍を取り出し、投擲するタイミングを計る。キマイラは俺を血走った目で見据えて唸り声を上げている。

自分より強い敵と初めて真正面から戦う。正直怖い。怖くて今すぐ逃げ出したい。

案外ここで別方向に逃げれば、俺の後ろを走って行ったキャス達の方を追っていくかもしれない。

……全力で走って逃げれば助かるんじゃないだろうか？

「はぁ……」

一瞬頭を掠めた迷いに、溜息が出る。

そんな事をするくらいならば、端《はな》から誰も彼も放って逃げれば良かったのだ。しかし、それが出来なかった俺に、彼女らを見捨てて逃げられる訳がない。

俺は決めたぞ。

俺は死力を尽くして自分の考えを貫く。今俺がするべきはどんな手を使ってでも彼女達を逃がす事。その為ならば自分の身の安全なんて二の次だ。

前世の俺は呆気なく車に轢かれちゃったけど、今の俺は違う。半年以上生き延びてきた力がある。

大丈夫、やれるさ！

覚悟を決めたら今やる事は一つ。目の前のあいつを殺す事だ。

「かかってこいや、この糞猫があああ！」

俺は手にした鉄の槍を、渾身の力を籠《こ》めてキマイラに投擲した。

◆

「痛ってえええって、危ねえっ！」

キマイラの突進を避けたはずなのに、尻尾に弾き飛ばされた。途中でちぎれている尻尾はまだ動くらしい。油断した。

立ち上がりかけている俺に対して、キマイラは更に突進をして、俺を食い殺そうと迫る。

キマイラの動きはそれほど速くはないのだが、その体の大きさから想像以上に伸びる攻撃は躱《かわ》しにくい。もう十回は吹き飛ばされている。

使ったポーションも既に二十を超え、着ていた毛皮も血と爪痕《つめあと》でボロボロだ。攻撃を食らった時に引っかかって体勢を崩しても怖いので、急いでマジックバッグに収納した。

まともな防具を身に着けていない事を今更後悔する。適当な物が無かったとはいえ、どう考えても油断が過ぎた。まあ、防具があったとしても、あの攻撃に耐えられるか分からないのだが。

だが、何度も吹き飛ばされる度に、段々とキマイラの攻撃にも慣れてきた。俺もただやられてばかりではない。キマイラの体には俺が投擲した鉄の槍が何本か突き刺さっているし、鉄のナイフも顔を中心に狙っていたので、キマイラも警戒して下手に噛みつこうとしてこなくなった。

しかし、体格の差が大きすぎる。相手は四つん這いでもオーガの身長を超える巨体だ。俺なんて一口で噛み砕かれてしまうだろう。

攻撃が出来ているのも距離をとっての投擲だからであって、もし接近して直接突き刺したり、払ったりしていたら、攻撃が当たった瞬間に弾き飛ばされるか、その体格差によって刺さった槍ごと振り回される事になっただろう。

距離を取って様子を見られるので躱す余裕はあるのだが、それでも攻撃を食らってしまう。俺の方が小回りは利くものの、一歩の大きさがそれを埋めてしまうのだ。

とりあえずはこのまま消耗戦をする。ポーションはまだまだ余裕があり、キマイラはライオンの顔を主に使っているみたいなので、見えていない片目の方へ逃げていれば、致命的な攻撃は受けないだろう。

こうやって時間を稼げば、それだけコリーンちゃんやキャスが遠くまで逃げられるんだ。それに百本槍が刺されば流石にこいつも死ぬだろう。体力が続く限りやり合ってやる。

そうは言っても、オーガとゴブリンが付けた傷が無かったら、今頃俺は死んでいただろう。キマイラは明らかに消耗し、動きに精彩《せいさい》を欠いていた。ライオンの顔の片目は潰れているし、後ろ腿《もも》には無数の弓矢が突き刺さっている。三つ目の顔であった尻尾の蛇も半分ほどからちぎれていた。

しかし、何故こんな状態で動き回っているのか分からない。休むって事を知らないのか？　それともキマイラは食う事で回復するのだろうか。

とにかく、気持ちに余裕が出てきたのは間違いない。もう少し頑張って攻撃を当ててみよう。

俺は取り出した青銅のナイフを左手に持てるだけ持ち、連続して投擲していく。左手から右手へと、流れるような一連の動作で、ナイフは次々とキマイラの顔へ向かって放たれる。

顔に攻撃が当たる事を嫌ったキマイラが体を捻って横に避けるが、そこを狙って最後の二本を両手で同時に投擲し、ライオンの顔とヤギの顔を狙う。

これにはキマイラも虚を衝《つ》かれたのか、それぞれの頭が別の方向に逃れようとして体勢を崩す。ライオンの顔を狙ったナイフは避けられたが、もう一方のナイフはヤギの顔をつけた首に突き刺さり、血飛沫《ちしぶき》を上げる事に成功した。

「うしっ！」

相手が硬くないので、俺の一番弱い青銅のナイフでも良いところに当たれば有効打になる。段々と希望が出てきた。

俺の攻撃が当たった事で、今まで虫けらを見るような目で俺を見ていたヤギが、少し雰囲気を変えたような気がする。あいつには火を吐く力があるので気を付けなければならない。

俺の考えを読んだのか、ヤギの顔は反撃とばかりに口から火の玉を吐き出す。

これは予想していたので、横に飛び退《の》いて避ける。

火の玉自体は、吐く前に若干の溜めがあるので、注意していれば避けやすい。だが、可燃性の液体を一緒に吐いているのか、火の玉が着弾した場所から燃え広がるので、次第にこちらも動きを制限されてきて厄介だ。

ヤギの顔が追撃の火の玉を吐く。今度は溜めに入ったのを確認すると同時に、鉄の槍を胴体目掛けて投げ付ける。

キマイラは火の玉を吐く事に集中していたのか、槍をそのまま胴体に受け、火の玉も明後日の方向へと飛んでいった。

溜めに入ったら攻撃される事が分かれば、もう火の玉は撃てないだろう。

キマイラも同じ失敗は繰り返さないらしく、突進と両腕の攻撃に切り替えてきた。

キマイラが何度目かの突進を仕掛けてくる。俺も慣れてきたので躱しながらナイフを投げて反撃していく。

しかし、繰り返される突進を無傷で躱したと思った直後に、俺の目の前にすれ違いざまに放たれた火の玉が迫っていた。

「げっ！　まじかよ！」

火の玉は俺の胸のあたりに着弾すると、勢いよく燃え上がる。

「熱っ！　ガハッ！」

燃え上がった火が体を伝って広がり、俺の呼吸を遮っていく。

頭がパニックになる。火を消す為に反射的に地面に転がるが、それでも消えない。

苦しさから逃れる為に慌ててにポーションを取り出し、まるで火を消す為かのようにポーションを浴びていく。五本のポーションを使い終わる頃には、やっと痛みも消えたが、呼吸が出来なかった為か意識が朦朧《もうろう》としてきた。

キマイラも火の玉を避けられた事で学習したのだろう、突進と火の玉攻撃を組み合わせてきた。油断していた訳ではないが、必ず溜めがあると思い込んでいたので、移動しながら放つ事が出来るとは想像もしていなかった。

動けなくなった俺の姿を見て、ヤギの顔がまるでニヤけるように歪む。ゆっくりと一歩ずつ近付いて俺の目の前まで迫ると、片足を上げて俺の体を叩きつけるように踏みつけてきた。

あの巨体だ、どれほどの重さがあるかは分からないが、俺を踏み潰すくらいは余裕だろう。キマイラの全体重が伸し掛かり全身の骨が軋《きし》む。肺が潰れ、あまりの苦しさに声も上げられない。俺はこれで踏み殺されて終わりだと、眼前に迫る死に半ば諦めを感じていた。

だが、キマイラが俺を踏む力がそこで止まった。

何とか首を動かして見上げてみると、俺の顔の近くに迫ったライオンの顔が、涎《よだれ》を垂らしながら残虐《ざんぎゃく》な表情を浮かべている。弄《もてあそ》んでやるって事か。

殺すなら一気に殺してくれよとキマイラに文句を言いたいが、声を出す気力も萎えてしまった。徐々にのしかかるキマイラの体重に段々俺も耐えきれなくなり、意識が薄れてくる。

俺の二度目の人生はやたらと短かった。転生させてくれた神様に申し訳ない。だが、これだけ時間を稼いでいればキャス達も逃げられただろう。

少しだけの達成感に浸っていると、キマイラが俺を踏む力を少しだけ弱めた事を感じた。まだ殺す気がないのか。

目を開けてキマイラを見てみると、纏わり付く何かを追い払おうと、鬱陶しそうに頭を振っている姿が見えた。目が霞んで姿はハッキリ見えないが、少し取り戻した集中力で気配を手繰《たぐ》る。

ポッポちゃんだ！　ポッポちゃんが必死にキマイラに立ち向かっている。

俺の命を数秒伸ばすくらいなら、俺を見捨てて逃げてくれ……そう伝えたかったが、俺の口から出るのは弱々しい呻き声ばかり。只々《ただただ》ポッポちゃんが奮闘する気配を感じるだけの自分を、今すぐ殺してやりたくなってきた。

だがそんなポッポちゃんも、すぐにキマイラに追い払われてしまう。

微かに見える視線の先では、ポッポちゃんの羽に噛みつき、それを食いちぎる為に首を激しく振り回すキマイラの姿があった。

か弱い鳥であるポッポちゃんはそんな攻撃に耐えられるはずもなく、彼女の羽は根元からちぎれて、噛みちぎられた勢いのまま吹き飛ばされていった。

糞がっ！　糞がっ！　糞がぁぁぁ！

何も出来ずそれを見ている事しか出来ない俺自身に、怒りが込み上げてくる。自分の歯軋《はぎし》りがこんなにうるさいと感じたのは初めてだ。

キマイラが俺に体重を掛けだした。

痛みより、俺を守ろうとしたポッポちゃんの姿が繰り返し頭の中に浮かんでくる。

ポッポちゃんは確かにペットみたいなものだが、俺がこの世界で一番長く接している存在だ。そいつが命を懸けてくれたのに、それに報いる事も出来ずに死ぬのかと思うと、後悔しか浮かんでこない。勝利を確信し、残っている二つの顔を歪ませて俺の苦しみを喜ぶキマイラを、俺は最後の気力で睨み返す。

不意にキマイラの視線が俺から外れ、二つの顔が森の向こうを窺う。

何事かと思い、苦しいながらも首を動かしてその方角を見てみると、こちらに向かって走ってくるキャスの姿が霞む視界に入った。

「ゼン君！」

あいつ馬鹿か！　何で戻って来てんだよ！

彼女一人が立ち向かったところで、すぐ殺されるだけだ。

コリーンちゃんの事が気になり、朦朧としている頭を蹴飛《けと》ばすイメージで気合を入れ、探知に集中する。

すると、いつの間にか俺の探知の範囲には無数の反応がある事が分かった。

キャスはそいつらに追われて逃げ戻ってきたのか？　いや、これは……

「何であいつらがここに……」

探知は俺の群れのゴブリン、オーク、コボルトがキャスのすぐ後ろに追随《ついずい》している事を捉えた。

何度も食事を邪魔されたキマイラの顔からは、またかと言わんばかりに怒りが滲んでいる。

それは俺も同じだ。どいつもこいつも……呆れて物が言えないとはこの事だろう。

だが、こうなったら俺だっていつまでも寝ている訳にはいかない。キマイラがあいつらに気を取られてる内に少しでも回復をしたい。

僅かに動く左手でマジックバッグの瞳石に触れ、右手にポーションを取り出す。蓋を噛みちぎるように外して、中身を浴びながら口に流し込んでいく。

これで少しは動けるようになった。

キマイラは迫るゴブリン達をどうするか考えていたようだが、俺を踏み付けたそのままで、ライオンの顔をゴブリン達に向けると威嚇の咆哮を轟《とどろ》かせる。

至近距離で食らった俺はその音量と衝撃に体が縮こまってしまう。それはゴブリン達も同じようで、ゴブリンとコボルトはその場で足を止めてしまった。

だが、オーク達だけは先頭を走るボーク君が上げる雄叫《おたけ》びに呼応して、皆大声を上げキマイラの咆哮に対抗していた。

怯まず突撃を敢行《かんこう》したオーク達が次々とキマイラに迫る。

だが、それを嫌ったのか、ヤギの顔が火の玉を撃つ姿勢に入った。

マズい！

俺は少し回復した体を無理やり動かし、右手に取り出したルーンメタルの槍をライオンの残った目に向かって突き出した。

所詮虫の息だと思って俺の事は眼中になかったのだろう。オーク達に気を取られていたキマイラは俺の槍を下から受け、残されたライオンの片目を失う。

キマイラが驚きに体を起こし、俺を踏む力が弱まったその時、迫って来ていたオーク達が一斉に体当たりをしてキマイラを吹き飛ばした。

重みから解放され少しだけ安堵していると、すぐにキャスが俺のもとへ駆けこんできて、渡していたポーションを全身に浴びせるように俺に振り掛けてくる。

「やだっ！　こんな無茶して、死んじゃうじゃない！　お願い……早く治って！」

体中が熱くなり、少しずつ力が戻ってきた。起こしたその体はまだまだ重いが、これでまた戦える。

俺はマジックバッグからポーションを大量に取り出して、地面に落としていく。その中から一つを手に取り飲み干した。猛烈に不味いはずだが、今は味なんか分からない。

「キャス！　傷付いた奴が出たらこのポーションで回復してくれ」

俺は急いでその場を離れ、ポッポちゃんが飛ばされた方へと駆け出す。俺の探知ではまだポッポちゃんが死んでいない事は分かる。急げば間に合うはずなんだ。

それほど遠くには飛ばされてはいなかったようで、すぐにポッポちゃんを見つける事が出来た。ポッポちゃんの羽の根元からは血が流れ出ている。俺は取り出したポーションをその傷口へとかけてやり、ポッポちゃんを優しく抱き、キャスのもとへと戻った。

「こいつを頼む」

俺はポッポちゃんをキャスに手渡すと、それだけを言い残してキマイラに向かって駆け出した。

目の前ではオーガ戦を想定して作った長槍を持ったゴブリンとコボルトが、四方八方からキマイラの体を突いている。攻撃範囲外から繰り出されるこの攻撃をキマイラは相当嫌がり、突進で包囲を抜けようとするが、それを察知したオーク達が自らの体をぶつけて防ぐ。

ゴブ太やゴブ元、進化したゴブリン達は長槍を持つゴブリンの間に立ち、隙を見つけては接近して鋭い攻撃をしている。

先のオーガ、ゴブリンの戦場から拾ってきたのか、ゴブリンスカウトが弓を続けざまに放つ。

戦況は優勢だが、キマイラもただやられている訳ではない。ゴブリン達が持つ長槍を巻き込みながら、その場で回転するように体を大きく捻り、傷付きながらもゴブリン達を薙ぎ払っていく。

体の軽いゴブリン達は巻き込まれた長槍に吹き飛ばされる。中には当たり所が悪かったのか即死した者もいたが、多くのゴブリンがポーションで回復して前線に戻ってくる。

長槍を失ったゴブリン達は手にしたボーラを投げつけていたが、これは殆ど意味を為さなかった。

対オーガ用に作ったボーラは、あのキマイラの図体《ずうたい》を絡め取るにはサイズが小さすぎたのだ。

だが、もう一つの網は効果があった。

コボルトが端と端を持ち、挟むようにキマイラに巻きつける。払おうとすると指の間に引っかかったり、角に引っかかったりしてキマイラは鬱陶しそうにもがいた。

空中に逃れようとキマイラは羽を羽ばたかせるが、網が絡まって羽がうまく動かない。これに苛立ったキマイラは、その場で地団太《じだんだ》を踏んで暴れ出す。

好機かと思い、俺はルーンメタルの槍を取り出し、ヤギの顔目掛けて投擲する。

キマイラは苦し紛れに火の玉を放って対抗した。

火の玉がキマイラの体に纏わり付いていた網に着弾して、キマイラの体ごと燃え上がる。

キマイラは炎をものともせず、体を揺らして燃え上がる網を払うと、煙の中から姿を現した。俺の放った槍はヤギの首筋辺りに深々と突き刺さっているが、ヤギの表情を見ると依然健在のようだ。

キマイラが解放された羽を広げ、その場から浮き上がろうとする。

「クソ、止めろ！　こいつを飛ばせると厄介だぞ！」

何とか阻止しようと号令をかけるが、キマイラが大きく羽ばたく度に周りにいるゴブリン達は吹き飛ばされ、俺も例外なく叩きつけてくる風に目を開ける事すら出来なくなる。

ほどなくして風が弱まるが、既にキマイラの姿は上空数メートルの高さへと舞い上がっていた。

そのまま逃げてくれれば良かったのだが、ヤギの頭が上空から火の玉を撒き散らす。

狙いなんて定めていない手当たり次第の攻撃に、ゴブリン達の被害が増えていく。

俺は槍を取り出し投擲するが、空に上がったキマイラは思いのほか素早く、掠りはするが当たらない。

空中に円を描いて旋回しつつ一方的に攻撃してくるキマイラに、俺達は為す術もなく数を減らしていった。

降り注ぐ火の玉に次々とゴブリン達が焼かれていく。

周りを見渡すと、傷ついたゴブリンが横たわり、それを他のゴブリン達が引きずるようにして、ポーションが置いてあるキャスのもとへと連れて行っていた。

キャスは運ばれてきたゴブリン達を怖がる事もなく、ポーションを飲ませたり傷口に掛けたりと忙しそうにしている。

そう言えば、コリーンちゃんはどこに置いてきたのだろう？

俺の探知外にいるのだろうとは思う。進化したゴブリンも数匹姿が見えないので、そいつらと一緒にいるのだと考えよう。

少しだけ冷静さを取り戻し、周りの状況が見えてくる。

空中のキマイラに対して有効な手立てがない以上、無策であれこれやっても仕方がない。ここは頭を働かせて、今ある問題を解決する方法を考える時だ。

槍を投げても効果は薄い。網がまだ残っているだろうが、あそこまで飛ばすのは難しい。当然、ボーラでは全く効果はないだろう。

何か手段があるはずだ。俺が持っている物で有効な手段を見つけ出そうと、マジックバッグのリストに集中していく。

「あった……一つだけ……」

俺は、苦い顔でキマイラを見上げているボーク君の隣まで駆け寄る。

「俺をキマイラの上に向かって投げつけろ！」

意図は分かっていないみたいだが、俺の言った意味は理解出来たようで、ボーク君は俺の体を持ち上げて肩に乗せ、俺の尻と足を手で掴んで固定すると、助走を付けて力いっぱい俺を上方へと投げ飛ばした。

ボーク君が普段使っている斧よりもはるかに軽いであろう俺の体は、空高く飛び上がる。投げ飛ばされる瞬間に俺自身もボークの手を蹴り上げたので、更に加速が付きキマイラに向かって一直線に向かっていく。

火の玉を吐き続けていたキマイラも俺の動きは見えていたらしく、両目の潰れたライオンの口を思いっきり開き、食いつこうとしてくる。

俺は自分を食い殺そう迫るキマイラを限界まで引きつけ、ライオンの口が俺の体を捕らえる間際で、マジックバッグから盾を取り出し、その大きな口に食わせる事に成功した。

一瞬戸惑ったキマイラだったが、すぐに盾を口から吐き出すと、目の前にいる俺に再度噛みつきにかかる。だが、俺はその前にライオンの顔を踏みつけ、キマイラの上方へと飛び跳ねる。

キマイラより高く上がった俺はマジックバッグに手を触れる。

「食らいやがれ！」

俺はダンジョンのボスに使用した、巨大な金属の杭をキマイラの頭上に出現させた。地面に突き刺さっていた当時の向きのまま現れた金属の杭は、瞬く間に落下を始め、キマイラの頭部を押し付けながら加速してく。

ほんの数瞬の後、巨大杭は轟音を響かせて地面に突き刺さる。キマイラの頭の一つであるライオンの頭部は真ん中から押し潰され、その脳髄をまき散らした。

二つ目の頭部を失ったキマイラだが、それでも死なず、杭で地面に張り付けられながらも激しくのた打ち回り、残ったヤギの口からは、苦しそうな絶叫《ぜっきょう》の声が上がる。

レベルアップで強化されている俺の体でも、高い所から落ちればただでは済まない。キマイラと一緒に落下する事になった俺は強《したた》かに体を地面に打ち付け、動けずにいた。

木の上程度からなら落ちても大丈夫なんじゃないかと思っていたのだが、それ以上の高さからの

落下で、しかも背中から落ちた為、衝撃で呼吸が出来なくなる。

俺もキマイラもお互いダメージは受けた。ダメージの大きさはキマイラの方が上なのだが、キマイラの復活の早さは俺を上回っている。ヤギの顔がこちらを向き、俺に向かって火の玉を吐き出した。

俺は未だ落下の衝撃から動く事が出来ずに、その直撃を受ける。

「うわあああ！」

ゴブリン達が駆け寄って燃え上がる炎を消そうとしてくれるが、一向に消える事はなく、俺は熱さで悶えて暴れまわる。

ヤギの頭が再び炎を吐く体勢に入る姿が見えた。

二度も食らったら流石に死ぬかなと一瞬覚悟したが、なぜか次の攻撃が来る様子がない。

「またこんなになって……！」

いつの間にか、キャスが俺の体にポーションをかけていた。若干回復した体を起こしてキマイラを見上げると、ヤギの首筋に槍を突き立てるゴブ太君とゴブ元君の姿があった。

二匹とも暴れるキマイラに振り回されながらも、俺が与えた槍でキマイラのヤギの顔を攻撃している。だが、キマイラは二匹のゴブリンを弾き飛ばそうと、更にのたうち回る。

二匹とも手に持っていた槍を落とし、そのまま振り落とされるかと思っていたが、落ちたのはゴブ元君だけで、ゴブ太君は俺が投げたルーンメタルの槍に掴まって耐えていた。

ゴブ太君が振り回される度に、ルーンメタルの槍の刃によって、キマイラの傷口が大きく広がる。

キマイラは大声を上げながら更に首を振ってもがきだす。だが、深く突き刺さった槍にしがみ付くゴブ太君を振り落す事は出来ない。

暴れ疲れたのか、一瞬キマイラの動きが止まった。

それを見逃さず、ボーク君が巨斧をキマイラの後ろ脚に叩きつけて深々と切り裂く。ヤギの頭がボーク君に気を取られた隙を突いて、ゴブ太君は掴んでいたルーンメタルの槍を引き抜き、ヤギの口の中へと突き刺した。

槍に貫かれたヤギの頭は驚愕で目を見開き激しく痙攣するが、ゴブ太君は体重を掛け、更に深く槍を押し込む。

遂に力尽きたのか、キマイラは白目を剥き、その動きを止めた。巨大な体から力が抜けていくのが分かる。どうやらゴブ太君達のお蔭で、俺は死なずに済んだらしい。

キャスに肩を借りて立っている俺の姿に気付いたのか、ゴブ太君が不安げな顔をして駆け寄って来る。

だが、その途中でゴブ太君の体に異変が起きた。

キマイラを倒した事によるレベルアップで個体進化が始まったのだ。ゴブ太君は苦しそうにその場にしゃがみ込み、唸り声を上げている。

ゴブ太君の変化は明らかだった。体が二回り以上も大きくなり、骨格や体つきが更に人間に酷似してくる。そして、黒くなった肌には刺青のように白い線が浮き上がる。

体の変化が収まり、ようやく立ち上がったその顔には、大きな牙と鋭い二本の角が生えていた。

その存在感はこの群れの誰よりも大きい。今までは個別の強さではボーク君が一番だったが、それをはるかに超えていた。もし俺が万全の状態で戦っても勝てないほど、強くなっているのを感じる。

そのゴブ太君が軽快な様子で、俺のもとへと進んでくる。

「ちょっと……ゼン君、あれ、どうしちゃったの⁉」

俺を支えているキャスがゴブ太君にビビって軽く震えている。正直、俺もヤバイ。

ゴブ太君は俺の目の前に来ると深く頭を低く下げ、俺の前で膝を突き一言、「王、遅参《ちさん》申し訳ございません」とだけ言い、何故か泣き出した。

俺はキャスと顔を見合わせ、安堵の溜息を吐く。二人とも脱力してその場で座り込んでしまった。

安心したとはいえ、周りの地面に横たわるゴブリン達の姿を思い出し、すぐにマジックバッグから追加のポーションを取り出して、手分けして負傷者に使用していく。

予想以上に生き残ったゴブリン達は多かったが、それでも相当の被害だ。

俺はポッポちゃんがどうなったか気になりキャスに尋ねてみると、負傷者にポーションを使うのに手一杯だったので、コボルトにポーションを一本渡し、後方に下がらせたとの事だった。身振り手振りでなんとかなったらしい。

いつまでもここにいても仕方がないので一度集落まで戻る事にして、被害状況を確認しながら来た道を帰る。

損害は群れ全体の四割に及んだ。特に最初から数が多かったコボルトの被害が大きく、犠牲者の内の六割以上を占めていた。

何故彼らがこんなに早く俺のもとへと駆けつけられたかは、戦いには参加していなかったゴブシン君の口から語られた。

ゴブシン君がキマイラの監視を続けていると、キマイラは俺がコリーンちゃんを連れて集落を出てから数時間後には動き出していたらしい。その方角は俺らが進んでいた西方向だったので、慌てて戻り、群れを率いて俺らの後を追ってきたとの事だ。

ゴブシン君は偵察時から一睡もせずに俺らの後を追っていたらしく、キャスと合流した時には疲《ひ》労困憊《ろうこんぱい》だったので、コリーンちゃんを託されて後方で控えていたのだ。

もしもの時はコリーンちゃんだけでも、人里に送り届けるつもりだったという。

俺の隣を離れず歩くゴブ太君は身長が更に伸び、百八十センチはありそうで、オーガを思わせる屈強な体付きになっていた。だが、その顔からは知性を感じさせ、オーガとは一線を画している事が分かる。

進化して知能が上がったからか、自分の状態を理解しているらしく、ゴブリンデュークというものに進化をしたと言っている。元がナイトだったので、てっきり戦士的な名前になると思っていたが、予想外に貴族になってしまっていた。それにしても、俺の事をボスから王と呼び名を変えたのは何故なんだ……

多くの仲間を失った群れの足取りは重かったが、次の日の夜には集落へと戻って来られた。

思っていた以上に疲れていた俺は、集落に残っていた面々への挨拶もそこそこに小屋に戻る。

傷付き、まだ目を覚まさないポッポちゃんにポーションを少しだけ掛けて、毛皮で作ったベッドの上で眠らせた。そのまま横になっていると、コリーンちゃんを寝かしつけたキャスが俺の隣に腰を下ろした。

「お疲れ様」

キャスが俺の頭を撫でながら声をかけてくる。そんな事をされると更に眠くなってしまうが、言うべき事だけは言っておこう。

「お姉さんのお蔭で助かりました」

「助けてもらったのは私の方でしょ？　キマイラに一人で挑むなんて、君は本当に何者なんだろうね？」

そこには問い質《ただ》すような響きはなく、ただ疑問に感じた事を述べただけのようだった。

「さあ、どうなんでしょうね。僕にも分かりません」

俺がそう言うと、キャスはあっと何かを思い出して喋りだす。

「そういえばゼン君、口調が戻っているのね。あの時はビックリしちゃったよ」

思い出してみれば、戦闘中は命令口調で喋っていた気がする。緊急事態だったし仕方ないと思うが、キャスは俺の事を子供だと思ってたんだし、一言謝っておこうか。

「ごめんなさい、あの時は興奮していて、つい出ちゃいました」

「あれはあれで男の子っぽくて格好良かったけど。あれがゼン君の素じゃないの？　亜人と喋っている時はあんな感じだよね」

そりゃ俺が生きてきた年齢相応の体だったら、二十にもなっていない女の子に敬語なんて使わないけどさ。一応君の顔を立てて丁寧に喋っているのに、ひどいな。

「そう言われても、キャス姉さんは年上だから……」

「ちょっと丁寧過ぎるかな。子供は子供らしく、そんなに気を使わなくても良いんだよ？」

「分かったよ、キャス姉。……これで良いんだろ？」

「よろしい！」

そう言って、キャスは満足気に頷いた。

何がいいのか知らんけど、それでいいなら俺も楽で良いよ。

「俺もう眠いから寝るよ」

「はい、寝るまで撫でていてあげるからね」

気持ちいいし、そうしてくれるならお願いしよう。

キマイラ相手に頑張ったご褒美《ほうび》だと思えば、これくらいしてもらっても良いよな。

この世界に来てから一番の寝心地の好さを感じながら、俺は深い眠りについたのだった。

◆

目が覚めると、頬に柔らかくてすべすべした肌触りを感じた。

俺がその感触を堪能していると、身動きに気付いたのか、俺に抱き付く形で寝ていた彼女も目を覚ました。

「おはよう、コリーンちゃん」

いつ俺の隣に来たのか……俺を抱き枕にしていたコリーンちゃんに朝の挨拶を済ませる。

コリーンちゃんはまだ眠いのか、少し目を開けただけで、またすぐに眠りに落ちてしまった。

寝る子は育つ、もっと寝てなさい。

コリーンちゃんの拘束から逃れ、立ち上がって大きく伸びをする。

キャスは既に起きているようで小屋にはいない。水場にでも行っているのかもしれない。

ポッポちゃんはまだ目が覚めないようだが、呼吸は正常そうなので一安心だ。

俺も目を覚ます為に水場に向かうと、キャスが芝生《しばふ》に腰を下ろして髪を乾かしていた。

「おはよう、キャス姉」

「あらおはよう、体は大丈夫？」

「うん、問題無いよ」

「なら良かったわ、昨日は酷い状態だったから少し心配していたのよ」

確かにあれだけの攻撃を食らっていたら、いくらポーションを使っていても心配か。

でも、湯水のようにポーションを使ったお蔭か、筋肉痛すらないんだよね。

俺も頭から水を浴びて昨日の汚れを落とした。そういえば、ここ数日風呂に入っていない。村に着いたら絶対に入ってやろう。

今日は朝から手の空いている奴らを集めて穴掘りをした。キマイラの犠牲になった奴らをいつまでもそのままにしておくのは気分が良くない。ゴブリン達に埋葬をする習慣はないそうだが、大きい穴に全て纏めて埋める事にした。

小一時間ほどで全ての遺体を埋め終わり、木の棒で作った墓標を突き刺して供養する。日本的なやり方だが、神様もとやかく言わないだろう。

昼まではまだ時間があるので、ポーションを作って補充していく。コボルトが用意した追加の磁器はまだまだあるのだが、そこまで沢山作る気はなかったので、残りの空瓶は全てマジックバッグに収納した。

ポーションを作りながらコボ美ちゃんを愛《め》でようかと思ったら、コボ美ちゃんはコリーンちゃんに独占されてしまった。まあ、おじさんは見ているだけでも良いから楽しんでくれ。

群れの皆が昼食を食べ終わった頃合いを見計《みはか》らって、ゴブ太君に各代表を集めるように命令を出す。進化したゴブ太君の謎の忠誠は相変わらずで、仰々《ぎょうぎょう》しく頭《こうべ》を垂れて「承知しました」なんて言ってくる。最初と喋り方が違いすぎて違和感しかないのだが……

すぐに、小屋の外に各種族の代表が集まりだした。コリーンちゃんはコボ美ちゃんに任せて、外で遊んで来てもらう事にする。もしコリーンちゃんが一人で集落の外に出ようとしても、コボ美ちゃんが止めてくれるだろう。キャスも気を利かせて一緒に外に出て行こうとするが、今回は会話に加わってほしいので残ってもらった。

ここを出るに当たって、この話し合いが俺の最後の仕事になるだろう。

俺は集めた代表らに今後の事を話していく。

明日にでも俺はここを出ると告げると、場に多少の動揺が広まった。しかし前々から何度も言っていた事なので、皆納得はしてくれているようだ。

群れを率いる力があるとはいえ、人間の子供である俺が人間の社会の中に帰るという事は、彼らからしても当たり前の考え方なのだろう。老ゴブや老コボルトが渋るゴブ太君を説得してくれている。

この会議の議題は二つ。

まず俺が抜けた後のこの群れのボスの問題だ。これはゴブ太君に頼む事にした。キマイラに止めを刺して個体進化をした為、ボーク君を抜いて一番力を持った存在になった彼なら、安心して任せる事が出来る。

この件に関しては誰も文句はないらしく、ボーク君もゴブ太君も黙って聞いていた。

次の議題は、この群れの今後の動きについてだ。

これはキャスの意見も聞きながら話を進めていき、人がいる森の南側にはなるべく縄張りを伸ばさず、緩衝地帯《かんしょうちたい》を設けておく方向で話が纏まった。もし人が来た場合も、出来るだけ敵対しないようにお願いすると、群れの皆も納得してくれたみたいだ。

そもそも元から人と交わっていないので、人間に対して敵という意識が低いのかもしれない。

会議が終わると、そのままの流れで宴会が始まった。

俺が群れを離れる事にショックを受けたゴブ太君は、終始泣き続けて老ゴブ達を困らせている。

俺がたまには遊びに来ると言うと、嬉しかったのか、パワーアップした身体能力を使って思いっきり飛び跳ねるので、ゴブ元君達も呆れ顔だ。

今度来るときはお土産に酒でも持ってきてやろう。


宴会が終わってキャスと一緒に小屋に戻ると、嬉しい出来事が待っていた。

ポッポちゃんが目を覚ましており、薄くだが目を開けて、こちらを見ていたのだ。

「ポッポちゃん！　大丈夫か？」

俺の言葉に弱々しく「大丈夫なのよ」と、健気《けなげ》に応えてくれる。ポーションで既に傷口は塞がっているのだが、体の欠損によって相当体力を消耗したようで、まだ苦しそうだ。

ポッポちゃんがいなければ、俺は多分死んでいた。ポッポちゃんがキマイラに立ち向かって時間を稼いでくれたからこそ、ゴブリン達は間に合ったのだ。

あの場で誰が一番活躍したか優劣を決める事に意味はないが、俺にとって一番の命の恩人はポッポちゃんかもしれない。

そのポッポちゃんの羽が無くなっている事実に、やり切れない気持ちで一杯になる。

落ち込んで何も言えない俺の姿を見たポッポちゃんは「主人を守れてよかったのよ？」なんて能天気に言ってくる。はぁ……怪我したポッポちゃんに気遣われるとか、俺駄目すぎるだろ。

俺はダメ元で、キャスに体の欠損を治す方法はないのかと尋ねてみる。

「鳥に効果があるかは分からないけど、最高位の神官様が人の体を治せるわね。無くなった腕を取り戻した人の話は聞いた事があるわ。だけど、順番待ちで数年はかかるらしいし、普通の市民じゃ相手にされないんじゃないかしら……」

なるほど、方法自体はあるんだな。ポーションが、人にも亜人にも動物にも効くのであれば、望みはある。

「それってどうやってるのかな？」

「詳しくは分からないわ。秘術だって話だからね」

この世界ならスキルが関わっている可能性は大きいだろう。多才を持っている俺ならば、その力を得られるかもしれないんだ。いや、もしかして習得出来ない固定スキルって奴か？　そうなると手に入れるのは難しいのか……

クソ……ッ、方法さえ分かれば、どうにかなりそうなんだけどな。

「キャス姉、他の方法はないのかよ!?　何でも良いんだ、教えてくれ！」

「ごめんなさい……私にはお手上げよ。大きな街に出れば、もう少し情報も集まると思うけど」

俺は興奮して少し乱暴にキャスに詰め寄ってしまった事に気付き、慌てて謝罪した。

すると、キャスは笑いながら「優しいのね」とか言っている。そりゃそうだろ！　ポッポちゃんは俺の一番の友だぞ。

今はどうにも出来ない。もしかしたら今後も治す事は無理なのかもしれない。だが、どうにかしてポッポちゃんに報いなければいけないと、心の中で決心した。

明日にはここを出る事を考え、せめて移動させやすいようにと木材を加工して籠《かご》を作っておく。

ポッポちゃんにまだ体力が戻っていない事は分かっているが、コリーンちゃんはなるべく早く村に帰してあげたいから、あまり長くここに残っている訳にはいかない。それに、人里に行けばポッポちゃんの体を治す方法が見つかる可能性もある。

目を閉じて休んでいるポッポちゃんの顔を眺めながら、俺はそんな事を考えていた。

そろそろ明日に備えて眠る事にしよう。

◆

荷物を纏め終えた俺はポッポちゃんを入れた籠を手に持ち、キャスとコリーンちゃんと共に小屋を出る。

外には群れの皆が集まっていた。この集落の全員がいるようで、改めて見ると結構おっかない。

亜人にぐるりと取り囲まれてキャスはビビっている様子だが、コリーンちゃんはコボ美ちゃんにお別れをするのに忙しくて、全然気にしていなかった。

そんな中、ゴブ太君が一歩前に出て来て、途中まで護衛をすると言い出す。

ゴブ太君は昨日から、散々俺らの護衛に付いていくと言って譲らなかった。ボスがここを離れたら、不測の事態があった時にどうするんだと説得したつもりだったのだが……無駄だったようだ。

ゴブ太君はどうしても納得しないので、群れの皆で押さえ込ませて、その隙に集落を発《た》った。

俺はこれが最後なんて思っていないので、あんな今生《こんじょう》の別れみたいな事をされては正直笑ってしまう。

これから約一週間、森の中を進む事になる。

キマイラが食い荒らしたお蔭で道中は亜人達との遭遇も少なく、大分楽が出来た。

それに、南に進めば進むほど姿を見せる存在も弱くなってきている。


あと二日ほど歩けば村というところまで来ると、大分森の雰囲気も変わってきた。それまでの鬱蒼とした密林から、木漏《こも》れ日の射し込む清々《すがすが》しい森林という様相になっている。

コリーンちゃんを一週間も歩かせる事は出来ないので、俺がずっとコリーンちゃんを肩車して移動しているのだが、コリーンちゃんも最近では慣れたもので、俺の頭を枕にして昼寝をする芸当まで身に着けていた。

コリーンちゃんに、もうすぐお父さんとお母さんに会えると教えると、俺の髪の毛を掴んで喜んでくれる。

この道中で俺も大分この世界の事に詳しくなった。

一週間黙ってただ歩き続けるのも苦痛なので、自然と会話が弾む。キャスは色々教えてくれて、俺の先生みたいになっていた。面倒見のいい姉ちゃんだ。

特に冒険者の事やこの国の事、周辺国の事など様々な事を教えてくれた。子供に話す内容のレベルを超えている気がするが、彼女の俺に対する扱いは既に殆ど大人同然だった。

「キャス姉は村に帰ったら、俺の事はどう報告するの？」

「それよね……。ゼン君が亜人を操って、キマイラも倒したなんて言えると思う？」

キャスもこの点はある程度考えていたらしい。相談して、「逃げ回ってる最中に俺らを見つけて、回収した」という、あり得そうなシナリオで行く事にした。

キャスは嘘が嫌なのか凄く悩んでいるけど、ここは無理にでもお願いするしかない。

あまり説得力のある理由を考え付かなかったのだが、出たとこ勝負でどうにかするしかない。まあ、俺はヤバかったら村から逃げるだけなので、そこまで心配はしていないんだけどね。

ポッポちゃんは、すぐに疲れてしまうものの、今では地面を跳ねながら歩くようになっている。毎日嫌がる口を開かせて、無理やりポーションを流し込んだお蔭だ。地面を突いて虫を食べたり、コリーンちゃんと遊んだりする姿を見られて、俺も嬉しい。


俺達は、村までほんの少しという森の辺縁部まで辿り着いていた。ここまで来ると、もう殆ど亜人や野獣の姿は見られなかった。道中襲ってきた亜人や獣は、全て殺してマジックバッグに入れている。良い小遣いになるらしいので、いきなり生活に困る事はないだろう。

そこから二時間ほど歩くと森が開けてきて、いよいよ目的地に着くのだと実感させられる。

「村っ！」

ポッポちゃんと共に先頭を歩いていたコリーンちゃんが指を進行方向に向けて、大きな声で叫んだ。走り出したコリーンちゃんを追いかけて、俺はポッポちゃんを手に持って、キャスと走り出す。

コリーンちゃんの姿を見るキャスの顔も、今までで最高の笑顔だ。

森を抜けた小高い丘から見下ろすと、キャス達の村が見えた。周りを高い木の壁に囲まれ、周辺には草原と畑が広がる小さな村だった。村の中には木造の家が建ち並び、村の周りでは何を作っているかは分からないが、畑仕事をする人が見える。

きゃっきゃと笑うコリーンちゃんの大きな声に気付いたのか、農夫達が手を止めてこちらを窺っている姿が見える。

俺の後ろを走っていたキャスが、年相応にお姉さんの顔をして畑に向かって手を振って声を掛けると、誰か分かったのか何人かが大慌てで駆け寄ってきた。

別の人が村の中へと走っていき、大声を上げてキャス達が帰ってきた事を告げているのがここまで聞こえてくる。

そのまま村の門まで辿り着くと、そこには多数の人達が待ち構えていた。老若男女がこちらに向かって声を掛けてくる。

「おがあさ～ん！」

コリーンちゃんが泣きながら駆けていく先には、母親らしき女性がいた。

「コリーン！」

母親はコリーンちゃんを力強く抱きしめると、その場にしゃがみ込んで、外聞《がいぶん》も気にせず嗚咽《おえつ》を上げながらコリーンちゃんの名前を呼んでいる。

中身がおっさんの俺は、こんなシーンには滅法弱くなっているので、目頭に熱いものが溢れていた。

更に物凄い勢いで走ってきた男性が抱き合っている二人に覆い被さると、声を上げて泣き出す。

どうやら父親みたいだ。

「キャス！」

別の女性がキャスの名前を呼んで一歩前に出る。

「あっ……」

叱られた子供のように、バツが悪そうな顔で目を伏せているキャスの姿から判断すると、相手は母親のようだ。だが、どう見ても再会を喜んでいるというより、怒りに震えているように見える。

彼女はズンズンとこちらに向かって歩いてくると、キャスの目の前で止まり、その頭に拳骨《げんこつ》を食らわせた。久し振りに見た鉄拳制裁に、自分の子供の頃を思い出して、今はもう会えない母親の顔が浮かんできた。しかし、こいつは一体何をしでかしたんだ？

「だから危ないって言ったんだよ！　シルバーに成りたてが調子に乗って……」

そこで言葉に詰まったキャスの母親は、涙を浮かべてキャスを抱きしめる。

「ごめんなさい、お母さん」

キャスも涙を流しながら、母親を抱きしめた。

なるほど、ペーペーが親の反対を振り切って、無理に森に入ったってところか。まあ、キャスってそういう無鉄砲なところがあるよな。

家族の再会が一段落すると、遠巻きで見ていた人も集まりだし、次々と声を掛けて二人の無事を喜んだり、戻ってこない者達の安否を確認したりする。

皆が一通り話し終わると、俺に注目が集まった。皆、俺の姿を見て疑問の表情を浮かべている。

そりゃそうだよな。相変わらず俺は毛皮を纏った野生児ルック。正直、かなり浮いている。

槍を持った門番のおっさんが俺の前に立ち、キャスに問いかけた。

「ところでキャス、この子供は誰だ？」

さあ、キャスさん説明しておやりなさい。キャスを見上げると、彼女は一瞬こちらに戸惑った視線を寄越してから、母親の顔色を窺い、「えーっと」なんて言っておどおどしている。

おい！　母親に怒られて今更怖気付きやがったな！

俺が目で「早よ言え」と催促していると、思ってもみないところから声が上がった。

「おにいちゃんが助けてくれたの！」

うおおおい！　コリーンちゃん、やってくれたな。そのファインプレーは要らない！

コリーンちゃんに口止めしたところで意味がなさそうだったので放っておいたのだが、こんな事になるとは……

キャスも露骨に狼狽《うろた》えていて、その場にいる人の視線が再び俺に集中する。

究極に居心地が悪いので、とりあえず片手を上げて「こんにちは」なんて挨拶するが効果はない。

要領を得ないキャスの説明を他所《よそ》に、コリーンちゃんが俺の武勇伝を騒ぎ立てていると、村の奥から一人の年寄りが歩いてきて、一言「家に来なさい」とだけ言って去っていった。

「ゼン君、あれがこの村の村長。行こう」

キャスはそう言うと俺の手を取って、その場から逃げるように村の中へと歩いていく。

「キャス姉、そんなに引っ張ったら、ポッポちゃんが落ちる！」

どうやら、説明が出来なかった事を俺に責められる前に、ゴタゴタを終わらせたいみたいだ。

キャスは俺の手を引いてどんどん歩いていく。別にそんな事で怒る気はないんだけどね……

少し行くと、他の家よりも少し立派な佇《たたず》まいの家の前に着いた。

キャスが遠慮がちに戸を叩くと、中から先ほどの老人の声がして招き入れられる。

家の中はまさにゲームの世界。俺が良くやっていた海外ファンタジー物の世界観まんまだった。

村長は暖炉の側に置かれた椅子に座っており、俺らにも椅子を勧める。奥さんらしい老婆《ろうば》が水を出してくれたが、そのまま家の外へと出て行ってしまった。探知を使うと、この家には俺とキャス、村長の三人だけになった事が分かる。

「さてキャス、何があったか話して貰おうか」

何でこんな尋問みたいな事になってんだ？

俺は相変わらずしどろもどろのキャスを助けてやるべく、口を開いた。

「キャス姉、俺が話すよ」

今の状態でキャスに話されると、碌《ろく》な事にならないだろう。身内に嘘は吐けないし、俺に関して変な誤解を与えたくないという板挟みになっているキャスの心境も何となく分かるので、無理矢理話させるのも可哀想だ。

「僕はゼンと言います。キャスお姉さんと一緒に森から逃げてきました」

村長は村で一番偉いんだろうし、実年齢も俺よりずっと上だ。まずは礼儀正しい子でいこう。

俺が挨拶をすると老人はほうと息を吐き、俺に話しかけた。

「儂《わし》はこの村の村長ダリオだ。君もコリーン同様、奴らに攫われていたのか？」

あー、そういう解釈もあったか。その線で進めたほうが色々楽そうだったけど、キャスのこの態度とコリーンちゃんの事を考えるとあまり作り話は良くないか。

「いえ、僕は気が付いたら森の中にいまして、長い事一人で生活していたんです。色々あってキャスお姉さんと、この村へ来る事になりました」

流石に村長も信じ難い様子だが、こちらも嘘は言ってない。「色々あって」って言っとけば、後は向こうから気になる事を質問してくるだろう。

「一人……だと？　親御さんはどうしたのだ？」

「両親はいません」

「ふむ……」

キャスが俺の隣でうんうん頷いているけど、散々お姉さんぶっといて案外ポンコツだな。

村長は明らかに不審がっている様子だ。

「ゼン、お前の事は分かった。キャスは二人を森の深部からよくぞ助け出した。それでキャス、お前さんはどうやって生き残れたのだ？　村に逃げ戻ってきた者達からは、オークキャプテンに襲われたと聞いているのだが」

「えーっと……オークは、その……ゼン君が」

うおおおい！　大した打ち合わせなんてしてないけど、少しぐらい頼むよキャス姉さん！

「それはですね、丁度僕がそこに通りかかったんです。僕がオークの気を引いて、その隙に逃げてもらったんですよ。いやー、危なかったなあ、ははは」

俺の全力笑顔の説明に、キャスのうんうんが追随して村長を説得していく。

「キャス、お前さっきから殆ど喋ってないが、どうした？」

「えーっと、ゼン君が説明してくれるみたいだから？」

よし、もうお前には期待しない。

「それじゃあ、人攫いはどうなったのだ、キャ――」

「人攫い！　あの怖いおじさんですね!?　僕達が見つけた時には亜人に殺されていました。で、袋に入ってたコリーンちゃんを偶然見つけて、助け出したんです」

「……儂はキャスに聞いて――」

「それで、キャス姉さんがコリーンちゃんを連れて村に戻るって言うんで、僕も一緒に村に連れてって欲しいってお願いしたんですよ。だってずっと一人だったから、ね？」

村長も何かを悟ったようで、最早呆れ顔だ。目を細めてキャスにどうなっているんだと視線で問いかけるが、あいにく彼女は目を合わせる気がない。

少しの間沈黙が訪れるが、ややあって村長が口を開く。

「……キマイラはどうなった？　出たんだろう？」

「一度僕達も村に戻る途中で追われました。でも、亜人の群れが攻めてきて、その混乱に紛れて逃げてきました」

本当の事も少しだけ混ぜとけば、キャスもこれくらいの嘘なら吐けるだろう。

「キャスも見たのか？」

「……はい」

村長はしばらく俺とキャスの顔を交互に見ていたが、どうやら諦めたようだ。

「分かった、もう何も言わん。キャス、よく無事に帰ってきたな。そしてよくコリーンを助け出した。報酬は後で渡そう。ヘイストン達も礼がしたいだろう」

「はい！」

キャスはやっと解放されたと思ったのか、急に元気になった。分かりやす過ぎるぞ……

「それでキャス、報酬はゼンに渡した方が良いのか？」

「はい！　あっ、いいえ!!」

「なるほど、お前は何もしてないと、自分で分かっているのだな」

……キャスさん？　思い切り逆転ホームラン打たれてるんですけど？

「キャス、正直に言いなさい。この子がコリーンとお前を助けたのだな？」

村長が俺の顔を怪しそうに覗き込んでくるんだけど？

「……」

黙り込むキャスをひと目見てから、村長は大きな溜息とともにこう言った。

「話したくないなら良い、結果的にこの村の娘を二人も取り戻せたのだ。ゼン、お前がこの村に滞在する事を許可しよう」

「……ありがとうございます」

どうやら村長はもう追及する気がないらしい。村の滞在許可も出たし、素直に甘える事にしよう。


村長宅を出ると、そこにはコリーンちゃんとその両親が待っていた。コリーンちゃんが俺に飛びつく勢いで走ってくる。だが、俺がポッポちゃんの籠を持っている事に気付き、慌てて減速して、ゆっくりとこちらに歩いてくる。よく出来た子だ。

「コリーンちゃん、お父さんとお母さんに会えてよかったね」

最高の笑顔を見せるコリーンちゃんの頭を撫でながら、声を掛ける。

コリーンちゃんの母親はキャスを抱き締め、泣きながらお礼を言う。その傍らで同じく礼を言う父親の目にも光るものがあった。

キャスは若干居心地が悪そうだが、それでも嬉しそうに両親に対応していた。

「ところでキャス、結局この子は誰なのかしら？」

コリーンちゃんの母親が、娘を撫でている俺を見てキャスに問いかける。

「この子はゼン君、この子がいなかったら、私もコリーンも生きては戻れなかったわ」

まあ、核心的な事は言ってないし、このくらいは良いか。

キャスがそう言うと、コリーンちゃんの両親が俺の近くに寄ってきて、俺の手を取った。

「私はフラニー、この人はヘイストン。コリーンを助けてくれてありがとうね」

また感極まったのか、目を潤ませながら俺に抱き付いてくる。

こう見てみると夫妻若いな！　二十代前半じゃねえか。

あまり文明が発展してなさそうな世界だし、低年齢で結婚するのは普通なのかな？

夫人にされるがままになっていると、ヘイストンがキャスに訊ねた。

「報酬は一応ギルドを通す方が良いか？」

「ヘイストンさん、それに関して話があるから、一緒に私の家に来て」

コリーンちゃん親子三人を加え、キャスの家へと向かう事になった。

キャスの家は村の中心から少し離れた場所にある、こぢんまりとした木造の家だ。

キャスが扉を開き、俺達を中に招き入れる。

部屋の奥で何かを料理していたキャスの母親が俺達に気付いて声を掛けてきた。

「あらキャス、おかえり。それに、フラニーじゃない、どうしたの？」

そのまま母親同士で世間話でも始めそうな勢いだったが、キャスが少し話すからと告げると、母親は料理に戻って行った。

家に入ってすぐにあるリビングに通され、一同席に着く。

「それでキャス、話ってのは何なの？」

フラニーの問いかけに、意を決したように、キャスが口を開く。

「報酬の件だけど、私は辞退したいと思うの」

「何を言っているんだいキャス。コリーンを連れて帰ってきたのは、お前なんだぞ」

「ヘイストンの言う通りよ。もうギルドには正式に依頼しているのだし、今更取り下げるなんて出来ないわよ？」

さっきから言ってるギルドってのは、キャスも所属している冒険者ギルドって奴か。夫妻はそこにコリーンちゃんの救出を依頼したのだろう。

どういうシステムか知らないが、俺も貰える物は貰っといた方が良いと思うぞ。

「本当は私が助けたんじゃないのよ。ゼン君、二人には話しといた方が良いわ。コリーンは色々見ているのよ？　まだコリーンは幼いし、誰に何を話すか分からないわ。それなら先に二人に説明しておいた方が、後々の事を考えればいいと思うわ」

「キャス姉に任せるよ。村長も何か感付いてそうだし、俺はもうどっちでも良いから」

俺はコリーンちゃんの相手をしながら、そう返事をした。

キャスは核心には触れないが、他言無用という前提で二人に事の顛末を伝えていく。村長に話したのと同じで、あくまでも俺が亜人を追い払い、二人を逃がしたという体《てい》だ。

ヘイストンも最初は信じられないという顔をしていたが、キャスが森の深部から生きて帰れたという事実が何よりの根拠になった。それに加え、窓から見える木に俺がナイフを投擲して見せると、その腕前ならと信じてくれたようだ。

「なるほど……ゼン君、ありがとう。君がいなければコリーンは死んでいたのか」

興奮を交えた驚きを見せつつ、ヘイストンが俺に向かって礼を述べた。

その後、話し合った結果、結局キャスは報酬を受け取る事にした。

いくら知り合いだからといって、ギルドに出した依頼の報酬を渡さなかったとあっては、ヘイストンの側に問題が発生するからだ。ギルドを通して依頼をしている以上は、成功したら報酬を出さなければならない。

小さなこの村の中だけでなら問題にはならないが、結構な時間が経ち、依頼内容も既にギルドの本部に送られていた為、夫妻が契約を履行《りこう》しなかったら今後の依頼を断られるなどのペナルティを受けてしまう。そういう事情もあり、キャスも承諾した。

キャスは最初、全額を俺に渡す気だったらしいのだが、キャスも森の中で相当な苦労をしたのは分かっている。流石に俺だけで全て貰うのは気が引けて、交渉の末、半分ずつで分ける事になったのだ。

話し合いが落ち着いた頃、料理が完成したのか、キャスの母親がリビングに顔を出した。

昼食を食べないかと尋ねてきたので俺は大喜びでこの話に飛び付いた。

本当に久しぶりにまともな飯にありつけそうなので、否応なく期待は高まる。俺が手を高々と上げ頂きますと叫ぶと、皆に笑われてしまった。

出てきたのは野菜やきのこなどを煮た、ごった煮のスープだ。

野菜の旨味と調味料で整えられた味はシンプルだが、森の中では絶対味わえない。まさに、文明の味だ。

一緒に出されたパンにも手を付けるが、こちらはちぎるのに力が必要なほど固い。そのまま食べるとパサパサとして正直言って不味い。ポッポちゃんにもちぎってお裾分《すそわ》けするが、少し食べてすぐに「いつもの食べたいのよ？」と要求されてしまった。

俺がいつも食べているパンは、この世界ではレベルが高いのだと分かった気がする。

コリーンちゃんも既に食べ慣れてしまったあのパンが欲しいのか、俺の袖を引っ張って「お兄ちゃんパンちょうだい」とか言いだす。

どうせキャスやコリーンちゃんには知られているんだ……ケチっても仕方ない。

俺はマジックバッグに手を入れて、中から無尽蔵のパン袋を取り出す。コリーンちゃんと俺だけ食べる訳にもいかないので、パン袋から人数分のパンを取り出し、渡していく。

「まさか、マジックアイテムかい……？」

ヘイストンは俺が持っている無尽蔵のパン袋を見つめてそう言った。

「親の形見なんです。まあ、これがあるから森で生活出来たようなものなんですけど」

神様に貰ったって言ったら、どんな反応するんだろう？　加護に超反応していたキャスの事を考えると、迂闊《うかつ》に言わない方が良いんだろうな。

それ以上は詮索《せんさく》する気はないらしく、差し出されたパンを見つめて齧りついた。食べ慣れている俺ら以外のヘイストン夫妻とキャスの母親は、皆柔らかさと美味さに驚きの声を上げる。

この事も一応秘密にしといてくれと、一言釘を刺しておく。

俺は先に食べ終わってしまったので、皆が食べ終わるのを待つ間、今後どうするか考える。

ひとまず滞在許可ももらえた事だし、当分はこの村に留まるとして、どこに泊まればいいんだろう？　この村の宿屋はどんな感じなんだろうか。小さな村なので宿屋なんて無いかとも思ったのだが、考えてみたら冒険者が数人森に入っていたのだ。そいつらが滞在してた場所がどこかしらあるはずだ。そう思い、食事の話題の一つとして、キャスに聞いてみる。

「キャス姉、この村の宿屋ってどんな感じなの？　風呂とかある？」

キャスは食べかけのパンを慌てて呑み込んで答える。

「食堂兼宿屋のお店が一軒だけあるわよ。安いけどちゃんとしてるし、この辺の村じゃ一番じゃないかしら」

ほうほう、ならそこに泊まるか。

「あっ、でもお風呂は無いわよ。お風呂なんて大きな町の宿屋じゃなければ無いからね」

風呂がないのはきついわー。いっその事、その大きな町ってとこまで行こうかな。

俺がどうするか悩んでいると、キャスの母親が口を開いた。

「この家に泊まればいいじゃないの。悪いとは思ったけど、さっきの話、聞かせてもらったわ。ゼンはキャスの命の恩人なんだろ？　部屋は物置を空ければ使えるから、そこに父ちゃんのベッドを移動させればいいわ」

「確かにそうね。お金も勿体ないし、そうしなさいよ」

ん？　年頃の娘がいるのに男泊めるとか……って、俺子供か。

さてどうするか、タダなのは助かるけど、居候《いそうろう》は肩身が狭いな。

今の俺は子供だし、この二人も気にしないのだろうけどなあ。

でも、まだこの世界の事はよく分からないし、ある程度の事情を知っているキャスに助けてもらえるのは良いか。道中狩った得物《えもの》の処理とかあるし、その辺を頼めるのは大きいな。

そう言えば、父親のベッドとか言ってたけど、親父さんは出稼ぎか？　それとも、亡くなってるのか？　その辺を突っ込むのは不躾《ぶしつけ》か。子供らしく気にしないでいこう。

俺がうーんと唸っていると、キャスの母親が俺の背中を力強く叩いた。

「子供が遠慮なんかするんじゃないわよ！」

こんな事を言われて無下に出来る訳もなく、俺は立ち上がって頭を下げた。

「それじゃあ、よろしくお願いします。えーっと」

「あぁ、名前がまだだったね。私はカーラよ、よろしくねゼン」

「よろしくお願いします、カーラさん、キャス姉」


こうして、異世界に転生した俺は遂に人里に辿り着いた。

もっとこの世界の人達の生活を見てみたい。村や街、お城なんかもあるに違いない。

それに、この世界にはまだまだ楽しそうな事が沢山ある。魔法に冒険者、竜や魔物、俺が目覚めた場所の他にも色んなダンジョンがあるんだろう。

そしてアーティファクト。

俺の新しい人生ははじまったばかりだ！

2016年春
とあるおっさんのVRMMO活動記
PCオンラインゲーム
リリース予定!
生産あり
バトルあり!
キャラクター固有のスキルを自由に組み合わせ、
自分だけのコンビネーションを繰り出そう!
ゴーイングマイウェイ
シュミレーションRPG!
詳しくは
http://omf-game.alphapolis.co.jp/teaser/
へアクセス!
©2000-2016 AlphaPolis Co.,Ltd. All Rights Reserved.

ついに
2016年2月 Re:Monster
ゲームアプリ解放《リリース》!!
どう考えても死んだはずなのに
めざめるとなぜかゴブリンだった・・・
喰えば喰うほど強くなるRPG!
Re:Monster《リ・モンスター》
～ゴブリン転生記～
書き下ろしマンガも公開中じゃよ
Wave 5 / 5
Wave 4 / 4
詳しくは
http://remonster.jp/
にアクセス!
【Android】Google Play
【iOS】App Store
で提供予定。
携帯サイトはこちらから!
©2000-2015 AlphaPolis Co.,Ltd. All Rights Reserved.

一星《いっせい》
東京出身。2015年5月ウェブ上で「アーティファクトコレクター ―異世界と転生とお宝と―」の連載を開始。同年、アルファポリス「第8回ファンタジー小説大賞」優秀賞を受賞。2016年出版デビュー。犬が苦手だが、いつかは克服して仲良くしたい。

イラスト：オズノユミ
http://53nosekai.tumblr.com/

本書は、「小説家になろう」（http://syosetu.com/）に掲載されていたものを、改稿のうえ書籍化したものです。

アーティファクトコレクター ―異世界と転生とお宝と―

一星（いっせい）

2016年2月29日初版発行

編集－仙波邦彦・篠木歩・太田鉄平
編集長－塙綾子
発行者－梶本雄介
発行所－株式会社アルファポリス
〒150-6005東京都渋谷区恵比寿4-20-3恵比寿ｶﾞｰﾃﾞﾝﾌﾟﾚｲｽﾀﾜｰ5F
TEL 03-6277-1601（営業） 03-6277-1602（編集）
URL http://www.alphapolis.co.jp/
発売元－株式会社星雲社
〒112-0012東京都文京区大塚3-21-10
TEL 03-3947-1021
装丁・本文イラスト－オズノユミ
装丁デザイン－ansyyqdesign
印刷－大日本印刷株式会社

価格はカバーに表示されてあります。
落丁乱丁の場合はアルファポリスまでご連絡ください。
送料は小社負担でお取り替えします。

ISBN978-4-434-21699-2 C0093